民國文化與文學研究文叢

十七編

李 怡 主編

第 7 冊

抗戰時期（1931～1945 年）國民黨官方文學研究

洪 亮 著

國家圖書館出版品預行編目資料

抗戰時期（1931～1945年）國民黨官方文學研究／洪亮 著 --
初版 -- 新北市：花木蘭文化事業有限公司，2024〔民113〕
目 2+198 面；19×26 公分
（民國文化與文學研究文叢 十七編；第7冊）
ISBN 978-626-344-847-6（精裝）
1.CST：中國文學 2.CST：抗戰文藝 3.CST：研究考訂
820.9   113009392

特邀編委（以姓氏筆畫為序）：

丁　帆	王德威	宋如珊
岩佐昌暲	奚　密	張中良
張堂錡	張福貴	須文蔚
馮　鐵	劉秀美	

民國文化與文學研究文叢
十七編　第七冊　　　　　　ISBN：978-626-344-847-6

抗戰時期（1931～1945年）國民黨官方文學研究

作　　者	洪亮
主　　編	李怡
企　　劃	四川大學中國詩歌研究院
總 編 輯	杜潔祥
副總編輯	楊嘉樂
編輯主任	許郁翎
編　　輯	潘玟靜、蔡正宣 美術編輯 陳逸婷
出　　版	花木蘭文化事業有限公司
發 行 人	高小娟
聯絡地址	235 新北市中和區中安街七二號十三樓
	電話：02-2923-1455／傳真：02-2923-1452
網　　址	http://www.huamulan.tw 信箱 service@huamulans.com
印　　刷	普羅文化出版廣告事業
初　　版	2024 年 9 月
定　　價	十七編 11 冊（精裝）台幣 28,000 元

抗戰時期（1931～1945 年）國民黨官方文學研究

洪亮 著

作者簡介

洪亮，1983 年生於黑龍江省安達市。2014 年畢業於中國社會科學院研究生院，獲文學博士學位，現為山東師範大學文學院副教授。在《中國現代文學研究叢刊》《魯迅研究月刊》《文藝爭鳴》《抗戰文化研究》《現代中國文化與文學》等刊物發表論文三十餘篇，出版專著兩部、編著一部，兩度入圍唐弢青年文學研究獎。主持國家社科基金項目、山東省社科規劃項目各一項，參與國家級、省級項目多項。目前主要研究方向為國民黨官方文學、抗戰文學。

提　　要

　　本著作的前兩章首先對於國民黨的三民主義意識形態本身做了大致的分析，並簡要回顧了抗戰爆發之前國民黨官方文學的發展脈絡。

　　第三章分析了「九・一八」事變發生後，「民族主義文藝運動」反而落潮的原因，認為這是國民政府不斷妥協退讓、并嚴格控制反日言論的結果，由此也體現出了「官方民族主義」的虛偽性。在這之後國民黨官方文學每況愈下，到了 30 年代中期已發展到公然鼓吹法西斯主義的地步。

　　第四章重點討論了與國民黨中宣部關係密切的中國文藝社及其刊物《文藝月刊》。該刊呈現出的姿態相對溫和，也體現了較為明顯的民族主義立場，但是對於「九・一八」事變，刊物的反應卻極其冷淡，這再次體現了「官方民族主義」在真正的民族危機面前的尷尬。

　　第五章考察了全面抗戰爆發後，國民政府的兩個官方文藝機構「中華全國文藝界抗敵協會」和「國民政府軍事委員會政治部第三廳」的演變。它們在抗日宣傳方面發揮過巨大作用，然而在與左翼進步文人的爭奪中，國民黨漸漸失去了對於它們的控制。

　　第六、七、八章討論了抗戰後期「三民主義文藝政策」的產生背景、提出過程以及相應的文學創作。著重分析了三民主義意識形態的保守性與「三民主義文藝政策」的倡導者不得不提倡「新文學」之間的矛盾，「三民主義文學」既要反映「民生」又要與左翼保持距離的尷尬姿態，以及三民主義文學借助於民族主義而獲得合法性的策略。

2016 年國家社科基金青年項目
（編號：16CZW048）

答范玲問：「文史對話」的文學立場
——《民國文化與文學研究文叢·十七編》代序

李 怡

一、「文史對話」的歷史來源

范玲（以下簡稱「范」）：李老師您好，八年前您曾以「文史對話」替換「文化研究」這一概念，並用以指涉新時期以來中國現當代文學研究界逐漸興起的某種研究趨向。〔註1〕我注意到，您在當時的討論中傾向於將「歷史」「文化」視為一個詞組而並未對二者作出明確的區分。請問這樣一種處理是否有特別的原因？

李怡：（以下簡稱「李」）：從 1980 年代到 1990 年代，一直到新世紀的今天，文學研究實質上一直在試圖走出「純文學」的視野，希望在更廣大的社會文化領域開闢新的可能性。但與此同時，中國之外的西方文學世界也正在發生一個重大的變化，也就是我們今天看到的所謂「文化研究」的興起。這一研究趨向也在這個時候開始逐漸在我們的學術領域裏產生重要的影響，不僅文學研究界，歷史學界也在發生著重要的變化。

文學界的變化就是越來越強調從歷史文獻中尋覓文學的意義解讀，而不是對文學理論的某種依賴。這裡的歷史文獻包括文字形態的，當時也包括對文學發生發展背後的一系列社會史事實的瞭解和梳理。

在歷史學界，就是所謂後現代歷史觀的出現，以及微觀史學這樣一個方法

〔註1〕參見李怡：《文史對話與中國現當代文學研究》，《中國社會科學》2016 年第 3 期。

的出現，它們都在很大程度上改變了我們過去習慣的那套思維方式——不再局限於將歷史認知僅僅依靠於一系列的「客觀的」歷史事實，如文學這樣充滿主觀色彩的文獻也可以成為歷史的佐證，或者說將主觀性的文學與貌似客觀的歷史材料一併處理，某種意義上，歷史研究也在向著我們的文學研究靠近。

這個時候，整個文學思維和文學研究的方法也開始面臨一個特別複雜的境況。正是在這樣的背景下，當我們需要探討從 1980 年代中期的「方法熱」到 1990 年代再至新世紀，這一二十年圍繞文學和社會歷史這一方向所發生的改變，就不得不變得特別謹慎和小心。所以你說我八年前在使用這些相關概念時，顯得特別謹慎，我想原因就在於，當時無論是用「文史對話」來替代「文化研究」，還是在不同的意義上暗含著對「歷史」「文化」的不同的理解，都包含了我對這樣一個複雜的文學研究狀態的一個更細緻的理解。

范：那麼在這樣一種複雜的背景下，我們應該如何更好地理解和界定「文史對話」這一概念呢？能否談談用這一概念替換「文化研究」的原因還有這種替換的有效性？

李：實質上，在《文史對話與中國現當代文學研究》這篇文章裏，我涉及到了好幾個概念。所謂 1980 年代中後期的學術方法，我其實更傾向於認為它既不是今天的「文史對話」，也不是我們 1990 年代所說的「文化研究」，我把它稱為「文化視角」的研究。什麼是「文化視角」的研究呢？就是從不同的文化角度解釋文學現象，這是和 1980 年代初期到中期的方法論探討聯繫在一起的。而這個方法論，它本質上是為了突破新中國建國後很多年間構成我們文學研究的一個最主要的統治性的研究方法，也就是所謂的社會歷史研究。

當然，我們曾經從社會歷史的角度來研究、解釋文學，這是沒有問題的，但在那個特殊的年代，這幾乎被作為我們解釋文學的唯一方法，一種壓倒性的，甚至是和政治正確緊密聯繫在一起的方法。而 1980 年代初期和中期開始的方法論更新，則意味著我們開始可以從不同的角度認知文學，解釋文學。一個評論家擁有了解釋的權利，而且能夠通過這樣的解釋發現文學更豐富的內涵，那麼所謂從社會歷史或者社會文化的角度來解釋文學，那就只是其中的一個方法，而且在當時就出現了比如從不同的文化方向解釋文學發生、發展規律的一些重要嘗試。

著名的「二十世紀中國文學」概念中專門就有一部分是談「文化視角」的。他們仍然認為「二十世紀中國文學」中一個非常重要且不能被取代的角度，就

是從文化角度研究、分析並解釋我們中國文學的發展問題。所以那個時候,這個所謂的「文化視角」研究是非常重要的一個思路。隨著 1980 年代後期,比如尋根文學思潮的出現,文化問題再一次成為了我們學界關注的一個重心。那個時候,是所謂「文化熱」。這個「文化視角」實際上是伴隨著人們那時對整個文化問題的興趣而出現的,這是 1980 年代。

范:也就是說,我們其實是需要回到學術史發展的整體脈絡當中去重新梳埋其中變化的軌跡,才能夠更好地理解和把握「文史對話」這一概念的,對嗎?

李:對的。事實上,到了 1990 年代中期,情況就發生了一個變化。這裡面有一個標誌性的事件,那就是 1994 年汪暉與美國加州大學洛杉磯分校的李歐梵教授在《讀書》雜誌上發表的系列對話。他們從西方學術史的角度出發,追問什麼是「文化研究」,「文化研究」與地區研究的關係等問題。這個在學術史上被看作新一輪「文化研究」的重要開端。值得注意的是,像汪暉、李歐梵所介紹和追問的「文化研究」,其實不同於我剛才說的中國學者在 1980 年代借助某些文化觀點分析文學的這樣一種研究方法。

英國學者雷蒙·威廉斯和霍加特的「文化研究」是對歷史文化本身的各種文化元素的研究,而不再是我們討論文學意義時的簡單背景。1980 年代,我們強調通過社會歷史文化背景來進一步解釋文學產生過程的基礎問題,但是在「文化研究」裏,這些所謂的社會歷史文化元素,不再是背景,他們本身就成為了研究考察的對象。或者說,那種以文學文本為研究中心,而其他社會歷史文化都作為理解文本意義的這樣一個模式,是被超越了,突破了。整個社會文化被視作一個大的「文本」。

范:那這樣一種「文化研究」的範式是怎樣逐步被中國文學研究界接納並最終獲得較為廣泛的發展和影響力的呢?

李:其實在 1990 年代首先意識到這種重大變化的並不是我們的現當代文學研究界,而是文藝學研究界。那時可以說是廣泛地介紹和評述了這個所謂的「文化研究」。1990 年代中期以後,一大批學者成為了「文化研究」的介紹者、評述者,包括像是李陀、羅崗、劉象愚、陶東風、金元浦、戴錦華、王岳川、陳曉明、王曉明、南帆、王德勝、孟繁華、趙勇等基本都是以文藝理論見長的學者。他們的意見和介紹,在某種意義上,是將正在興起的「文化研究」視為了超越中國文藝學學科自身缺陷的一個努力的方向。

這種來自文藝學界的對「文化研究」的重視，發展至 1990 年代後期已相當有聲勢，並且開始對中國現當代文學研究界造成衝擊和影響。一些中國現當代文學研究界的學者也開始提出文學的「歷史化」問題，正是在這個時候，新歷史主義的歷史闡釋學和福柯的知識考古學被較多地引入到了中國現當代文學研究界。洪子誠老師的《中國當代文學史》被公認為中國當代文學學術化與知識化研究的開創之作。這本書的一個基本觀點可以說改變了中國當代文學研究的格局，那就是：「本書的著重點不是對這些現象的評判，即不是將創作和文學問題從特定的歷史情境中抽取出來，按照編寫者所信奉的價值尺度（政治的、倫理的、審美的）做出臧否，而是努力將問題『放回』到『歷史情境』中去審察。」〔註2〕

范：中國當代文學研究格局變化了以後，是否也對中國現代文學研究產生了直接的影響呢？

李：如果我們對百年來中國文學研究的變化作一個更細緻的區分的話，我覺得中國現代文學研究和中國當代文學研究的內部可能還存在一些差異。當代文學研究是最早提出「歷史化」這個問題的，這與當代文學這個學科一開始就存在爭議有關。1980 年代，人們其實仍然在討論當代文學應不應該寫史的問題，到了 1990 年代後期，當代文學研究界便提出了「歷史化」的問題。這其實就讓當代文學是否應該寫「史」成為了過去，而這個「史」從什麼時候開始，怎樣才能寫「史」，就是重新再「歷史化」的一個過程。這是對文學背後所存在的巨大的歷史現象加以深刻的、整體關注和解讀的結果。

那麼現代文學呢，它的反應沒有當代文學那麼急切。但是，可以說從 1990 年代後期到新世紀開始，現代文學研究界同樣也提出了在不同社會文化背景中進一步深挖現代文學的歷史性質種種可能性。包括我自己在內的一些學者對「民國文學」的重視。「民國文學」作為文學史的概念最早是張福貴教授完整論述的，後來又有張中良老師，丁帆老師等等，我們所探索的民國文學史的研究方法，其實都是和這個歷史事實的追尋聯繫在一起的。

范：感覺這種「歷史化」的訴求以及對歷史材料的關注發展到今天似乎已經非常廣泛而深入地嵌入進了中國現代文學和當代文學研究的內部。在您看來，這種研究趨向的興盛依託的核心動力是什麼呢？它和 20 世紀 90 年代以來愈發強烈的「回到歷史現場」的訴求是怎樣一種關係？

〔註 2〕洪子誠：《中國當代文學史》，北京大學出版社，1999 年，第 5 頁。

李：所有這些變化背後最重要的動力，我覺得還是尋找真相。其實文學研究歸根結底就是為了尋找真相。過去為什麼我們覺得真相被掩蓋了，是因為我們很多所謂的研究方法和理論，最後在成熟的過程當中，越來越成為凌駕於文學作品之上的一個固定不變的原則，甚至在一段時間裏邊兒，這種原則與政治正確還聯繫在一起，這裡面當然充滿了人們對「方法」和「理論」的誤解。

所謂「回到歷史現場」，其實是這個大的文化潮流當中的一個具體的組成部分。「歷史化」是當代文學經常願意使用的一個概念，而現代文學呢，則更願意使用「回到歷史現場」的表述。所謂「回到歷史現場」，意思就是說，我們過去的很多解釋是脫離開歷史現場，從概念或者某種理論的方法出發得出的結論。那麼，「回到歷史現場」重要的其實就是破除這些已經固定化的方法對我們的思維構成的影響，重新通過對具體現象的梳理，來揭示我們應該看到的真相。當然這裡邊兒有很多東西可以進一步追問，比如「現場」是不是只有一個？回到這個「現場」是否就是一次性的？……其實只要有方法和外在理論束縛著我們，我們就需要不斷回到歷史現場。歸根結底，這就是我們發揮研究者自身的主體性，用自己的眼光，自己的心靈來感受這個世界的一個強大的理由。

二、「文」與「史」的相異與相通

范：您此前曾談到，「文史不分家」本就是「中華學術的固有傳統」，史學家王東傑教授也曾撰寫《由文入史：從繆鉞先生的學術看文辭修養對現代史學研究的「支持」作用》一文，對中國「文史結合」的學術傳統進行了重申與強調。〔註3〕而新文化史研究興起以後，輕視文學資料的成見亦逐漸在史學界得到改變，不僅文學作品、視覺形象等被發掘為了史料，甚至一些歷史學者亦開始嘗試文學研究的相關課題。請問史學界的這一研究轉向與前面討論的文學研究界的變化是否基於同一歷史背景？兩者的側重點是否有所不同？它們的核心區別在何處？

李：今天文學研究在強調還原歷史，回到歷史情境，並希望通過歷史和文化來解讀文學的現象。同樣的，歷史研究也在尋求突破，也在向文學靠近。特別是在後現代歷史觀的影響下，歷史研究已經從過去的比較抽象、宏大的歷史

〔註 3〕參見王東傑：《由文入史：從繆鉞先生的學術看文辭修養對現代史學研究的「支持」作用》，《四川大學學報（哲學社會科學版）》2014 年第 6 期。

敘述轉向微觀史、個人生活史、日常生活史的敘述，而並不僅僅局限於對客觀歷史文獻的重視，當前人的精神生活也被納入進了歷史分析的對象當中。那麼這個時候，歷史研究和文學研究是不是就成了一回事呢？兩者是否最終就交織在一起，不分彼此了呢？

這就涉及到歷史學的「文史對話」和文學的「文史對話」之間微妙的差異問題。在我看來，今天我們強調學科的交叉和融合，固然是一個值得注意的傾向，但是在交叉、融合之後，最終催生的應該是學科內部的進一步演變和發展，而不是所有學科不分彼此，都打通連成了一片。當然，交叉、融合本身可能是推動學科進一步自我深化的一個重要過程或路徑，這就相當於《三國演義》裏面，我們都很熟悉的那句話——「天下大勢，分久必合，合久必分」。我們因為某種思維的發展，需要有合的一面，需要有學科打破界限，相互聯繫的一面；但是，另外一個歷史時期，我們也有因為那種聯合，彼此之間獲得了啟示，又進一步各自深化，出現新一輪的個性化發展的一面，我覺得這兩種趨勢都是存在的。

在這個意義上，我們回頭來看其實會發現，歷史學的「文史對話」實質還是通過調用文學材料，或者說是人主觀精神世界的一些感受來補充純粹史學材料的不足，或者說通過對人的精神現象、情感現象的關注，來達到他重新感受歷史的這樣一個目的。他最終指向的還是歷史。眾所周知，歷史學家陳寅恪是「文史互證」的著名的提出者，在前人錢謙益治學方法的基礎上，陳寅恪先生要做的就是用文學作品來補充古代歷史文獻的欠缺，唐代文獻不足，但是先生卻能夠從接近唐代的宋、金、元的鶯鶯故事中尋覓重要的歷史信息：崔鶯鶯的出生門第，唐代古文運動與元白的關係等等，這是「以文證史」。而文學研究中的「文史對話」走的路徑則正相反，它是通過重塑歷史材料來重建我們對歷史的感覺，重建研究者對歷史的感受，通過重新進入文學背後的歷史空間，我們獲得了再一次感受和體驗文學所要描述的那個世界的重要機會，從中也真正理解了作家的用意與精神狀態。換句話說，他最根本的目標還是指向文學感受的，是「以史證文」。一個是重建「歷史」，一個是重建「文學」，這就是史學的「文史對話」和文學的「文史對話」之間很微妙但又很重要的一個差異。當然，今天由於這兩個學科都在向著對方跨出了一步，所以往往在很多表述方式上，你可以看到他們有一些相通之處，我們彼此之間也可以展開更密切的相互對話。

范：我記得英國歷史學家托馬斯‧麥考萊（Thomas Macaulay）曾說，「歷史學，是詩歌和哲學的混合物」〔註4〕；而錢鍾書在《管錐篇》中也有提到：「史家追敘真人真事，每須遙體人情，懸想事勢，設身局中，潛心腔內，忖之度之，以揣以摩，庶幾入情合理，蓋與小說、院本之臆造人物、虛構境地，不盡同而可相通。」〔註5〕他們好像都正好談到了歷史學與文學的某種相通之處，您認同他們的看法嗎？

李：無論是歷史學家托馬斯‧麥考萊，還是中國的文學作家、學者錢鍾書，的確都道出了「文學」和「歷史」的相通之處。「歷史」更注意科學和理性，但它也關乎「人」。所以我們可以說它是「詩歌和哲學的混合物」，「詩歌」這個詞就強調了它的主觀性，「哲學」則強調了它理性思考的層面。我想，「文學」和「歷史」最根本的相通還是它們都是對「人」的描述，歷史描繪的中心是人，文學表達的情感中心也是人，所以它們能夠相互連接，相互借鑒，或者說「文學」和「歷史」能夠相互對話。

不過，就像我前面所說的，這兩者的表現形式有很多相通之處，但目的不同。「文史對話」的歷史研究根本上是為了解釋歷史，為了對歷史本身進行描述，而文學的「文史對話」則是要重建我們的心靈。這背後的不同是文學學科和歷史學科的不同。歷史學科歸根結底還是重視一種理性的概括，而文學學科更重視的則是對鮮活生命感受的完整呈現。

三、回到「文學」的「文史對話」

范：從您的表述中我好像能比較明顯地感受到您對於文學研究「自身的根基」問題似乎有著愈加強烈的憂慮感受。在八年前的那篇文章裏，您已在討論「文史對話」的相關議題時談到，史學家「以文學現象來論證歷史」與文學研究者「借助歷史理解文學」其實有很大不同，並強調「跨出文學的邊界，最終是為了回到文學之內」。〔註6〕而在去年發表的《在歷史中發現「文學性」》中，您則更進一步地指出，「我們必須回應來自文化研究和歷史研究的『覆蓋式』衝擊」，重提「文學性」的問題，以避免「文學研究基本自信和價值獨立性的

〔註4〕參見易蘭：《西方史學通史》第5卷，復旦大學出版社，2011年，第68頁。
〔註5〕錢鍾書：《管錐篇》第1冊，中華書局，1979年，第166頁。
〔註6〕參見李怡：《文史對話與中國現當代文學研究》，《中國社會科學》2016年第3期。

動搖」。〔註7〕既然您如此在意「文」與「史」的邊界問題，為何仍會提出「文史對話」這樣一個概念並著力加以強調呢？

李：事實上，我之所以要強調「文史對話」，正是想提出一個更大的可能性以及今天我們的中國現當代文學研究如何獲得自身獨立品格的這樣一個問題。因為無論是 1980 年代的「文化視角」，還是 1990 年代從文藝學學科裏面生發出來的「文化研究」，我覺得都是呈現了來自國外學科發展的一個趨勢，它並不能夠代替我們中國現當代文學對自身文學現象的理解。固然我們可以把很多精力花到文學背後更大的歷史當中去，並且這大概在今天已經成為一個不可逆轉的趨勢。我們看到很多高校的研究生在他們的學位論文裏面，我們甚至看到高校的這些研究生的導師們，這些知名的學者，在他們近幾年的文章裏面，越來越傾向於淡化文學研究，強化文學背後的歷史研究、文化研究的份量。我想，越是在這個時候，新的問題也應該引起我們更自覺的思考——那就是隨著我們越來越重視對歷史和文化的研究，文學研究還有沒有自身獨立性的問題。

正是在這個意義上，我所謂的「文史對話」其實指的是一個更寬泛意義上的認知「文學」的努力，一種與文學學科、歷史學科相互借鑒的方法。我傾向於把它視為一個大的概念，在這個大的概念裏邊兒，1980 年代的「文化視角」，1990 年代的「文化研究」和我們「以史證文」式的文學研究應該是不同的趨勢和路徑。

范：能否請您再詳細談談促使這樣一種學科危機意識在當前變得愈發顯明的原因？

李：其實我們在今天之所以會重新提出「文史對話」的起源及其歷史作用等問題，都是基於對當下學術發展態勢的一個觀察。1990 年代以後，「文學」和「歷史」的這種對話便逐漸構成了我們今天不可改變的一個大的歷史趨勢，其中一個特別引人注目的現象就是越來越多的文學研究者開始介入文學背後歷史現象的討論，而逐漸脫離開了文學研究本身。一個文學的批評者幾乎變成了一個歷史的敘述者，越來越多的文學研究主題演變為了歷史故事的主題。這已經成為我們今天學術研究裏邊兒最值得注意的一個傾向，包括一些研究生的碩士論文，也包括我們經常看到的發表在報刊雜誌上的一些文學研究的論文都是如此，以至於前些年就有學者發出了這樣的憂慮，那就是文學研究本身

〔註 7〕參見李怡：《在歷史中發現「文學性」》，《學術月刊》2023 年第 5 期。

還有沒有它的獨立性？這裡面一個很深刻的問題是，如果文學研究因為走上了「文史對話」的道路就逐漸的與歷史研究混同在一塊兒，或者文學研究已經主要在回答歷史的一些話題，那麼我們的文學研究還有什麼可做的呢？又何必還需要我們「文學」這樣的學科呢？

而且，更重要的是，一個文學研究者的起點，歸根結底其實還是我們對人的精神現象的一種感受。當我們僅僅從這種感受出發，試圖對更豐富的歷史事實做出解釋的時候，這裡是否已經就暴露出了一種先天性的缺陷？例如我們不妨嚴格地反問一下自己：文學研究是否真的能夠替代歷史研究？如果我們的文學批評、文學研究在內容上其實已經在回答越來越多的歷史學的問題，那麼我們就不能不有所反省，這樣以個人感受為基礎的歷史描述是否已經包含了更多的歷史文獻，是否就符合歷史考察的基本邏輯？如果我們缺乏這樣的學術自覺，那就很可能暗含了一系列的學術上的隱患，這其實就是文學所不能承受的「歷史之重」。

今天，我們重提「文史對話」的意義，重新檢討它的來龍去脈，我覺得一個非常重要的傾向，就是通過對學術史的重新梳理來正本清源。我們要進一步地反思我們文學研究自身的目標是什麼。我們和歷史研究可以相互借鑒，在很大意義上，我們在方法、思維上都可以互相借鑒，取長補短，但是我們最終有沒有自己要解決的問題？

范：那文學研究最終需要自己解決的問題在您看來應該是什麼呢？

李：我覺得這個問題是很明確的，那就是解決「人」的精神問題，解決「人」心靈發展的問題，這是一個非常重要的方向。「文史對話」對於「文學」而言應該是關於心靈走向的對話，對於「歷史」而言可能就是關於歷史進程的對話。儘管「心」與「物」或者說「詩」與「史」之間常常互相交織、溝通，但歸根結底，「文史對話」對我們文學研究而言，是為了保持文學研究本身的彈性與活力。有的人就是因為我們過去的學術研究日益走向僵化、固定化，因此提出了文學走出自身，走向歷史的這樣一個過程。但是我想要強調的是，即便我們再頻繁地遠離開了我們的文學，但只要還是文學研究，便最終仍會折回到我們的起點，這也是文學研究所謂的「不忘初心」。

我最近為什麼會提出一個「流動的文學性」概念，也是因為，我們不斷地突破「文」，最後卻遺忘了「文學性」，或者根本的就拋棄了「文學性」。這裡邊兒一個可擔憂的地方在於，我們再也找不到我們文學的研究了。我們離開了

文學研究，是否就真的成為了一個歷史學者或者思想史的學者？我覺得事實上也不是那麼簡單。一個真正的歷史學者和思想史的學者，他有他的學科規範，有他的學科基礎、目標和範式，如果我們在歷史學界或者思想史學界對我們來自文學界的學術成果進行一番調研的話，你可能會發現我們很多所謂離開文學的「文史對話」也未必獲得了歷史學界或者思想學界的完全認可。他們同樣會覺得我們不夠規範，或者認為中間存在很多的問題。

這其實就是啟發我們，一個真正的文學研究者即便離開文學，在文學之外去尋找靈感，尋找問題的解答思路，但我們最終都不要忘了，我們是為了解決或者解釋文學的某些獨特現象，才暫時離開了文學。這樣的話，我們的文學研究實際上就是不斷地在其他學科的發展當中汲取靈感，一次次地汲取靈感，並使我們一次次地呈現出不同的文學景觀。隨著我們學術研究的不斷發展，我們獲得的不同文學景觀就呈現為一種流動性，這就是我說的「流動的文學性」。文學性在流動，但是它還是有文學性，並不等於歷史研究，也不等於思想史考察，當然也不是純粹的社會文化問題的研究。我們還是為了研究文學的問題，而不是社會文化問題，這就是這兩者之間的邊界和差異。

范：確實，若無法在「文史對話」的過程中恰當處理「文」與「史」的邊界問題，甚而直接將歷史學或思想史問題的解決視為了文學研究的至高追求，這對於以「感受」為基點的「文學」而言不僅難以承受，還將使文學研究自身的根基變得愈加脆弱。不過，時至今日不論是在文學研究界，還是在歷史研究界，亦出現了許多「文史對話」的有益成果。請問在您看來，有哪些代表性的研究成果能夠作為某種示例供以參照？「文史對話」這一漸趨成熟的研究方法於當前的文學史研究而言還存在哪些尚待發掘的意義與可能性呢？

李：要我對學科發展的未來做詳細的預測，我覺得這是很難的，因為既然是「流動的文學性」，一切都在不同研究者個體的體驗當中，個體體驗越豐富，就越是多元化的、百花齊放的景象。惟其如此，我們的文學研究才能突破固有的、僵死的邊界，走出一個更為廣闊的未來。不過在這裡呢，我很願意推薦我很尊敬的，中國社會科學院文學研究所的研究員劉納老師在 1990 年代後期出版的一本代表作——《嬗變——辛亥革命時期至五四時期的中國文學》。

這本書寫的是晚清到五四前夕這段時期中國文學演變的基本事實，其中最重要的一個特點是，這部分文學史是長期被人忽略的，包括大量的歷史材料都是我們不熟悉的，但劉納老師非常嫻熟地穿梭在這些歷史文獻當中，並清理

出了中國文學被遺忘的這一段歷史景觀。與此同時，她整個的著作不是為了重塑純粹客觀的社會歷史，而是在社會歷史的豐富景觀當中呈現了人的心靈史、精神史。所以這本書看似有很多歷史材料，但又保持了一個基本的文學的品格。而且這本著作整體上有一個從歷史材料到最後的精神現象不斷昇華的過程。尤其寫到最後一章的時候，就從更為廣泛的歷史材料的梳理當中，得出了非常深刻的關於人的精神現象以及文學發展特徵的一些結論。可以說，這就完成了從歷史文獻向著人的心靈世界觀察的一種昇華和發展。

我給歷屆的學生其實都推薦了這本書，我覺得這裡邊兒充分體現了一個優秀的中國現代文學研究者如何在歷史文獻和文學感受之間完成這種自如的穿梭，然後把心靈感受的能力，文學解讀的能力和掌握分析解剖豐富材料的能力，很好地結合起來。所以，說到「文史對話」的代表作，我仍然願意提到這本書。

目

次

緒　論

　　1927 年 4 月，以南京國民政府的成立為標誌，國民黨開始了對中國的統治，僅僅四年以後，便爆發了「九‧一八」事變，中國的歷史進入抗日戰爭時期。1949 年中華人民共和國成立，國民黨敗退臺灣，此時離 1945 年抗戰勝利，同樣只有四年時間。也就是說，國民黨統治中國大陸的短短二十多年裏，有近三分之二的時間都處在抗戰狀態。而中國的抗戰文學研究，自 1947 年藍海的《中國抗戰文藝史》出版算起，已經走過了 70 多年的歷程，其間有大量優秀的研究成果問世，抗戰文學的方方面面都得到了充分而深入的討論，但是在絕大多數研究成果中，國民政府在抗戰期間推行的文藝政策、主導的文藝活動、創辦的文學社團和刊物等等，都被有意無意地忽略了。截至目前的抗戰文學研究，一般會把抗戰文學劃分為三大板塊，即解放區文學、國統區文學和淪陷區文學，儘管在歷史上這幾個板塊的研究曾經很不均衡，存在著所謂「多講解放區文藝，少講國統區文藝，不講淪陷區文藝」〔註 1〕的偏頗，但是自新時期之初至今，國統區文學的研究已經越來越成熟，而近年來淪陷區文學的研究也在逐漸升溫，所以從整體上講，今天的抗戰文學研究已經鮮有死角了。然而無論在哪個板塊中，似乎都很難找到國民黨官方文學的位置：解放區文學和淪陷區文學與國民政府本來就沒有太大的直接關係，自可置之不論；但人們在談及「國統區文學」時，多半也還是會討論那些活躍在國統區的進步作家和中間派作家，以及那些或是反映抗戰的時代主題、或是暴露國民黨統治之弊端的作品。至於那些真正與國民政府有密切關係的文人，以及他們創作的或多或少帶

〔註 1〕王景山：《三點想法》，《中國現代文學研究叢刊》1983 年第 3 期。

有為官方意識形態服務意圖的作品，則極少被提到，儘管從字面上看這類作品似乎才與「國統區文學」之名稱更加匹配。

這不是抗戰文學研究獨有的現象，在整個中國現代文學研究領域，國民黨官方文學都極少得到研究者的關注，各種文學史著作不是對其避而不談，就是將其簡單判為「反人民」「反革命」的文學而「一言以蔽之」。其中的原因似乎不言自明：一方面，意識形態的敏感性，使得國民黨官方文學理所當然地成為現代文學研究的「禁區」，另一方面，從創作實績來看，國民黨官方文學的成就也與自由主義文學、民主主義文學乃至左翼文學完全無法相提並論。在今天，我們提到國民黨官方文學，即使是專業的現代文學研究者，所能想到的也不過是黃震遐、萬國安等寥寥幾位作家，以及《國門之戰》《黃人之血》《隴海線上》等屈指可數的幾部作品，這當然不能完全歸因於人們的偏見，國民黨官方文學本身的孱弱與蒼白，的確是無法否認的。

然而，我們並不能因此就認為國民黨官方文學缺少研究價值。秦弓曾經呼籲人們注意民國文學的「生態系統」〔註2〕，的確，如果以自然界作比，一個生態系統中絕不是只有珍禽異獸、奇花異草，還會有更多的螻蟻爬蟲、地衣苔蘚，若要考察某一地的生態系統，自然不應只關注前者而忽視後者，而且對於土壤、氣候等屬於「生態環境」的因素，也不能不加以注意。在現代文學的「生態系統」中，國民黨官方文學雖然算不上什麼參天的大樹或絢爛的花朵，但其作為整個系統中的一環之資格，卻仍然不能被剝奪，至少，不理解國民黨官方文學，也就無法完全理解作為其對立面的左翼文學、自由主義文學、民主主義文學等等。另外，研究國民黨官方文學，需要關注的並不僅僅是與國民政府關係密切的作家及其作品，還有國民黨的文藝政策、文化統制手段等等，而後者正是構成現代文學「生態環境」的重要因素。如此說來，國民黨官方文學研究便具有了雙重的意義——儘管這意義未必會被所有人承認。

實際上，早在上世紀八十年代，國民黨官方文學便曾經進入過研究者的視野。在 1986 年第 3 期的《南京師大學報（社會科學版）》上，就刊出了一組關於國民黨文學研究的論文，包括秦家琪的《關於開展「國統區右翼文學」研究的若干問題的思考》、朱曉進的《從〈前鋒月刊〉看前期「民族主義文藝運動」》、袁玉琴的《從〈黃鐘〉看後期「民族主義文藝運動」》、唐紀如的《國民黨 1934 年〈文藝宣傳會議錄〉評述》。這一組文章，既從宏觀上探討了開展國民黨文

〔註 2〕秦弓：《三論現代文學與民國史視角》，《文藝爭鳴》2012 年第 1 期。

學研究的可能性，也具體分析了一些重要的刊物和文本。儘管在當時研究者還僅僅是把國民黨文學作為「反面教材」來探討的，但是在具體的論述過程中仍然提出了一些極有價值的問題，比如如何看待作為國民黨文學核心概念之一的「民族主義」、如何在承認其政治屬性的前提下客觀地評價某些作品的藝術水準、如何把握國民黨的文藝政策和策略，等等。直到今天，這些問題也仍然是我們在研究國民黨官方文學時無法繞開的。儘管這些文章發表後，很長一段時間內都鮮有研究者跟進，但幾位作者突破禁區的首倡之功，仍值得後來的研究者感念。

　　真正形成一定規模的國民黨官方文學研究，開始於上世紀末。1998 年，倪偉的《1928～1937 年國民黨文學研究》成為中國內地第一篇以「國民黨文學」為研究對象的博士論文，此後這一領域陸續出現了一些研究成果，僅以博士論文而論，就有錢振綱的《民族主義文藝運動研究》（2001 年）、周雲鵬的《「民族主義文學」（1930－1937 年）論》（2005 年）、張志雲的《〈文藝先鋒〉（1942～1948）與國統區文藝運動》（2007 年）、畢豔的《三十年代右翼文藝期刊研究》（2007 年）、傅學敏的《1937～1945：「抗戰建國」與國統區戲劇運動》（2008 年）、李揚的《從第三廳、文工會看國統區抗戰文藝（1938－1945）》（2010 年）、趙偉的《〈文藝月刊〉（1930～1941）中的民族話語》（2012 年）以及筆者的《三民主義文化／文學的宿命與救贖——以〈文化先鋒〉〈文藝先鋒〉為中心》（2014 年）等等，另外還有為數更多的碩士論文、期刊論文，與此有關的專著也出現了多部。這些成果中尤為值得一提的，是倪偉的《「民族」想像與國家統制——1928～1948 年南京政府的文藝政策及文學運動》（上海教育出版社 2003 年出版）、錢振綱的《民族主義文藝運動研究》（北京師範大學博士論文，未出版）、張大明的《主潮的那一面——三民主義文藝與民族主義文藝》（中國社會科學出版社 2010 年出版）以及姜飛的《國民黨文學思想研究》（花城出版社 2014 年出版）。倪偉的《「民族」想像與國家統制——1928～1948 年南京政府的文藝政策及文學運動》在考察國民黨的文藝政策與文學運動時，有意識地把特定歷史時期的整體社會運動作為研究背景，力圖「對文學與現代民族國家建設之間的互動關係展開具體的分析，從一個側面揭示中國現代性艱難而獨特的展開過程」〔註3〕，從而激活了那些長期被冷落的文學史

〔註3〕倪偉：《「民族」想像與國家統制——1928～1948 年南京政府的文藝政策及文學運動》，上海教育出版社 2003 年版，引言第 9 頁。

現象，使其顯現出不可替代的價值，該著可謂是國民黨文學研究領域的一個代表性成果。錢振綱的《民族主義文藝運動研究》對1930年代國民黨支持的民族主義文藝運動進行了具體而深入的分析，全面考察了民族主義文藝派的文藝理論、文藝創作、社團、報刊，以及該運動和三民主義文藝政策之間的矛盾等等，是目前關於民族主義文學的研究成果中最重要者之一。而張大明的《主潮的那一面——三民主義文藝與民族主義文藝》以資料的豐富和翔實取勝，該著以類似於「資料長編」的方式，全面而系統地梳理了三民主義文藝與民族主義文藝兩種思潮的時代與政治背景、理論主張、作家作品、發展脈絡等等，較為完整而準確地描繪出了它們的歷史面貌，從史料角度來看，它堪稱國民黨官方文學研究中的填補空白之作。姜飛的《國民黨文學思想研究》則系統考察了國民黨的「文學思想」，該著一方面分析了孫中山的民生史觀、仁愛思想、「行易知難」及民族主義等學說是如何成為國民黨文學思想的意識形態基礎的，另一方面也指出國民黨的文學思想不是起源於學理推衍，而是發軔於政治和政策的召喚，「原道、徵聖、宗經」均是為政治服役的手段，這是一部難得一見的主要從理論方面深入探究國民黨文學內在機理的著作。

　　儘管與現代文學研究中許多略顯「擁擠」的領域相比，國民黨官方文學所受的關注仍舊少得可憐，但是經過上述學者的開掘，這一領域的研究已經達到了一定的深度和廣度。當然，或許是由於「地廣人稀」的緣故，尚有許多和國民黨官方文學相關的問題有待展開。回到開篇提到的「抗戰文學」問題上，我們會發現，雖然幾乎每個研究者所關注的時段都與抗戰有或多或少的重合，但真正有意把國民黨官方文學放在抗戰文學的背景中考察的，只有傅學敏的《1937～1945：「抗戰建國」與國統區戲劇運動》和李揚的《從第三廳、文工會看國統區抗戰文藝（1938～1945）》。當然，這在很大程度上是由於近年來對「抗日戰爭」起點的認識發生了改變，在此之前1930年代中前期並沒有被劃入抗戰時期的緣故。不過如果聯繫到另一個現象，那麼問題恐怕就會變得複雜起來：幾乎所有研究國民黨官方文學的學者，都會把「民族主義」作為最重要的關鍵詞之一，而抗戰文學最顯著的特徵無疑也正是民族主義，既然如此，是否可以說國民黨官方文學具有天然的基因，使其可以被納入「抗戰文學」的視域中來討論？如果答案是否定的，我們又該如何看待國民黨官方文學——民族主義文學——抗戰文學這一組奇特的三角關係？

　　在筆者看來，要回答這一問題，恐怕要從那場著名的「民族主義文藝運動」

談起。關於這場運動後文還將有更加詳細的回顧，此處僅指出一點：「民族主義文藝運動」的發起，是在抗戰開始之前的 1930 年 6 月，頗具諷刺意味的是，當「九‧一八」事變爆發、民族危機真正變得空前嚴重之時，伴隨著國民政府的不抵抗政策，這場運動卻反而落潮了。當年的左翼作家和自由主義作家都曾指出，那些有國民黨背景的文人所提倡的民族主義是「虛偽」的，而「九‧一八」事變之後民族主義文藝的走向，便恰恰給那些批評提供了一個生動的注腳。不過歷史的複雜性無處不在，儘管「民族主義文藝」作為一場「運動」最終以略顯尷尬的方式收場，但是隨著民族危機的日趨加深，民族主義作為一種意識形態卻獲得了越來越廣泛的合法性，直到全面抗戰爆發以後，成為籠罩整個社會的「中心意識」。此後在國共合作的背景下，國民政府又自然而然地重拾起民族主義作為其官方意識形態的救命稻草。當然，即使是在全面抗戰的過程中，這種「官方民族主義」也時時體現著「攘外」和「安內」的兩面性，而與民眾自發的民族情緒無法相提並論，不過在全面抗戰期間（尤其是全面抗戰初期）國民政府的威信乃至蔣介石的個人威望都空前高漲，所以若真的要在「官方」與「民間」的民族主義之間做出一種涇渭分明的區分，似乎也不大現實。在抗戰的背景之下討論以民族主義為內核的國民黨官方文學，其困難或許正在於此。

還有一個困難，就是對於 1940 年代所提倡的「三民主義文學」的評價。和民族主義文學類似，三民主義文學的最初亮相也是在「九‧一八」事變之前，但是，如果說「民族主義文藝運動」儘管沒有取得什麼值得一提的成果，至少它在聲勢上還算轟轟烈烈，那麼興起於 1920 年代末的最初一波三民主義文學，則是從表至裏都慘淡至極，在 1930 年底它已經完全偃旗息鼓。然而到了 1940年代，「三民主義文學」的招牌卻又被一些國民黨內的文人重新拾起，尤其是隨著 1942 年《文化先鋒》《文藝先鋒》兩種大型刊物的創刊，三民主義文學與文化一時間頗有風生水起之勢。這一事實本身並不令人意外，畢竟若論「官方文學」，三民主義才是名副其實的國民黨官方意識形態，即使僅從字面上看，它的官方色彩也遠比民族主義強烈。然而真正的問題在於，作為意識形態的三民主義並不是一個完整而嚴密的體系，其間有太多的含混、矛盾之處，被冠以三民主義之名的文學，也不可避免地會陷入這種種含混與矛盾之中，而顯得面目模糊。有的研究者大概是出於為尊者諱的心態，聲稱三民主義文學只是一塊「招牌」，它與真正的孫中山的三民主義思想毫無關係，但是無論從三民主義

文學的理論倡導還是創作實踐來看，問題恐怕都沒有這麼簡單。鼓吹三民主義文學的國民黨文人，即便僅僅是「原道徵聖宗經」，至少也實實在在地努力嘗試過把孫中山的三民主義理論確立為指導思想。當然很難說他們的努力是成功的，尤其是三民主義中的民權和民生，想要把它們體現在文學作品中，總是會遇到理論的或現實的重重困難。幸好三民主義之中也包含了民族主義，所以抗戰後期的「三民主義文學」還可以搭民族主義的便車，而把自身內部的種種矛盾掩蓋起來。不過當今天我們來重新審視已經成為歷史的三民主義文學時，卻仍然無法迴避對於三民主義理論本身的探討，以及三民主義與民族主義之間的微妙關係——儘管從理論上講，二者似乎是嚴格的包含與被包含關係，但實際上，民族主義卻從來不僅僅是「三大主義」之一這樣簡單。

　　無論民族主義文學也好，三民主義文學也罷，它們自身本已是相當複雜的存在，而一旦被置於抗戰文學的萬花筒中，則更會折射出斑駁陸離的色彩，所以，抗戰時期的國民黨官方文學無疑是一個充滿挑戰的研究領域。同時這也是一個極具研究價值的領域，因為缺少了國民黨官方文學這一塊拼圖，抗戰文學、尤其是國統區文學的面貌將會是不完整的。儘管在以往的國統區文學研究中，國民黨官方的存在也不會被完全忽略，但是它要麼僅僅作為一個背景，要麼就是作為革命作家、進步作家與之鬥智鬥勇的對象而出現。比如國民黨軍事委員會政治部下屬的第三廳以及繼之而設的文化工作委員會，向來是很多研究者關注的對象，但其原因卻是在國共合作的背景下，第三廳、文工會實乃掌握在郭沫若等左翼文人手中的非典型官方文化機構。至於那些真正代表國民黨官方立場的文人，以及他們從事的文學活動、創辦的文學刊物或者推動制定的「文藝政策」，卻極少在國統區文學研究中被正面討論——當然，「正面討論」絕不等同於「正面評價」，抗戰期間的國民黨官方文學，即使在反映民族解放鬥爭等方面顯示出過一定的積極意義，但它為國民黨的獨裁統治辯護的屬性卻從來不會改變，這是無法否認的事實，也是本著將要著重討論的內容之一。不過在承認國民黨官方文學政治屬性的前提下，對其加以詳細的探討仍然是必要的，否則，如果我們大談「國統區文學」卻對國民黨如何「統治」文學語焉不詳，這無論如何也是一種缺憾。

第一章　三民主義意識形態與孫中山的文化、文學觀

第一節　孫中山的民族主義思想

　　無論是三民主義文學還是民族主義文學的主張者，都會把孫中山的「遺教」當作他們最重要的理論資源之一，因此討論國民黨官方文學，就不得不先對孫中山的三民主義學說做一番考察。不過孫中山的思想對於他的信仰者而言，卻並不是什麼源頭活水，而更像是一團夾雜著多種成分的、面目模糊的混合物。孫中山先生是一位偉人的實踐者，但他在理論建樹方面卻遠遠談不上成功，他的三民主義學說充滿了種種矛盾和曖昧不明之處，而造成這種情況的主要原因，恐怕在於其所憑藉的思想資源的蕪雜性。

　　孫中山一直試圖將他的三民主義調和成一個統一的整體，早在 1906 年，他在宣傳其「三大主義」時就強調：「這三樣有一樣做不到，也不是我們的本意。達了這三樣目的之後，我們中國當成為至完美的國家。」〔註 1〕他的繼承者也反覆強調三民主義是「一個主義」而不是「三個主義」〔註 2〕，然而正如

〔註 1〕　孫中山：《在東京〈民報〉創刊週年慶祝大會的演說》，《孫中山全集》第 1 卷，中華書局 2006 年版，第 329 頁。

〔註 2〕　在戴季陶的《孫文主義之哲學的基礎》、陳立夫的《唯生論》等文章或著作中，都可以發現一種為三民主義找到一個「核心」，從而將其描述為一個有機整體的策略；而創刊於 1928 年的國民黨理論刊物《新生命》，甚至為了維護三民主義的整體性而發起了一場曠日持久的關於三民主義之「本體」的論爭。關於後者可參見張軍民：《國民黨理論界尋找「共信」的一次嘗試——〈新生命〉月刊討論三民主義本體問題述評》，《廣東社會科學》2000 年第 6 期。

孫中山自己所明確承認的那樣：「余之謀中國革命，其所持主義，有因襲吾國固有之思想者，有規撫歐洲之學說事蹟者，有吾所獨見而創獲者」〔註3〕，他又沒有足夠的理論素養將這些來源各異的思想冶為一爐，結果，三民主義就更像是古今中外各種思想與學說的大雜燴。儘管由於三民主義的蕪雜性，我們很難指認其「核心價值」是什麼，但孫中山在闡釋三民主義時卻是有明顯的偏重的，其重點就是民族主義〔註4〕。一方面，民族主義是三大主義中最先被孫中山提出的一個，同時也是被強調得最多的一個；另一方面，即使是在將三民主義作為一個整體來闡釋的時候，孫中山也往往會指出，民族的生存權和自由權高於公民個人的生存權和自由權，只有民族變得富強起來，民權和民生才能切實得到保障，所以他曾經這樣概括：「三民主義就是救國主義。」〔註5〕如此一來，民族主義的地位不但遠遠高於民權主義和民生主義，甚至在必要的時候還可以用它來掩蓋其餘二者。

孫中山的民族主義思想，明顯來源於中國的文化傳統〔註6〕。幾乎每一次提到民族主義，他都會從中國歷史上尋找立足點，不是祖述堯舜，就是言稱秦漢，有時甚至還會把自己領導的辛亥革命和朱元璋在元朝末年的起義相提並論：

> 觀於蒙古宰制中國垂一百年〈，明太祖終能率天下豪傑，以光
> 復宗國，則知滿洲之宰制中國，中國人必終能驅除之。蓋民族思想，

〔註3〕孫中山：《中國革命史》，《孫中山全集》第7卷，第60頁。

〔註4〕關於三民主義的「核心」或「重點」究竟是什麼，一直以來都是眾說紛紜。國內學界較為普遍的一種觀點是三民主義以「民權」為核心，但實際上孫中山幾乎從來沒有把「民權」的地位抬到其餘二者之上，這種看法只不過是由於將「三民主義」指認為「資產階級民主革命的政治綱領」而造成的一種先入之見；另外國民黨內的理論家為了給三民主義找到「哲學基礎」，又常常把「民生史觀」說成三民主義的核心和基礎，但這也是難以自圓其說的。考慮到「三民主義」的提出過程以及孫中山對其進行論述的方式，筆者認為民族主義才是它的重點。

〔註5〕孫中山：《三民主義·民族主義》，《孫中山全集》第9卷，第184頁。

〔註6〕本尼迪克特·安德森在其名著《想像的共同體》中，描述了民族主義從美洲傳播到歐洲、再傳播到亞非殖民地的散佈過程，國內學者亦有據此解說中國近代以來的民族主義之興起者。不過從孫中山等早期民族主義者實際的思想狀況來看，他們的民族思想顯然與中國傳統的關係更為密切，儘管其中也包含著某些外來成分。杜贊奇的觀點或許能給我們一些啟發：他認為，在中國歷史上早就存在一種類似今天所謂「民族認同」的東西，對於中國而言，新鮮的只是現代民族國家的政治體系而已（參見〔美〕杜贊奇：《從民族國家拯救歷史——民族主義與中國現代史研究》，王憲明等譯，江蘇人民出版社2008年版）。

實吾先民所遺留，初無待於外鑠者也。余之民族主義，特就先民所
遺留者，發揮而光大之……〔註7〕

然而問題在於：中國古代的民族認同總是和「華夷之辨」、「非我族類其心
必異」之類的種族中心主義話語相伴隨的，甚至可以說中國式的「民族認同」
主要就體現在這些話語當中，顯而易見，這與現代民族國家所需要的那種「民
族認同」並不是一回事〔註8〕。孫中山對此並不是沒有認識，所以他也強調，
對於「先民所遺留」之民族思想要「改良其缺點」，尤其要與各少數民族「平
等共處於中國之內」。而更有趣的，則是孫中山對於「五族共和」論者的嚴厲
批評——十分弔詭的是，人們普遍認為孫中山是主張「五族共和」的，甚至把
他說成是「五族共和」論的首倡者，其根據便是 1912 年 1 月 1 日孫中山發表
的《臨時大總統宣言書》中的一段話：「國家之本，在於人民。合漢、滿、蒙、
回、藏諸地為一國，即合漢、滿、蒙、回、藏諸族為一人。是曰民族之統一。」
〔註9〕但在這段話中根本就沒出現「五族共和」，實際情形恰恰相反，孫中山
乃是「五族共和」論的堅定反對者：

> 更有無知妄作者，於革命成功之初，創為漢、滿、蒙、回、藏
> 五族共和之說，而官僚從而附和之……大漢族尤傻，滿清傾覆，不
> 過只達到民族主義之一消極目的而已，從此當努力猛進，以達民族
> 主義之積極目的也。積極目的為何？即漢族當犧牲其血統、歷史與
> 夫自尊自大之名稱，而與滿、蒙、回、藏之人民相見於誠，合為一
> 爐而冶之，以成一中華民族之新主義，如美利堅之合黑白數十種之
> 人民，而冶成一世界之冠之美利堅民族主義，斯為積極之目的也。
> 五族云乎哉？夫以世界最古、最大、最富於同化力之民族，加以世
> 界之新主義，而為積極之行動，以發揚光大中華民族，吾決不久必
> 能駕美迭歐而為世界之冠，此故理有當然，勢所必至也。〔註10〕

在孫中山看來，推翻滿清以後，民族主義的「積極目的」就應該是消除漢

〔註7〕孫中山：《中國革命史》，《孫中山全集》第 7 卷，第 60 頁。
〔註8〕本尼迪克特·安德森認為，「民族被想像為一個共同體，因為儘管在每個民族
內部可能存在普遍的不平等與剝削，民族總是被設想為一種深刻的、平等的同
志愛。」見〔美〕本尼迪克特·安德森：《想像的共同體——民族主義的起源
與散佈》，吳叡人譯，上海人民出版社 2011 年版，第 7 頁。
〔註9〕孫中山：《臨時大總統宣言書》，《孫中山全集》第 2 卷，第 2 頁。
〔註10〕孫中山：《三民主義》，《孫中山全集》第 5 卷，第 187～188 頁。

族與各個少數民族之間的隔閡，而建構出一個全新的民族主體——中華民族，所以，如果此時繼續提「五族」，那就無異於製造民族分裂，而不利於民族之間的融合。這裡固然體現出了一定程度的民族平等思想，然而即使是講「民族融合」，孫中山仍然強調漢族在此過程中要居於主導地位，從他對漢族歷史的誇耀、尤其是對其「同化力」的稱讚中，我們還是能夠看到漢族中心主義的痕跡。這在孫中山的一次演說中表現得更加明顯：

> 自光復之後，就有世襲底官僚，頑固底舊黨，復辟底宗社黨，湊合一起，叫做五族共和。豈知根本錯誤就在這個地方。講到五族底人數，藏人不過四五百萬，蒙古人不到百萬，滿人只數百萬，回教雖眾，大都漢人。講到他們底形勢，滿州既處日人勢力之下，蒙古向為俄範圍，西藏亦幾成英國的囊中物，足見他們皆無自衛底能力，我們漢族應幫助他才是。漢族號稱四萬萬，或尚不止此數，而不能真正獨立組一完全漢族底國家，實是我們漢族莫大底羞恥……今日我們講民族主義，不能籠統講五族，應該講漢族底民族主義。或有人說五族共和揭櫫已久，此時單講漢族，不慮滿、蒙、回、藏不願意嗎？此層兄弟以為可以不慮。彼滿州之附日，蒙古之附俄，西藏之附英，即無自衛能力之表徵。然提撕振拔他們，仍賴我們漢族。兄弟現在想得一個調和的方法，即拿漢族來做個中心，使之同化於我，並且為其他民族加入我們組織建國底機會。〔註11〕

如此說來，孫中山所謂的「中華民族」其實不過是漢族的另一個變通性稱謂而已，在「建國」的過程中，各少數民族的主體性在很大程度上被剝奪了。論者往往會描繪出孫中山的民族思想從「驅除韃虜，恢復中華」到「五族共和」的發展過程，但實際上，漢族中心主義在孫中山頭腦中根深蒂固的程度，是遠遠超出人們的想像的。可以說，在民族主義的問題上，孫中山思想的保守一面暴露無遺，儘管他也不時強調「民族平等」甚至「世界大同」，但是這與狹隘的民族主義之間的矛盾，卻是他無力調和的。

有學者在分析30年代的「民族主義文藝運動」時曾經指出：民族主義文藝派所主張的民族主義具有「二重性格」，即他們既宣傳平等型民族主義，又宣傳狹隘民族主義乃至法西斯主義；同時認為他們宣傳的平等型民族主義，是

〔註11〕 孫中山：《在中國國民黨本部特設駐粵辦事處的演說》，《孫中山全集》第5卷，第473～474頁。

「按孫中山的思想闡釋民族主義」，而狹隘民族主義乃至法西斯主義「是由民族主義文藝運動的暗中支持者（指蔣介石——引者注）的政治本性所決定的」〔註12〕。在筆者看來，指出民族主義文藝運動的二重性，這是非常有洞見力的，但是，如果單純把其積極一面歸功於孫中山，而把其消極一面歸咎於蔣介石，這就未免有為尊者諱之嫌。我們從上文的分析中可以清楚地看到，孫中山自己的民族思想本來就是矛盾重重的，而且即使到了辛亥革命以後（亦即論者所謂的孫中山民族思想「發展」的「後期」），這種矛盾也依然頑固地存在著。我們很難說孫中山民族思想中狹隘、落後的一面，對國民黨文人所發起的「民族主義文藝運動」毫無影響。

第二節　孫中山的民權、民生思想

　　與民族主義相比，民權主義、民生主義在孫中山的思想體系中並沒有佔據同等重要的地位，但是它們對於國民黨官方文學，尤其是三民主義文學的影響，同樣不可低估。

　　先看民權主義。它的主要來源是英美等西方國家的自由民主思想，雖然孫中山有時也會將中國傳統典籍中的某些言論附會到民權主義上，但他總體上還是承認自己的民權思想是源於西方的：

　　　　中國古昔有唐虞之揖讓，湯武之革命，其垂為學說者，有所謂「天視自我民視，天聽自我民聽」；有所謂「聞誅一夫紂，未聞弒君」；有所謂「民為貴，君為輕」，此不可謂無民權思想矣。然有其思想而無其制度，故以民立國之制，不可不取資於歐洲。〔註13〕

　　為了實現民權主義，孫中山設計了一套「五權憲法」，即立法、司法、行政、考試、監察五權分立的政治體制，其中考試權和監察權基本可以看做是從歐美的三權分立政體中分離出來的，所以「五權憲法」也不完全是孫中山的獨創。但是「五權憲法」背後的核心思想是「權」與「能」的分離，即人民享有主權，而具體的政治事務則要全權託付給政府，正是在這裡，孫中山思想中的矛盾再一次體現了出來：一方面，他曾經批駁過那種認為人民程度不足、因而不能直接行使民權的看法，並打比方說：「是何異謂小孩曰：『孩子不識字，不

〔註12〕錢振綱：《論民族主義文藝派所主張的民族主義的二重性格》，《中國現代文學研究叢刊》2001年第2期。
〔註13〕孫中山：《中國革命史》，《孫中山全集》第7卷，第60頁。

可入校讀書也。』試問今之為人父兄者，有是言乎？」〔註14〕但另一方面，他又把人群分為先知先覺、後知後覺、不知不覺三類，並認為「中國人民都是不知不覺的多，就是再過幾千年，恐怕全體人民還不曉得要爭民權」，所以，就必須讓人民改變對於政府的態度，不再反對政府，而是對政府給予充分的信任，也就是做到權能分開。他甚至拿阿斗和諸葛亮來比喻人民和政府的關係：「諸葛亮是有能沒有權的，阿斗是有權沒有能的。阿斗雖然沒有能，但是把什麼政事都託付到諸葛亮去做；諸葛亮很有能，所以在西蜀能夠成立很好的政府……中國現在有四萬萬個阿斗，人人都是很有權的。」〔註15〕這段話貌似有道理，因為即使是歐美國家也不可能讓人人都直接參與政治事務，但是在歐美，權能分離的前提是：人民行使主權能夠有充分的制度保障，只有通過一整套嚴格而具體的制度，人民才可以有效地對執政者進行監督和制約。然而在孫中山關於三民主義的構想中，卻極少涉及到具體的制度層面，他雖然將「監察權」列為五權之一，但是落實到制度層面不過是監察院的設立而已——將本屬於全民的權力變成一個特定政府機構的職責，這恐怕很難說到底是一種進步還是後退。於是，孫中山此前那個教孩子識字的比喻，就變得更像一張空頭支票了。正如倪偉所指出的：

> 在制度匱缺的情況下，如何來限制和監督執政的國民黨的權力運作呢？怎樣才能又憑什麼能保證國民黨在向憲政過渡的訓政時期裏，會有雅量容忍其他的有組織的政治力量的存在，並甘願通過競爭選舉來獲得合法權力呢？所以，孫中山所提出的民權主義實際上與他欣慕的英美式民主的內在精神相去甚遠，反倒很容易被利用來為一種帶有極權主義傾向的獨裁政體提供合法性解釋。在一黨專制獨裁的政體下，所謂的人民享有主權不過是一句空話而已，在人民主權的堂皇旗號下掩蓋著的是少數人專制之實。〔註16〕

更讓人難以理解的是，提倡民權主義的孫中山卻反對講「自由」，他援引「日出而作，日入而息，鑿井而飲，耕田而食，帝力於我何有哉」這一歌謠，認為「中國自古以來，雖無自由之名，而確有自由之實，且極其充分，不必再去多求了」。我們當然很容易指出：現代意義上的自由是指公民的選擇權和行

〔註14〕孫中山：《三民主義》，《孫中山全集》第 5 卷，第 190 頁。
〔註15〕孫中山：《三民主義‧民權主義》，《孫中山全集》第 9 卷，第 323～326 頁。
〔註16〕倪偉：《「民族」想像與國家統制——1928～1948 年南京政府的文藝政策及文學運動》，第 31 頁。

動權受到制度的保護，而絕不是那種頗類似於老莊的中國式「逍遙」，但孫中山此說的真正目的，還是在於他的建國理想：「自由這個名詞……如果用到個人，就成一片散沙。萬不可再用到個人上去，要用到國家上去。個人不可太過自由，國家要得完全自由。到了國家能夠行動自由，中國便是強盛的國家。要這樣做去，便要大家犧牲自由。」〔註17〕在現代中國內憂外患交迫的情境下，把建立一個強大的國家作為目標自然有其必要性，但是如果讓這一目標成了唯一的終極目的，而把自由民主等理念（它們在西方被看作個體不容剝奪的權利，是具有神聖性的）都做出相對化的處理，那就無異於為專制留了一個後門。當然，如果把國民黨執政後的控制思想言論等專制舉措與孫中山的學說直接聯繫起來，恐怕有失公允，但是我們在其中確實能發現相通的邏輯，那就是：為了現實的政治需要，可以隨意將民主自由等理念做出有利於自己的解釋，甚至完全走向其反面。在後文將要著重分析的抗戰時期國民黨的文藝政策中，此種邏輯亦有明顯的體現。

再來看民生主義。民生主義可能是孫中山的三大主義中最能夠自圓其說的一個，但同時也是最讓他的繼承者頭痛的一個，尤其是當他們與中國共產黨進行意識形態鬥爭的時候。這是因為，孫中山反覆強調民生主義就是社會主義、就是共產主義，而且，這種強調是如此地一以貫之、確定不移，以致根本沒有給國民黨人留下絲毫曲解民生主義、以便撇清其與社會主義之瓜葛的機會。比如，當國民黨一大召開、宣布改組之際，許多國民黨員對於大會宣言中把民生主義等同於共產主義表示了不滿，孫中山為此專門發表講演，指出「共產主義與民生主義毫無衝突，不過範圍有大小耳」〔註18〕；在他集中論述三民主義的著作中，他又以相當肯定的語氣說：「民生主義就是社會主義，又名共產主義，即是大同主義」，「可以說共產主義是民生的理想，民生主義是共產的實行；所以兩種主義沒有什麼分別」〔註19〕。而且，這種強調也不能被完全解釋為為與共產黨合作而採取的權宜之計，因為我們可以發現，在孫中山的思想中，社會主義的影響是一直存在的。早在1903年，他就在一封信件裏說：「所詢社會主義，乃弟所極思不能須臾忘者。弟所主張在於平均地權，此為吾國今日可以切實施行之事。」〔註20〕此時孫中山尚未提出民生主義，但是從他的

〔註17〕孫中山：《三民主義‧民權主義》，《孫中山全集》第9卷，第280～282頁。
〔註18〕孫中山：《關於民生主義之說明》，《孫中山全集》第9卷，第112頁。
〔註19〕孫中山：《三民主義‧民生主義》，《孫中山全集》第9卷，第355、381頁。
〔註20〕孫中山：《復某友人函》，《孫中山全集》第1卷，第228頁。

「平均地權」、防止貧富不均等主張中，已經明顯出現了他後來提倡的民生主義的影子，由此可見，孫中山的「民生」思想確實與社會主義有相當緊密的關係。

當然，民生主義絕不可能和馬克思主義完全等同。比如，孫中山對馬克思的階級鬥爭學說就表現出了很大程度的保留態度，他認為俄國式的革命只能解決政治問題而無法解決社會、經濟問題，同時他還強調，要解決中國的問題一定要根據中國的事實，而在他看來這種事實就是「中國人大家都是貧，並沒有大富的特殊階級，只有一般普通的貧。中國人所謂『貧富不均』，不過在貧的階級之中，分出大貧與小貧」〔註21〕。正因為在中國貧富差距並沒有西方那樣懸殊，所以可以不必通過階級鬥爭的「激烈」手段來解決社會問題，而是要防患於未然，採用收取地價稅等方法來防止貧富兩極分化。可以看出，孫中山與馬克思主義者之間的分歧，與其說是理論、信念上的，還不如說是僅僅在於實踐其信念的途徑上，以及對於中國的具體「事實」的判斷上。

毋庸置疑，在與中國共產黨合作的過程中，孫中山的「民生」思想與社會主義的相符是一個必不可少的要素，但是也恰恰是這種相符，削弱了三民主義作為一種獨立的意識形態的力量。正如研究者所指出的：

> 意識形態作為一種高度嚴密的信仰價值體系，其思想宗旨一般來說總是很鮮明的，因而不可避免地會帶有強烈的排他性，它常常以終極真理自居，拒絕承認自身與其他意識形態或信條、綱領之間存在任何的一致或相同之處。〔註22〕

很顯然，孫中山對於民生主義的解釋，極大地削弱了三民主義理論體系的鮮明性和獨立性，這就使得國民黨在以三民主義為武器、與共產党進行意識形態鬥爭時，非常容易處於被動、不利的地位。

需要指出的是，國民黨內的理論家還曾經試圖從另外的維度來闡釋「民生」，那就是將其玄學化。早在 1925 年，孫中山逝世後不久，戴季陶就接連寫出《孫文主義之哲學的基礎》《國民革命與中國國民黨》兩篇文章，提出了所謂「孔孫道統論」，即孫中山繼承的是自孔子以降的中國正統思想；並闡述了「民生哲學」，意謂三民主義的重心是民生主義，民生哲學是三民主義的哲學

〔註21〕孫中山：《三民主義・民生主義》，《孫中山全集》第 9 卷，第 381 頁。
〔註22〕倪偉：《「民族」想像與國家統制——1928～1948 年南京政府的文藝政策及文學運動》，第 29 頁。

基礎。但是戴季陶對孫中山哲學體系的闡釋非常簡單而粗糙，最明顯的一點是：所謂「民生哲學」僅僅是政治哲學，它並沒有相應的本體論作為其前提和基礎，所以根本無力對抗以辯證唯物論為本體的、體系完善的馬克思主義哲學。為了彌補這一缺憾，陳立夫在 1934 年出版了《唯生論》一書，試圖從本體論的意義上重新闡釋「生」字，其立論的基礎是孫中山的「生元說」。「生元」即細胞，孫中山故意將它如此翻譯，「蓋取生物元始之意也」，對此孫中山做了詳細的解釋：

> 生元者何物也？曰：其為物也，精矣、微矣、神矣、妙矣，不可思議者矣！按今日科學所能窺者，則生元之為物也，乃有知覺靈明者也，乃有動作思為（原文如此——引者）者也，乃有主意計劃者也。人身結構之精妙神奇者，生元為之也；人性之聰明知覺者，生元發之也……孟子所謂「良知良能」者非他，即生元之知、生元之能而已。〔註23〕

不過，孫中山上面的一段話，本是他從飲食角度論證其「知難行易」主張時所舉的例子，與民生主義本來沒有任何關係，而且從生物學的角度看，孫中山對「生元」（細胞）的認識也是似是而非的，所謂細胞有知覺、有思維，這完全是一種誤解；而陳立夫則錯上加錯，說什麼「元子就是萬物的生元，生元就是人類及一切動植物（普通所承認之一切生物）的元子。簡單的說，就是宇宙既只有生沒有死，生元和元子在本質上就是一個東西」〔註24〕，並由此推論出：「一切現象，都是生命的表徵，都是萬物求生活的結果！總之：宇宙整個地是一個生命的結構。這就是我們所講唯生論的宇宙觀。」〔註25〕陳立夫試圖借助科學術語，來為其所闡釋的孫中山的「哲學體系」披上一件合法性外衣，但是他（以及孫中山）對於自然科學的一知半解，卻使得所謂「唯生論」更像一種「偽科學」〔註26〕。

除戴季陶、陳立夫之外，試圖替三民主義尋找「哲學基礎」的尚不乏其人，而他們也幾乎不約而同地看中了「民生」。比如胡一貫在 40 年代就寫過一篇

〔註23〕孫中山：《建國方略之一：孫文學說——行易知難（心理建設）》，《孫中山全集》第 9 卷，第 163 頁。

〔註24〕陳立夫：《唯生論》（上冊），正中書局 1939 年版，第 6 頁。

〔註25〕陳立夫：《唯生論》（上冊），第 46 頁。

〔註26〕關於陳立夫「唯生論」的詳細評述，見呂厚軒：《陳立夫「唯生論」創制的背景及其內容、特點》，《齊魯學刊》2010 年第 2 期。

《中國哲學的哲學——唯生哲學管測之一》〔註 27〕，再次提出所謂「唯生哲學」，按他的解釋，「唯生哲學」的含義是：「哲學之中心是民生，哲學之任務是致民生之大用」，「生是宇宙的中心，民生是歷史的中心」。為了確立這一個「生」字的「道統」地位，作者從《易經》裏的「天地之大德曰生」一直到明清的王陽明、戴東原等人的論著中搜尋證據，以此證明中國哲學的一脈相承，並確立「三民主義民生史觀」的「正統」地位。

但是，所有這些人的「好心」，都沒有能讓民生主義真正成為三民主義的「核心」或「基礎」，他們的努力至多只能充當一種障眼法，亦即遮蔽民生主義與社會主義之間的密切關係，只不過這樣一來，「民生主義」自身的面目也就變得愈發模糊不清了。

第三節　孫中山的文化、文學觀

上文逐一分析了孫中山的民族、民權、民生思想，它們對於國民黨官方文學當然會產生一定的影響，不過這種影響基本還是間接的。與國民黨官方文學有更為密切的關係的，還是孫中山本人的文化觀與文學觀。

通觀孫中山對於三民主義的論述，我們會發現，他經常反反覆覆地申明自己的政治、經濟綱領，而對於文化問題則很少涉及，這並不是因為孫中山不關心文化問題，而是因為在他看來，中國的傳統文化已經足夠完善，所以根本就沒有必要在此之外再來構建什麼「三民主義文化」。早在辛亥革命剛剛發生之際，他在談及即將成立的新政權時就說：「彼將取歐美之民主以為模範，同時仍取數千年舊有文化而融貫之。語言仍用官話，此乃統一中國之精神，無庸稍變。」〔註 28〕不久之後他又說：「我中國是四千餘年文明古國，人民受四千餘年道德教育，道德文明比外國人高若干倍，不及外國人者，只是物質文明。」〔註 29〕而且，孫中山對於傳統文化的推崇並非泛泛而論，他曾經明確提倡過「忠孝」等舊道德，並進而對新文化運動的提倡者進行了抨擊：

> 我們現在要恢復民族的地位，除了大家聯合起來做成一個國族
> 團體以外，就要把固有的舊道德先恢復起來……講到中國固有的道
> 德，中國人至今不能忘記的，首是忠孝，次是仁愛，其次是信義，

〔註 27〕發表於《文化先鋒》第 1 卷第 2 期，1942 年 9 月 8 日。
〔註 28〕孫中山：《在歐洲的演說》，《孫中山全集》第 1 卷，第 560 頁。
〔註 29〕孫中山：《在安徽都督府歡迎會的演說》，《孫中山全集》第 2 卷，第 533 頁。

其次是和平。這些舊道德，中國人至今還是常講的。但是，現在受
外來民族的壓迫，侵入了新文化，那些新文化的勢力此刻橫行中國。
一般醉心新文化的人，便排斥舊道德，以為有了新文化，便可以不
要舊道德。不知道我們固有的東西，如果是好的，當然是要保存，
不好的才可以放棄。〔註30〕

　　雖然最後一句話聽起來頗似「取其精華去其糟粕」的論調，但從孫中山隨
後對種種舊道德的逐一論述來看，他對於傳統文化尤其是傳統道德的態度，基
本上是全盤接受的，而他對於新文化的反對，則是旗幟鮮明。當然，有的時候
孫中山也會認識到，以儒家為代表的傳統文化承認人與人之間的不平等，這與
現代自由平等的政治理念是有衝突的，他曾說：

天生聰明睿智、先知先覺者，本以師導人群、贊佐化育。乃人
每多原欲未化，私心難純，遂多擅用其聰明才智，以圖一己之私，
而罔顧人群之利……由是履霜堅冰，積為專制。我中國數千年來聖
賢明哲，授受相傳，皆以為天地生人，固當如是，遂成君臣主義，
立為三綱之一，以束縛人心。此中國政治之所以不能進化也。〔註31〕

　　不過這樣的議論在孫中山的著述中終屬鳳毛麟角，在絕大多數時候，他對
中國傳統文化的迷戀和崇仰，完全壓倒了其對於「傳統」中負面因素的理智思
考。至於文學問題，則更是極少出現在孫中山的視野中。目前能看到的孫中山
關於文學的論述僅有一處，全文如下：

中國詩之美，逾越各國，如三百篇以逮唐宋名家，有一韻數句，
可演為彼方數千百言而不盡者，或以格律為束縛，不知能者以是更
見工巧。至於塗飾無意味，自非好詩。然如「床前明月光」之絕唱，
謂妙手偶得則可，惟決非尋常人能道也。

今倡為至粗率淺俚之詩，不復求二千餘年吾國之粹美，或者人
人能詩，而中國已無詩矣。〔註32〕

　　雖然這段話只是對新詩表示了不滿，但是很顯然，其中體現出的文學觀，
是和孫中山的文化觀一脈相承的，聯繫到他對新文化運動的評價，也便可想而
知他對於整個新文學會持何種看法。可以說，孫中山眼裏的新文學，和林紓等

〔註30〕　孫中山：《三民主義・民族主義》，《孫中山全集》第9卷，第243頁。
〔註31〕　孫中山：《三民主義》，《孫中山全集》第5卷，第188頁。
〔註32〕　孫中山：《詩學偶談》，《孫中山全集》第4卷，第539頁。這段文字原出自胡
　　　　　漢民的《不匱室詩鈔》，係對孫中山談話的記錄。

守舊派文人眼裏的新文學大概沒有什麼區別，所不同的僅僅是孫中山作為一個政治人物，沒有必要在文學問題上公開發言而已，不過從他的「偶談」中，我們對於其態度已可以一目了然。

這樣的文學觀顯然是有些不合時宜的。自從「五四」新文化運動以後，新文學相對於舊文學已經取得了壓倒性的優勢〔註33〕，在大多數知識分子、尤其是青年學生中間（他們一般被認為是社會上最具活力與影響力的群體），新文學具有不證自明的合法性，而舊文學則往往被貼上保守落後的標籤。我們在今天固然可以對當年那場新舊之爭給予更加客觀的評價，但是在當時的情境之下，提倡舊文學、反對新文學的論調，的確是很難找到市場的。因此，當日後國民黨的文化官員倡導「三民主義文學」與「民族主義文學」的時候，如果他們試圖從孫中山那裏尋找話語資源，便會遇到一個頗令人尷尬的悖論：在文學革命早已成功的年代，要是再來提倡舊文學，那無異於癡人說夢；但是若提倡新文學，那又恰恰與孫中山本人的意見相反，因而其主張也就會成為無源之水、無本之木。

對於「民族主義文藝運動」而言，由於其提倡者很少直接援引孫中山的言論來為自己張目，所以它還不至於受到上述悖論的束縛；但是，我們在後面的分析中卻可以看到，當葉楚傖、張道藩等國民黨的文化官員在不同時期提倡「三民主義文學」時，他們就會發現上述悖論簡直成為了「三民主義文學」無法擺脫的宿命。正是孫中山本人思想中保守的一面，使得這種以他的「三民主義」命名的文學，不得不一直掙扎在「新」與「舊」的漩渦之中，甚至成為這種文學無法繞過的障礙，這是很令人深思的。實際上，如果嚴格按照孫中山的「本意」來講，恐怕「三民主義文學」這個名詞從根本上就不能成立，因為他的三民主義主要因應的，本是近代以來中國的現實政治、經濟、社會諸問題，至於包括文學在內的文化問題，對於孫中山而言幾乎就不存在，因為在他眼裏，只要繼承了傳統的文化、文學並將其發揚光大，就是最好的選擇，任何旨在顛覆傳統的變革都是不可取的。孫中山無疑是一個政治上的激進主義者，但他的文化觀念卻帶有極強的保守主義色彩，這種結合看似古怪，卻也不難理解，因為孫中山激進的政治思想中，最核心的部分就是民族主義，而正如前文

〔註33〕 近些年來，研究者在評價「五四」時期的新舊文學之爭時，往往會指出新舊文學並非只有競爭關係，其中亦有滲透和互補（參見秦弓：《「五四」時期文壇上的新與舊》，《文藝爭鳴》2007年第5期）。但是經歷過文學革命之後，新文學迅速站穩腳跟並獲得了遠遠超乎舊文學的合法性，這仍是無法否認的事實。

所分析的，孫中山民族思想的主要來源是中國的傳統文化，所以，三民主義就成了一個奇特的「激進」與「保守」的複合體。在這一複合體中，與國民黨官方文學有直接關係的又恰恰是其不合時宜的保守部分，因此國民黨官方文學——尤其是三民主義文學，在其源頭之處就被打上了保守的烙印。

　　儘管三民主義具有上述種種矛盾與模糊性，而且孫中山本人的文化觀與文學觀也具有嚴重的保守傾向，但是，三民主義仍然「天然地」是國民黨官方文學最重要的思想資源，只不過它為國民黨官方文學所帶來的，未必總是積極因素而已。

第二章 「九‧一八」事變前國民黨 官方文學概述

第一節 三民主義文學的亮相與退場

　　1920 年代後期，由於北伐的勝利以及「東北易幟」的發生，南京國民政府至少在形式上完成了統一中國的大業，國民黨政權獲得了合法的中央政府的地位。為了與政治上的一黨獨裁統治相配合，國民黨對思想文化領域也加強了干預和控制，其首要任務便是樹立三民主義學說在意識形態領域的獨尊地位。1928 年 3 月 7 日頒布的《暫行反革命治罪法》明確規定：「宣傳與三民主義不相容之主義及不利於國民革命之主張者」，將被論以反革命罪而「處二等至四等有期徒刑」[註1]。而文學作為思想文化鬥爭的重要陣地，也得到了一定程度的重視，尤其是自從 1928 年初開始，創造社、太陽社等左翼文學社團相繼揭櫫「革命文學」的大旗，以極端激進的姿態全面批判五四以來的新文學，並由此而引發了激烈的論戰。雖然由於夾雜了過多的意氣之爭與門戶之見，這場「革命文學」論爭並沒有取得什麼實質性的理論建樹，但它至少在客觀上造成了無產階級文學的聲勢，同時推動了馬克思主義意識形態的傳播。面對這樣的形勢，一些國民黨內的文人感到不能再袖手旁觀。

　　目前可以查找到的最早呼籲國民黨制定「文藝政策」的文章，是廖平的《國民黨不應該有文藝政策嗎》。這篇文章首先講其他國家「對於文藝之注意」，比如「蘇俄統一以後，召集全國文學團體以及政治要人討論文藝政策，

〔註 1〕《暫行反革命治罪法》，《最高法院公報》創刊號，1928 年 6 月 1 日。

意大利也有青年棒喝團之檢查文件」，然而在國民黨治下的中華民國，文壇卻被共產派，無政府派，以及保守派所佔據，至於「我黨」的文藝上的刊物則寥若晨星。所以他呼籲政府和黨人要注意文藝，並給出了具體的建議，即國民黨的文藝界要聯合起來形成一個團體，並且政府要給這種團體相當的援助、指導，同時取締「一切反革命派的刊物」〔註2〕。不過廖平的呼籲在當時並沒有得到什麼響應，這可能是由於他的文章發表在《革命評論》上，它並不是一個主流的國民黨刊物，而是由改組派首領陳公博創辦的、以政論為主的刊物。由於該刊激烈地批評南京政府，它在 1928 年 9 月 3 日出至 18 期後即被迫停刊，此時距離廖平發表《國民黨不應該有文藝政策嗎》僅僅兩周，因而該文沒能激起什麼反響，也是情理之中的事情。

　　大約從 1928 年末開始，更多的鼓吹「革命」文學的文章，開始在一些國民黨報刊的文藝副刊上陸續出現。其中鼓吹得最賣力的，便是上海《民國日報》的副刊《青白之園》。它創立於 1928 年 12 月 9 日，每週日出版一次，由上海「青白社」主編，實際負責編輯的則是時任上海市國民黨黨部宣傳幹事的許性初。他在「園門開幕之日」是這樣解釋「青白社」的緣起的：「青白社是我們幾個愛好文藝而又願意從事革命的人所組織」，他們相信「文藝是人生的表現……文藝簡直是可以創造進步人生，也可以創造頹廢的或退後的墮落的人生」，而「革命是某種政治或經濟社會組織的劇烈變動，所以革命也可以創造進步的人生。」因此「文藝與革命當然有極密切的關係」〔註3〕，他們提出的口號便是「從文藝的園中走到革命的路上！在革命的路上遍植文藝的鮮花！」雖然《青白之園》創辦之初並沒有明確提出「三民主義文學」的口號，但是從編者的一些表述當中，比如「我們始終承認，只有三民主義的革命，才適合於中國以至世界。所以凡是違反三民主義，而以革命文學為招牌的，我們願意以全部的力量來拆穿他們的假面具」〔註4〕，「青白社員不限資格，只要是愛好文藝而願意從事於三民主義的革命的同志」〔註5〕等等，已經可以看出「三民主義文學」這一主張的雛形。

〔註 2〕廖平：《國民黨不應該有文藝政策嗎》，《革命評論》第 16 期，1928 年 8 月 20日。

〔註 3〕性初：《園門開幕之日——關於青白社及其他》，《民國日報·青白之園》1928年 12 月 9 日。

〔註 4〕性初：《「青白之園」編後》，《民國日報·青白之園》1928 年 12 月 23 日。

〔註 5〕《青白社簡約》，《民國日報·青白之園》1929 年 2 月 3 日。

但是如何將三民主義的「革命」理念和他們自稱所愛好的「文藝」結合起來，青白社諸人卻沒有提出什麼有價值的意見。充斥在《青白之園》上面的，多數是對於左翼和一些自由主義文學流派的謾罵式批評，這從一些文章的標題即可看出，如《蕪蕪龐雜的革命文學》《浪漫的文學家滾開去吧》等等。更惡劣的是，《青白之園》上不僅有對於對手的言語上的攻擊，甚至還不時使出一些類乎「公開告密」的手段。它有一個小專欄「十字街頭」，就是專門登載此類文字的，比如有共產黨背景的華南大學剛剛成立不久，「十字街頭」就以醒目的大字標題，刊發了一則署名「上海文化促進社」的揭發文字，其中說華南大學是「創造社一班共產黨文化宣傳徒輩王獨清李初梨馮乃超李鐵聲段可情輩組織的」，「繼續去年上海藝術大學一般工作」，「煽惑去信從反革命的理論」等等，文末還大聲疾呼：「注意他們的伎倆！剷除他們的詭計！打倒共產黨的文化侵略機關！打倒共產黨的文化侵略分子！」[註6]同時還刊發了一篇署名「笑」的《「掛个起羊頭賣不成狗肉」》，以冷嘲熱諷的口吻攻擊創造社甘做「共產黨的宣傳機關」，並對創造社被當局查封表示出幸災樂禍的態度。看來《青白之園》似乎並不滿足於「批判的武器」，也想提醒其所依附的當權者，來對對手加以「武器的批判」。而且他們對於這一點還是不以為恥反以為榮的，在副刊創辦五個月以後，編者在一則編後記裏就說，雖然努力至今的結果不能令人滿意，但「至少我們總算貫徹了一部分主張，盡了揭發奸私的責任……至於一般以文學做幌子而陰行賣狗肉勾當的秘密者『十字街頭』的確揭穿得有力」[註7]。

雖然《青白之園》在攻擊他人時不遺餘力，但在闡述他們自己的文學主張時，卻顯得非常乏力。比如《浪漫的文學家滾開去吧》在抨擊「浪漫文學」的同時，提出了「革命文學」的主張，按照作者的說法，所謂革命文學，「就是我們的作品，應該是同情於被壓迫的革命民眾的，同時我們要反對含有浪漫色彩的文學……總而言之，我們要本著革命的熱情，從心中所發出來的作品，就叫做『革命文學』。」而要努力於「革命文學」就需要「馬上本著這個熱忱，實行到民間去，工廠去，兵隊去，使我們國民革命，快些成功，趕快完成」[註8]。

〔註6〕上海文化促進社：《注意新成立的共產黨徒的文化宣傳機關——華南大學！！！》，《民國日報‧青白之園》1929 年 2 月 24 日。
〔註7〕性初：《「青白之園」編後》，《民國日報‧青白之園》1929 年 5 月 12 日。
〔註8〕王兆麟：《浪漫的文學家滾開去吧》，《民國日報‧青白之園》1929 年 4 月 14 日。

如果僅從字面上看，簡直令人疑心此「革命文學」與創造、太陽兩社發起的，也是《青白之園》所竭力攻擊的彼「革命文學」，究竟有什麼差別。他們在攻擊對手的同時，卻又只能重複別人的主張，這實在是令人尷尬。

《青白之園》似乎也並不完全是孤軍奮戰，就在他們鼓吹把文學和「三民主義革命」結合起來的同時，南京的《中央日報》上也出現了一個文藝副刊，即由王平陵主編的《青白》。雖然《中央日報》與《民國日報》同為國民黨的官方報紙，《青白》與《青白之園》也同為文藝副刊，二者甚至連名稱都十分相似（很顯然是取「青天白日」之意），但實際上，《青白》所呈現出的面目卻與《青白之園》截然不同，像《青白之園》那種滿紙浮辭叫囂的文章，在《青白》上非常少見，它發表的多數是詩歌、小說、散文等文藝作品，即使偶有批評文字，也多是一般的文藝批評，而很少涉及意識形態鬥爭。我們只能從偶而出現的提倡「革命文藝」的文章當中，才能窺見該副刊的官方色彩。同樣由王平陵主編的、《中央日報》的另一個副刊《大道》，也會偶而登載一些呼籲當局注意文藝的文章，不過《大道》是一個發表各類批評文字的綜合性副刊，它留給文藝的地盤非常有限，除了後來發表周佛吸的《唱導三民主義的文學》等長文外，它在鼓吹三民主義文學方面出力甚少。有研究者認為，這種局面的出現與王平陵的文學觀念有關：「他認為必須以三民主義來統一思想，同時又承認學術必須自由，所謂的統一只能在政治上、行政手段上實現……也正是因為此，王平陵才能在黨治文藝之內，在一定程度上堅持文藝自由的觀點。」〔註 9〕作為國民黨中宣部成員的王平陵，編輯黨報副刊時究竟在何種意義上能做到「堅持文藝自由」或可商榷，但總的來看，《中央日報》的兩個副刊《青白》和《大道》確實與《青白之園》完全無法相提並論。而且，即使是在提倡三民主義文學的時候，《青白》《大道》也從來不會呼應《青白之園》，而僅僅是自說自話，由此看來王平陵並沒有把青白社視為同道。聯想到後來「民族主義文藝運動」興起時，《大道》也曾轉載過《民族主義文藝運動宣言》，我們或許可以得出結論：《青白》與《大道》其實算不上是三民主義文學的陣地，只不過作為黨報副刊，對於黨內文人發起的文學活動（無論是三民主義文學還是民族主義文學），它們至少要例行公事地表示一下支持罷了。

或許是青白社及其他黨內文人的呼籲起到了效果，也或許是國民黨的高

〔註 9〕張玫：《再論王平陵：「民族主義文藝」還是「三民主義文藝」？》，《中國現代文學研究叢刊》2015 年第 10 期。

層確實認識到了文藝在意識形態鬥爭中的作用，1929 年 6 月 3 日至 7 日，由國民黨中央宣傳部主辦的全國宣傳會議在南京召開。在這次會議上先後通過了兩項關於文藝的議案，其一為「確定本黨之文藝政策案」，決議創造三民主義的文學、取締違反三民主義之一切作品〔註 10〕；其二則是更為詳細的「規定藝術宣傳方法案」，包括組織藝術宣傳設計委員會、對於三民主義之藝術作品加以獎勵等六項決議〔註 11〕。此次會議期間蔣介石、胡漢民均曾親自到場，其規格不可謂不高，而兩項有關文藝的議案之通過，似乎體現了國民政府對於文藝問題的重視，然而正如倪偉所指出的：「這次會議卻並沒有制定出具體的執行方案，特別是沒有在政策上為各省市縣黨部開展三民主義文藝之建設提供必要的人員配備和固定的資金保障，故而所謂的『確定本黨之文藝政策案』實際上只是一紙空文而已。」〔註 12〕「三民主義文藝政策」的出臺，沒有給國民黨官方文學的建設提供任何實質性的幫助，一個最明顯的例子就是：全國宣傳會議之後僅僅三個月，一直作為鼓吹三民主義文學之最主要陣地的《青白之園》，就不得不關門大吉，而其原因竟然是：「因為報館裏要加增新聞的篇幅，所以把各類乙種副刊一律取消。我們的刊物是附在乙種副刊之一，當然不能例外」〔註 13〕。這群忠誠黨徒維護黨國意識形態安全的熱忱，竟然敵不過報紙增加新聞篇幅的需要，說來也真令人心寒。

不過，還是有一些心繫黨國安危的文人，在此以後繼續為「三民主義文學」搖旗吶喊，周佛吸便是一個典型。他於 1929 年 9 月至 11 月，連續在《中央日報‧大道》副刊上發表了《唱導三民主義的文學》（9 月 29 日、10 月 1 日、2 日連載）、《怎樣實現三民主義的文學——復大道編者先生》（11 月 24 日）、《何謂三民主義文學》（11 月 26、27、29、30 日連載）等文。在第一篇文章《唱導三民主義的文學》發表以後，他曾致信《大道》編者，呼籲他們利用自己的陣地宣揚三民主義文學，他的一片愚忠似乎也得到了編者王平陵的體諒，王平陵在刊發周佛吸來信兩天之後，於《大道》上回應道：

> 尊意主張提倡三民主義的文學，此間同志們均表同意。文學是
> 時代的背景，也是時代的前驅，其關係之重要，無待繁言。所以中

〔註 10〕《全國宣傳會議第三日》，《中央日報》1929 年 6 月 6 日。

〔註 11〕《全國宣傳會議第四日》，《中央日報》1929 年 6 月 7 日。

〔註 12〕倪偉：《「民族」想像與國家統制——1928～1948 年南京政府的文藝政策及文學運動》，第 10 頁。

〔註 13〕性初：《青白之園暫行停刊》，《民國日報‧青白之園》1929 年 9 月 18 日。

央對於文學的方針，已有明白的表示了，不知足下見到沒有？大著
論三民主義的文學一文，只是一個發端，何謂三民主義的文學？以
及如何實現三民主義的文學？均未深切的討論，關於此點，尚希足
下與讀者多多的賜教。〔註 14〕

其實細揣這段話的語氣，似乎王平陵的態度並不完全是積極的，比如他說
文學的意義「無待繁言」，並問周佛吸是否知道中央已經「明白表示」過的文
學方針，就隱隱透出一種不耐煩之意，而後面的話既可以理解為鼓勵周佛吸繼
續撰文，也可以解作嫌他之前的文章過於空泛。然而周佛吸讀到這段回應後，
竟然覺得「萬萬分萬萬分的歡喜鼓舞」，甚至於「歡喜得快要跳躍起來了」〔註
15〕，於是認認真真地奉上了《怎樣實現三民主義的文學——復大道編者先生》
和《何謂三民主義文學》兩篇大文，並趁機大發牢騷，說「我曾以研究之所得，
商之研究文藝的朋友們，收穫到的卻是些譏笑和輕侮」，「計自我研究三民主義
文學以來，所收穫的譏笑和輕侮，真是不能以車載斗量」〔註 16〕。不過對於王
平陵拋給他的兩個問題，他的回答卻是言不及義，基本沒有提出什麼有建設性
的意見。更具諷刺意味的是，他的長篇大論《何謂三民主義文學》連載四次以
後，連編者也失去了耐心，11 月 30 日最後一次連載時文末標注了「未完」，
此後便沒有了下文。對於顯然想做御用文人、卻又得不到賞識的周佛吸來說，
這樣的結果難免會讓他感到萬分的委屈與無奈。

大概像「三民主義文學」這樣的大題目，是不可能由周佛吸這樣人微言輕
的小人物來做的。就在他的文章被「腰斬」以後僅僅一個月，國民黨中宣部長
葉楚傖便於 1930 年 1 月 1 日在上海《民國日報》的元旦特刊上發表了《三民
主義的文藝底創造》一文，但是文章一上來就承認：去年全國宣傳會議上通過
的關於文藝的提案，雖然「大家認為重要」，卻又「沒有辦法」；文中還說：「到
底怎樣才可以建設三民主義文藝？大家都曉得這個問題很重要，但怎樣去做，

〔註 14〕王平陵：《通訊》，《中央日報·大道》1929 年 10 月 22 日。

〔註 15〕周佛吸：《怎樣實現三民主義的文學——復〈大道〉編者先生》，《中央日報·
大道》1929 年 11 月 24 日。這其實是一個耐人尋味的細節：王平陵所言中央
對於文學的方針，顯然是指該年 6 月宣傳會議上通過的決議，而從周佛吸的
反應來看，他在看到王的答覆之前根本就不知道有這回事。像周佛吸這樣以
「研究三民主義文學」自居者尚且如此，就更見得之前所謂「本黨之文藝政
策」完全是一紙空文了。

〔註 16〕周佛吸：《怎樣實現三民主義的文學——復〈大道〉編者先生》，《中央日報·
大道》1929 年 11 月 24 日。

卻沒有辦法。我自己便是一個沒有辦法的人。」實際上，無論是之前的青白社諸人還是周佛吸，雖然鼓吹得一個比一個賣力，但對於如何建設三民主義文學的問題，他們不是空喊口號而提不出「辦法」，就是雖然臆想出一些「辦法」卻完全不切實際，身為國民黨宣傳大員的葉楚傖，在這個問題上倒至少表現得更加坦誠。不過既然要提倡「三民主義文藝」，僅僅拿「沒有辦法」四個字來塞責顯然說不過去，所以他又用自我寬慰的口氣說，也不必把這個問題看得太難，因為古今中外的文藝，最重要的元素不過「理法」二字，所以「我們所謂三民主義之文藝，乃是以三民主義之思想做我們的理，而以三民主義之時代為我們的法。」〔註17〕但這仍然是一句空話，對於「三民主義文藝」的創造並無任何實際的指導意義。

然而就在葉楚傖感到「沒有辦法」的同時，中國左翼作家聯盟卻正在緊鑼密鼓的籌劃過程中，1930年3月2日，左聯在上海正式成立，此事對於國民黨的文人以及宣傳官員的刺激，是可想而知的。1930年4月28日，國民黨上海特別市執行委員會宣傳部召開了第一次全市宣傳會議，在此次會議上，市宣傳部部長陳德徵指出以往宣傳工作的最大缺點是「缺少實際之效果」，他所舉的例子就是「如談了好久的三民主義文學，至今尚未完全實現，只看見一般不穩思想結晶的文藝作品，以及表現不穩思想的戲劇。」對於這種狀況，不能只靠消極的取締，而「根本辦法，尤在我們自己來創造三民主義的文藝，來消滅他們。」這次會議還通過了「反動文藝刊物充斥市面，除嚴行查禁外，應如何建設革命文藝以資宣傳案」，議決兩點，一是「本市各區黨部宣傳刊物上儘量刊載革命文藝之理論及創作」，二是「呈（疑為『由』之誤——引者）市宣傳部編輯革命文藝刊物」。〔註18〕

或許是為了落實上述決議，從五月起，上海《民國日報‧覺悟》副刊每隔一周或兩周，就會在週三推出一次關於文藝作品的專刊。之前青白社的幾個骨幹如許性初等人，都經常在此露面，另外一些曾經就三民主義文學發表過意見的散兵遊勇，似乎也集結到了《覺悟》周圍，比如1930年5月14日的《覺悟》上就登載了一篇署名真珍的《大共鳴的發端》，其觀點與前引廖平的《國民黨不應該有文藝政策嗎》如出一轍，甚至許多字句都完全一致，兩篇文章的

〔註17〕葉楚傖：《三民主義的文藝底創造》《民國日報》「元旦特刊」，1930年1月1日。

〔註18〕《市執委會宣傳部……第一次市宣傳會議之重要決議》，《民國日報》1930年4月29日。

作者極有可能是同一人。

與《青白之園》一樣，《覺悟》最主要的任務之一也是攻擊文壇上的其他派別，不過不同於《青白之園》的四面出擊，《覺悟》基本只是把火力集中到了左翼文學上，這自然與左聯的成立有關。而且《覺悟》上的此類文章也並非一味謾罵，而是會試圖在理論上找到對手的破綻，他們最常用的說辭有兩種：一是中國產業落後，根本不存在階級鬥爭，所以鼓吹階級鬥爭的左翼文學就完全沒有現實基礎，二是絕大多數無產階級都不識字，根本不可能去閱讀普羅作家的作品，因此所謂無產階級文學便是無的放矢。平心而論，上述批評並不是完全沒有道理，然而正如研究者所指出的：

> 僅僅如此還是難以服人，它們沒能解答一個關鍵性的問題，即為何在 20 世紀 20 年代後期普羅文學會風起雲湧，幾乎壟斷了整個中國文壇……幾乎所有這些攻擊普羅文學的批判性文字，都未能深入地剖析普羅文學興起的社會政治和思想文化根源，看不到普羅文學產生的現實合理性，自然也就難以找到其致命的弱點，從而有的放矢地在理論上展開反攻。〔註 19〕

不過無論如何，那些文字至少還擺出了一副理論批評的架勢，而充斥在《覺悟》上的還有更多等而下之的文字，不是純粹的謾罵，就是赤裸裸的人身攻擊，這當然不可能傷害到對手的一分一毫，而只能顯示出自己的黔驢技窮罷了。另外，三民主義文學的提倡者也會意識到，要想讓三民主義文學站住腳，僅僅靠咒罵對手是不夠的，而是必須拿出自己的理論主張來。張帆的《三民主義的文學之理論的基礎》、郭全和的《三民主義文學的建設》、東方的《我們的文藝運動》都做了這樣的嘗試，但這些「理論」幾乎無一不是蹩腳的。有趣的是，在 1930 年初就招認對於建設三民主義文學「沒有辦法」的葉楚傖，到了 12 月卻又在《覺悟》上大談起「三民主義文藝觀」〔註 20〕來，不過這位國民黨的中宣部長，在三民主義文學理論方面也未見得比他的下屬們高明。

張帆在他的長文《三民主義的文學之理論的基礎》〔註 21〕中曾說：「現在的三民主義文學，雖還是只在肚子痛，孩子還沒有鑽出娘胎來。但只要急起直

〔註 19〕倪偉：《「民族」想像與國家統制──1928～1948 年南京政府的文藝政策及文學運動》，第 12 頁。

〔註 20〕葉楚傖：《三民主義文藝觀》（原文署「葉楚傖先生講疹痾記述大意」），《民國日報・覺悟》1930 年 12 月 2 日。

〔註 21〕連載於《民國日報・覺悟》1930 年 10 月 22、29 日，11 月 5、19 日。

追，在理論的探索上緊張起痛陣來，那麼這必然會來的三民主義文學定然會就來了。」雖然「三民主義文學的生命，還沒有脫離娘胎」，然而對於它的性質，「我們卻可萬分確實地肯定說：是三民主義底的。絕不是反三民主義底，或離去三民主義底的！我們這樣的決定像期待著分娩的母親心裏的預想他是男還是女，可是有萬分把握地能肯定他生的一定是孩子，決不是猴子。」這種看法，其實在三民主義文學的提倡者中間非常有代表性，只不過其他人不會說得像他這麼直白而已。對於三民主義文學究竟為何物，大概每一個人都無法完全說清楚——因為它還根本沒有誕生，他們唯一的共識便是：這種文學一定是要為三民主義意識形態服務的。而且就是這樣一種認識，還是在左翼文學的刺激之下方才形成的，幾乎每一篇文章在論述三民主義文學之必要性的時候，都會提到普羅文學如何「囂張」，這便是一個證明。

　　雖然先有主張、後有創作的情況在現代文學史上也不乏先例，但其前提卻是這種文學主張必須是明確而有效的。顯而易見，單靠一種用意識形態來統制文學的模糊觀念，絕不可能「製造」出成功的文學。張帆這一番話發表於 1930 年 10 月、11 月間，此時距離三民主義文學的第一塊陣地《青白之園》創立，已經過去了將近兩年，距離全國宣傳會議上通過關於三民主義文藝的提案，也過去了一年半，然而提倡者卻依然只是在喊「肚子痛」，看來它也真是難產。不過三民主義文學並沒有獲得更多的孕育時間，就在張帆的「肚子痛」論發表之後一個月，《民國日報‧覺悟》便從 12 月 1 日起由姚蘇鳳接編。進入姚蘇鳳時代的《覺悟》漸漸變得鴛蝴色彩十足，僅於最初發表了葉楚傖的一篇《三民主義文藝觀》（12 月 2 日），此後關於三民主義文學的呼聲便差不多絕跡。至於《中央日報‧青白》副刊，雖然它的持續時間比另外幾個國民黨報紙的文學副刊都要長，但它從來就不是三民主義文學的主要陣地，所以可以說到了 1930 年底，喧囂了兩年的三民主義文學便暫時偃旗息鼓了〔註22〕。

第二節　「民族主義文藝運動」的勃興

　　與慘淡經營的三民主義文學相比，稍後登場的「民族主義文學」倒是一時

〔註22〕1930 年 8 月，《文藝月刊》創刊於南京，有研究者認為它也屬於三民主義文學的刊物。該刊編者及作者隊伍裏雖然確實有曾經的三民主義文學之倡導者，但是從刊物的實際情況看，它從未提倡過三民主義文學。關於該刊性質的討論詳見第四章。

間頗有風生水起之勢。1930 年 6 月 1 日（也就是三民主義文學的第二塊主要陣地、《民國日報·覺悟》文學專刊創辦後不到一個月），一批與國民黨關係密切的文人在上海宣告成立「前鋒社」，同月 22 日《前鋒週報》創刊號出版，6 月 29 日、7 月 6 日該刊第 2、3 期上連載了《民族主義文藝運動宣言》，從此民族主義文學便正式亮相。

「前鋒社」的領袖是范爭波和朱應鵬，其他骨幹人物還有傅彥長、黃震遐、李錦軒（即葉秋原）等等。與「三民主義文學」主要由一些愛好文藝的國民黨中下層官員所鼓吹不同，「民族主義文藝運動」的倡導者中頗有一些人政治身份較為顯赫，比如范爭波不僅是國民黨上海市黨部執行委員會委員，還是上海警備司令部的偵緝處處長，朱應鵬也是國民黨上海市黨部監察委員會委員。此外，時任上海市社會局局長的潘公展往往被認為是「前鋒社」的後臺，但實際上這種看法似乎缺乏足夠的證據：潘公展在《前鋒週報》以及後來的《前鋒月刊》上露面次數並不多，而且其他「前鋒社」成員在文章中也很少提到潘公展，因此有研究者懷疑「潘與『前鋒社』的關係也許並不像以前所認為的那般密切」〔註23〕。

「前鋒社」的成員也並不都具有官方背景，比如傅彥長當時就是同濟大學國文系教授，葉秋原雖然後來出任過立法委員，但在「前鋒社」創立之時他還只是申報館的一名記者；後來成為民族主義文學代表性作家的黃震遐，也不過是國民黨軍隊裏的一個下級軍官。因此，儘管由於范爭波、朱應鵬等人的官方身份過於顯赫，前鋒社甫一出現就被視為具有濃厚官方色彩的文學團體，但他們對於自身的定位，似乎仍然是「民間」的文學社團。這從《前鋒週報》的發刊詞中就可以看出：

> 既無火藥十萬兩，又沒有飛舞鐵錘鐮刀的聲力，橫豎大家都是文人，滿不過只是說說而已。當然這也毋庸來翻什麼新花樣，反正大家心裏都明白的。
>
> 字是一行行排列在下面，看來似乎並未越出文藝的範圍，然而，我們所希望的原也不過只是如此。
>
> 我們既不是「天才」與「學者」，當然沒有什麼大了不得的關於國家大事的主張要藉此來發表，但亦不敢於此便認為鐵錘鐮刀，而懷著特殊的希冀；區區所想望者，倘嗣後能如此下去，按七日出版

〔註23〕倪偉：《「民族」想像與國家統制——1928～1948 年南京政府的文藝政策及文學運動》，第 54 頁。

一次，那就算是於願已足，喜出望外了。〔註24〕

所謂「火藥十萬兩」，顯然是對 1928 年成仿吾發表的《從文學革命到革命文學》一文的諷刺〔註25〕，而「鐵錘鐮刀」云云也明明是把矛頭指向了左翼。但即便如此，這篇宣言仍然聲稱刊物的內容「並未越出文藝的範圍」；同期刊出的徵求社員啟事也只是說「本社以研究文學為宗旨」，「凡與本社宗旨相同，不分性別，曾在本社出版之《前鋒週報》投稿三篇以上，經本社認為合格者均得為本社社員」。〔註26〕

當然，沒有人會相信「前鋒社」真的是一個民間社團。在《前鋒週報》的創刊號上，就有一個頗引人注目的欄目「談鋒」，包括四篇短小的雜文，均出自李錦軒之手，其內容不是攻擊魯迅、錢杏邨等左翼作家的代表人物，就是嘲諷左翼文人把馬克思主義的術語當成「符咒」、做了「主義的奴才」等等。這一欄目自此之後一直存在，其鋒芒基本都是指向左翼作家，也間或對商業化的文學進行批評，刊物的黨派色彩在「談鋒」中暴露無遺。此外，創刊號上緊隨在那篇略顯低調的發刊詞之後的，便是兩篇大文《中國文藝的沒落》（澤明）和《民族主義的文藝》（雷盛）。前者聲稱「我們中國的文藝，不論是舊的或者是新的，都已走到了末路上了」，而其「沒落」的原因則在於「沒有確立一個以民眾為中心的主義」，即「民族主義」；而後者則試圖從「民族主義與文藝的關係」以及「民族主義文藝的特質」等角度來對民族主義文藝作出說明，這些觀點在稍後登場的《民族主義文藝運動宣言》（下文簡稱《宣言》）中，得到了進一步的闡發。

《宣言》不僅是「民族主義文藝運動」中最有代表性的理論文本，也在整個國民黨官方文學的發展過程中佔據著舉足輕重的地位，但是關於《宣言》的一些關鍵問題，學界目前要麼尚無定論，要麼存在廣泛的誤解。比如，目前大多數研究者都認為，《宣言》最初連載於 1930 年 6 月 29 日、7 月 6 日的第 2、3 期《前鋒週報》，但實際上最初發表該文的是 1930 年 6 月 23 日的《申報‧本埠增刊》，題為《民族主義的文藝運動發表之宣言》，兩天後許性初又在《民國日報‧覺悟》副刊上轉載了該文，改題為《民族主義的文藝運動》，至於它

〔註24〕 《發刊詞》，《前鋒週報》創刊號，1930 年 6 月 22 日。
〔註25〕 該文抨擊以語絲社為代表的趣味文學：「如果北京的烏煙瘴氣不用十萬兩無煙火藥炸開的時候，他們也許永遠這樣過活的罷。」見《創造月刊》第 1 卷第 9 期，1928 年 2 月 1 日。
〔註26〕 《前鋒社徵求社員》，《前鋒週報》創刊號，1930 年 6 月 22 日。

以後來通行的《民族主義文藝運動宣言》之名連載於《前鋒週報》上，其實已經是它的第三次發表了。再比如，關於該文的作者問題，有一種流傳甚廣的說法，即前鋒社內部根本就沒有能寫出如此雄文的「理論人才」，所以它實際上是花錢請人捉刀代筆的。但我們可以找到充足的證據，證明該文作者實為前鋒社的葉秋原。對於這些問題，拙文《〈民族主義文藝運動宣言〉發表情況及作者問題考》〔註 27〕曾進行過考證，茲不贅述。不過對於該《宣言》的內容，仍有加以分析的必要。

　　《宣言》共分為五個部分，其中除第一部分抨擊中國文壇的「畸形」與「病態」，第五部分呼籲「建立我們的民族主義文學與藝術」外，主要的立論都集中在中間三個部分。第二部分先是通過對世界藝術史的回顧，試圖證明文藝的起源和它的最高使命「是發揮它所屬的民族精神和意識」，亦即民族主義，所舉的例子從古埃及、古希臘的藝術到文藝復興後歐洲各國的文藝乃至中國的《詩經‧國風》。第三部分則敘述了 1815 年維也納會議以後民族主義思想在歐洲的傳播和民族運動的興起，並把十九世紀以來歐洲形形色色的現代藝術流派（如印象派、表現主義、未來主義）的產生，全部歸因於所謂「民族意識」的呈現。第四部分又總結了民族主義文藝的兩方面內容，一是「表現那所屬民族底民間思想，民間宗教，及民族的情趣」，即「表現那已經形成的民族意識」；一是「在排除一切阻礙民族進展的思想，在促進民族的向上發展底意志，在表現民族在增長自己的光輝底進程中一切奮鬥的歷史」，即「創造那民族底新生命」。從學理角度看，《宣言》的簡單和粗疏是不待言的。且不說其邏輯能否自洽，單就文中作為例證而舉出的史實而言，就存在不少硬傷，比如針對該文把金字塔說成「埃及的民族精神」和「埃及的民族意識」之展露，後來茅盾和胡秋原就分別從不同角度進行了批駁，前者從階級分析的角度，認為「金字塔的廣大的基盤是象徵了埃及的廣大的農奴群眾，金字塔尖端是象徵了統治階級及其最上層的『法老』。所以埃及金字塔所代表的，是埃及帝國的構成，而不是什麼埃及的民族意識」〔註 28〕；後者則指出金字塔實乃「當時君主永生欲望

〔註 27〕 發表於《現代中國文化與文學》第 21 輯，巴蜀書社 2017 年版。按，拙文發表之後，筆者才看到張武軍先生發表於《中山大學學報（社會科學版）》2017 年第 1 期的《訓政理念下的革命文學——南京〈中央日報〉（1929～1930）文藝副刊之考察》，此文已指出《宣言》最初發表於《申報》的事實。

〔註 28〕 石萌（茅盾）：《「民族主義文藝」的現形》，《文學導報》第 1 卷第 4 期，1931 年 9 月 13 日。

之化身」，而這種「永生信仰觀念」絕不是埃及人所獨有，其他東方民族也都有類似的觀念〔註29〕。另如把文藝復興以後產生的巴洛克、洛可可藝術說成「新興的民族意識底顯露」，也是顯然違背藝術史常識的。至於將十九世紀歐洲的民族獨立運動和印象派、表現主義、未來主義等現代藝術流派生拉硬拽地聯繫在一起，則更是信口開河。不過這篇《宣言》最終要表達的觀點倒是很明確，那就是要把民族主義樹立為中國文藝界的「中心意識」，並藉此來結束文壇上的「混雜」和「零碎」的局面。

　　《宣言》發表以後，首先遭到的是一些中間派作家的抗議，比如《真美善》雜誌主筆曾虛白，就借回覆讀者王家棫來信〔註30〕之機，對《宣言》進行了批駁。曾虛白承認「在軍閥混戰，天災連年，土匪充斥，帝國主義橫施壓迫的環境中」，「民族文學」的抬頭是必然的，但是他和前鋒社的分歧在於，在他眼裏「民族文學」的潮流「是民族背景中種種政治，經濟，社會的成分醞釀成熟後水到渠成，自然來的，可不是那一個或那一群作家唱唱口號叫以叫得出來的」，如果像《宣言》那樣要求作家為「促進民族意志」和「排除阻礙民族進展的思想」的政治目標服務，那便是對於「純潔的文學」的侵害，對於前鋒社念念不忘的「中心意識」，曾虛白也並不完全反對：「中心意識是一個航行在茫茫人海中的指南針，沒有了它，這個人的一生就一點兒沒有了意義」，但是「所謂中心意識，決不像衣服一樣可以叫裁縫定做一件去披在某個作家的身上，這是他自己受著時代潮流的鼓蕩而自然形成的」，就如「同在一隻遇難破船裏的乘客，自然地會走攏來，互相慰問，互相討論，研究一同出險的方法」〔註31〕一樣。與後來更為激烈的批判者相比，曾虛白其實表現了對於民族主義文藝有限度的承認，尤其是注意到了它的產生是有著特定時代與歷史背景的，但是對於前鋒社以「民族主義文藝」來統一文壇、干涉作家創作自由的企圖，他還是非常反感。

〔註29〕胡秋原：《阿狗文藝論——民族文藝理論之謬誤》，原載《文化評論》創刊號，1931年12月25日。引自吉明學、孫露茜編：《三十年代「文藝自由論辯」資料》，上海文藝出版社1990年版，第10～11頁。

〔註30〕「王家棫來信」中認為民族主義文學和普羅文學在本質上犯了同樣的錯誤，即它們都是「為」的文學，無論是「為」民族而文學還是「為」普羅而文學，都是要不得的，「假使硬要一個作家『為』什麼而文學，那是滑稽的」。此信附於曾虛白的《民族主義文藝運動的檢討》之後，見《真美善》第7卷第1期，1930年11月16日。

〔註31〕虛白：《民族主義文藝運動的檢討》，《真美善》第7卷第1期，1930年11月16日。

更強烈的反彈出現在《宣言》發表一年多以後，大約從 1931 年 8 月起，以瞿秋白、魯迅、茅盾為代表的左翼陣營向民族主義文藝派發動了反擊，「自由人」胡秋原的《阿狗文藝論──民族文藝理論之謬誤》一文更是把《宣言》批駁得體無完膚。但奇怪的是，那時「民族主義文藝運動」已經基本落潮，這些批評者在運動高漲時默不作聲，卻在它即將退場的時候大加撻伐，其緣由頗耐人尋味。這個問題且留待後文討論，我們先繼續考察「民族主義文藝運動」的發展軌跡。

《前鋒週報》雖然是「民族主義文藝運動」的最初陣地，但該報僅僅是偶而發表一些文學作品，而且這些作品在質量上也乏善可陳。《前鋒週報》上真正的重頭戲是探討民族主義文藝理論的文章，幾乎每一期上都會出現。除了《宣言》及前文提到的創刊號上的兩篇文章外，還有方光明的《苦難時代所要求的文學》（第 4 期）、朱大心的《民族主義文藝運動的使命》（第 5、6 期）、葉秋原的《民族主義文藝之理論的基礎》（第 8、9、10 期）、襄華的《民族主義的文藝批評論》（第 11、12、13 期）、張季平的《民族主義文藝的戀愛觀》（第 14、15 期）、《民族主義文藝的題材問題》（第 16 期）〔註 32〕、湯冰若的《民族主義的詩歌論》（第 17～20 期）、襄華的《民族主義的戲劇論》（第 21～25 期）等等。從題目來看，這些討論幾乎涉及到了民族主義文藝的方方面面，既包括創作也包括批評，既包括時代要求也包括自身特點，既包括題材也包括形式，但實際上，幾乎所有文章都是在重複《宣言》中的內容，至多不過對於其中的一二觀點加以引申和發揮，所以並沒有太大討論價值。

「民族主義文藝運動」在當時確實吸引了一部分人的注意。但《前鋒週報》畢竟只是一份四版十六開的小報，容量很有限，略微長一點的文章就只能多次連載，因此在 1930 年 10 月 10 日，「前鋒社」又推出了大型文藝刊物《前鋒月刊》。不同於《前鋒週報》的「由前鋒社委託光明出版部出版，並由現代書局代為發行」，《月刊》則完全交由現代書局出版，前鋒社「不過負編輯之責」〔註 33〕。然而令人難堪的是，現代書局由於出版《前鋒月刊》，竟然遭受了名譽和經濟上的雙重損失，據現代書局合夥人之一張靜廬回憶，在他 1931 年重回書局後，「每天讀到幾十封讀者寄來的責罵的信，各式各樣離奇的話都有

〔註 32〕 該文題目後面注「續」字，但此前並未連載過，可能作者或編者認為此文和上兩期連載的《民族主義文藝的戀愛觀》有延續關係，亦未可知。

〔註 33〕 《編者的話》，《前鋒月刊》第 1 期，1930 年 10 月 10 日。

聽到。」〔註34〕儘管張靜廬沒有明說此事與出版《前鋒月刊》有關，但是聯繫到發生在 1931 年 5 月 3 日的現代、光華兩書局被衝擊事件〔註35〕，可以想像書局因為出版民族主義文學的刊物，肯定承受了來自左翼文化界和進步青年的巨大壓力。張靜廬甚至說，現代書局出版《前鋒月刊》本來就是被迫的，因為國民黨方面查封了書局，並以為他們出刊物作為解封的條件〔註36〕。對於此說的準確性，曾有研究者表示過懷疑，但無論如何，《前鋒月刊》的身世似乎都不大光彩。

　　《前鋒月刊》的內容還算比較豐富，論著方面，有闡揚民族主義文藝理論的文章，如傅彥長的《以民族主義意識為中心的文藝運動》（第 2 期）、谷劍塵的《怎樣去幹民族主義的民眾劇運動》（第 4 期）等；有對世界各國的民族文藝乃至民族運動的介紹，如柯蓬洲的《安南民族獨立運動的過去與現在》（第 1 期）、鄭行巽的《最近印度民族革命運動》（第 1 期）、易康的《新興民族的民族運動與文學》（第 2 期）、楊昌溪的《現代西班牙文學與革命》（第 7 期）等；甚至還有社會科學方面的論文，如百川的《少數民族問題研究》（第 2 期）、鄭行巽的《剩餘價值論評的發端》（第 3、4 期）、楊公達的《傾銷與商戰論》（第 6 期）等。此外翻譯和創作是《前鋒月刊》的重頭戲，翻譯方面有法國作家羅蒂著、李金髮譯的長篇小說《北京的末日》（第 2～6 期連載）、莫泊桑著、李青崖譯《米龍老丈》（第 4 期）、傑克倫敦著、王宣化譯《揶！揶！揶！》（第 5 期）、雪帕德著、汪倜然譯《老鼓手》（第 5 期）、裴特少將著、胡仲持譯《南極探險記》（第 4～7 期連載）等等。創作方面，民族主義文藝最重要的幾部代表作即黃震遐的《隴海線上》、《黃人之血》和萬國安的《國門之戰》，均發表在《前鋒月刊》上，此外還有心因的《野玫瑰》（第 1 期）、易康的《勝利的死》（第 1 期）、范爭波的《秀兒》（第 1～5 期連載）、李贊華的《變動》（第 2 期）和《矛盾》（第 4 期）、萬國安的《剎那的革命》（第 5 期）和《準備》（第 7 期）等等。這些作品雖然遠遠算不上什麼傑作，但是和其他民族主義文藝刊物上的作品以及前述三民主義文學的作品比較起來，至少還多少具備些文學價值。

　　或許是由於無法承受社會上的壓力，現代書局於 1931 年 4 月《前鋒月刊》

〔註34〕張靜廬：《在出版界二十年》，上海雜誌公司 1938 年版，第 147 頁。
〔註35〕據 5 月 11 日《文藝新聞》第 9 期報導，3 日上午一群青年衝入現代、光華兩書局的門市部，撕毀《前鋒》（應指《前鋒月刊》）、《現代文學評論》等民族主義刊物，並散發「打倒民族主義文藝宣言」的傳單。
〔註36〕張靜廬：《在出版界二十年》，第 144～145 頁。

出至第 7 期後將其停刊，並另辦《現代文學評論》。後者雖然也是前鋒社的刊物，而且由前鋒社的骨幹作家之一李贊華任主編，但是卻放下了劍拔弩張的「前鋒」姿態，而呈現出較為平和的面目。除了創刊號上的兩篇文章即范爭波的《民國十九年中國文壇之回顧》和張季平的《中國普羅文學的總結》頗顯出意識形態鬥爭的鋒芒以外，它在多數時候簡直像一份「純文學」的刊物，這從其作者隊伍中即可看出——在《現代文學評論》上露面的除了李贊華、易康等前鋒社成員以及王平陵、潘子農、向培良等其他國民黨文學社團中人以外，還有趙景深、許欽文、謝六逸、朱湘、張資平等中間派作家，甚至段可情、葉靈鳳、周毓英、孫席珍、周揚、陳子展等左翼作家也會在刊物上可露面，這是極不尋常的，倪偉推測這可能是迫於現代書局的要求，或者也包含了分化左翼作家隊伍的考慮。〔註37〕但是相對溫和的姿態並沒有能讓《現代文學評論》堅持得更加長久，1931 年 10 月 20 日出罷第 2 卷第 3 期、第 3 卷第 1 期合刊後，它便宣告停刊，而《前鋒週報》也早已在五、六月間停刊〔註38〕，因此到了這個時候，曾經熱鬧一時的前鋒社便於無形中解體。

　　在民族主義文藝運動的興起過程中，前鋒社並不是孤軍奮戰，而是吸引了一批盟友，正是他們的存在，才使得民族主義文藝運動形成了一定的聲勢。遺憾的是，這些社團所出版的刊物，筆者只能找到一小部分，其餘的雖然能從《申報‧本埠增刊》〔註39〕上的「書報介紹」欄目窺知一二，但是畢竟無法見到原刊，因此只能根據有限的二手資料，作簡要的評述。

　　與前鋒社同在上海的民族主義文藝社團和刊物，有草野社及《草野週刊》、《時代青年》、《當代文藝》等等。草野社 1929 年 5 月 1 日由幾位上海的大學生創辦，並於同月開始出版《草野週刊》。但按照後來《申報‧本埠增刊》「書報介紹」中的說法，這個社團起初並沒有特定的立場，成員的思想也不統一，因此「不能顯示出《草野》整個的中心」。直至 1930 年 7 月 26 日，《草野週刊》出版了「革新號」，宣布投身民族主義文藝運動，聲稱要同「民族文藝」「攜手」〔註40〕。很顯然，前鋒社滿足了草野社的「攜手」願望，他們一直對

〔註37〕倪偉：《「民族」想像與國家統制——1928～1948 年南京政府的文藝政策及文
　　　　學運動》，第 59 頁。
〔註38〕《前鋒週報》具體終刊時間不詳，目前所見最後出版的是 1931 年 5 月 31 日
　　　　的第 44、45、46 期合刊。
〔註39〕該刊編者為朱應鵬，因此它與前鋒社有非常密切的關係。
〔註40〕金鼎：《〈草野週刊〉革新號》（書報介紹），《申報‧本埠增刊》1930 年 8 月 7 日。

這個小兄弟盡力提攜，不但在自己的刊物上頻頻發表王鐵華、湯增揚、黃奐若、鄒枋等草野社核心成員的作品，而且前鋒社的頭牌作家黃震遐也在《草野》發表過多篇詩作。此外值得一提的是，《申報・本埠增刊》的「書報介紹」欄目從《草野》宣布「革新」開始，也一直對它不吝讚美之詞，刊物每出版幾期就要介紹一次，無論就出現的頻率還是推崇的程度而言，都僅次於《前鋒週報》和《前鋒月刊》。《時代青年》大約創刊於 1930 年 7、8 月〔註41〕，主要作者王鐵華、湯增揚、宓羅等均為草野社成員，因此它與《草野》似為姊妹刊物，唯一不同的是它並非「純文藝刊物」，於文學作品之外也刊載政論和社會科學方面的文章，如創刊號上就有《現代中國青年病態的解剖》、《世界弱小民族反帝運動的鳥瞰》、《中國民族求自由平等之出路》等等〔註42〕。《當代文藝》雖然創刊稍晚（1931 年 1 月 15 日創刊），但它攻擊普羅文學的兇猛程度遠遠超出了前兩個刊物，在創刊號上就出現了陳穆如的《中國今日之新興文學》、狄克的《一九三〇年中國文藝之回顧》等文，第二期上又有朋淇的《一九三〇年中國普羅詩歌概評》，攻擊左翼可謂不遺餘力。不過奇怪的是，該刊所發表的文學作品似乎並沒有體現出多麼鮮明的「民族意識」，從《申報》的介紹來看，大部分詩歌、小說都是以青年男女的愛情為題材，這與其他民族主義文學刊物大異其趣。

上海以外，在南京、杭州等地也不乏民族主義文藝運動的盟友。南京有影響頗大的「中國文藝社」〔註43〕，除此之外還有開展文藝社、長風社、流露社等社團，他們所辦的刊物也加入到了民族主義文藝運動的合唱中。開展文藝社的主要成員有曹劍萍、潘子農、卜少夫等人〔註44〕，出版的刊物有《開展》月

〔註41〕 由於未見到原刊，無法得知其創刊具體時間。《申報・本埠增刊》1930 年 8 月 7 日的「書報介紹」說其創刊號於「昨日」出版，但是「書報介紹」欄目多有延遲，一般都是在書刊出版一個多月後才加以介紹，因而要判斷刊物的出版日期，此處所謂「昨日」恐不足為據。

〔註42〕 《〈時代青年〉創刊號》（書報介紹），《申報・本埠增刊》1930 年 8 月 7 日。

〔註43〕 由於「中國文藝社」及其刊物《文藝月刊》遠比其他社團和刊物重要而又複雜，後文將以專章討論。

〔註44〕 關於開展社的最初發起者，存在著不同的說法：開展社成員之一辛予在《一九三一年南京文壇總結算》（《矛盾月刊》第 1 卷第 2 期，1932 年 5 月 25 日）中說「最初發起的重心人物是：潘子農、曹劍萍。此外還有卜少夫，乃是後來加入而同樣為一般所注目的」，而潘子農的《從發動到今朝》（《矛盾月刊》第 2 卷第 6 期，1934 年 2 月 1 日）則說「《開展》最初的發起者，是曹劍萍，翟開明，劉祖澄」，他和卜少夫等人都是稍後加入的。

刊、《開展》週刊和《青年文藝》三種，另有一種《民俗》週刊，由杭州鍾敬文等組織的「民俗學會」撰稿，而開展社負責編輯和出版〔註45〕。這些刊物中最重要的是《開展》月刊，它創刊於 1930 年 8 月 8 日，次年 11 月 15 日停刊，共出 12 期。前 7 期由曹劍萍主編，從第 8 期起改由曹劍萍、潘子農、翟開明共同編輯，三人分別負責編論文和散文、創作和譯作、「開展線下」〔註46〕，但負責人已經換成潘子農。編輯權的轉移使得社團內部出現矛盾，並最終導致開展社解體。幾乎與《開展》月刊同時創刊的，還有一份《長風》半月刊，其主編是徐慶譽，由南京時事月報社印行。由於強調「學術」，《長風》一半以上的篇幅被政治、經濟、文化、教育等方面的論文所佔據，文學創作並不多，不過前者很難說有什麼真正的學術價值，後者的文學價值也相當有限，所以這份刊物基本沒有產生什麼影響，僅僅堅持了兩個月便停刊。同在南京的《流露》持續時間則稍長，它於 1930 年 6 月 1 日創刊，一直延續到 1933 年。思揚的《南京通訊》中說他們的後臺是陳立夫，但是倪偉認為這種說法並不可信，並考證出黃埔同學會才是「流露社」的背景〔註47〕。「流露社」的核心人物卓麟（即蕭作霖），1933 年後成了在思想文化領域宣揚法西斯主義的「中國文化學會」的骨幹成員，但是在《流露》時期他還只是個「僅只知道哭的愚笨的小孩」〔註48〕，從刊物上發表的作品看，《流露》所流露出來的的確是青年人的苦悶和迷惘，甚至偶而會表現出頹廢的傾向。但是《流露》也經常刊載攻擊普羅文學的文字，同時許多文章明確表示了對於民族主義文學的擁護，所以實際上它也可以算作民族主義文藝陣營中的一員。

在杭州，也有一些文藝團體積極響應民族主義文藝運動。1930 年 11 月 1 日，初陽社創辦《初陽旬刊》，和多數民族主義文藝刊物一樣，它一上來就在《發刊詞》中向「老大哥」前鋒社致敬，甚至近乎肉麻地把前鋒社首倡民族主義文藝之舉稱為「六一運動」——因為《宣言》發表於 6 月 1 日。不過前鋒社的回應似乎略顯冷淡，《申報・本埠增刊》的「書報介紹」雖然也介紹了《初陽旬刊》，但是語氣遠沒有介紹其他刊物那麼熱情，而只是說在向來「為西子湖漣漪的陶醉」的杭州文藝界，「我們畢竟也發現了一種民族主義的文藝刊

〔註45〕辛予：《一九三一年南京文壇總結算》。

〔註46〕翟開明：《寫在前面》，《開展》第 8 期，1931 年 4 月 15 日。

〔註47〕倪偉：《「民族」想像與國家統制——1928～1948 年南京政府的文藝政策及文學運動》，第 81 頁。

〔註48〕卓麟：《火山決了——代卷頭語》，《流露》創刊號，1930 年 6 月 1 日。

物」，這似乎是在說它只是聊勝於無，而對於其內容的批評也很不客氣：「不過覺得很可惜的，在這二期內，是不能看到有一篇完整的創作發表」，「在詩歌方面，這二期中都佔據著很多篇幅……但在這幾首中屬於詩的情操，尚缺乏，所謂美的條件，似乎尚該加以修養哩！」〔註49〕《申報》的「書報介紹」對於民族主義文藝的刊物向來極盡吹捧之能事，可是就連它也對《初陽旬刊》如此評價，其創作水準也就可想而知了。繼《初陽旬刊》之後，杭州還出現了《青萍月刊》，《申報》的「書報介紹」對它的創刊號進行了介紹，稱其所發表的文字「都是值得注意的力作，至少在思想上是具有正確的意識的」。所謂「正確的意識」當然是指民族主義，《青萍月刊》創刊號上繼發刊詞之後，第一篇文章就是微波的《民族性文學與人生》，它與絕大多數鼓吹民族主義文學的文章套路完全一樣，即先批評當下新文學的「消沉」，而後歸因於沒有「正確」的「中心思想」，最終歸結為「我們應負起這時代所需要的文學——民族主義文學——底使命」〔註50〕。關於《青萍月刊》，筆者掌握的資料僅有《申報》上的一則「書報介紹」，故無法做更多分析。

第三節　三民主義文學與民族主義文學之關係

在 1930 年代初，「民族主義文學」和「三民主義文學」是國民黨官方文學的兩個支流，按照常理來講，二者似乎本該同聲相應、同氣相求，但是由於種種原因，它們之間的關係卻相當微妙，有時甚至還直接對抗。這就令本來力量就很薄弱的國民黨官方文學，還要在不斷的內耗中浪費精力，而無法布成一個統一的陣勢。

關於國民黨官方文學的內部矛盾，左翼作家曾進行過尖銳的諷刺，最典型的便是思揚的《南京通訊》。按照這篇文章的說法，國民政府議決了「三民主義文藝政策」以後，因為在國民黨看來「文藝政策」是屬於宣傳工作的，於是這議決案的執行就交由宣傳部了，但是「宣傳部向來是握在西山會議派手裏的，（如葉楚傖，劉蘆隱前後為部長。）這於國民黨內後起的更資產階級化的陳派（陳果夫、立夫兄弟，任組織部。）自然是不高興的；然而抱著『他幹我

<hr>

〔註49〕高偉：《〈初陽旬刊〉第一二期》（書報介紹），《申報‧本埠增刊》1930 年 12 月 16 日。

〔註50〕湯彬：《〈青萍月刊〉創刊號》（書報介紹），《申報‧本埠增刊》1931 年 2 月 17 日。

也要幹』的心意，『反正有的是錢』的自信，於是三民主義的文藝政策就在此分了兩路」，「是時也，國民黨上海黨部中有朱應鵬其人，乃在出版界文藝界沒落的份子；他就趁了這『時乎不再』的機會，邀集在黨的次一等狗狼之流（范爭波，潘公展）及藝術界裏的一批死屍（陳抱一，傅彥長……）新鬼（向培良，王道源……）於一九三〇年六月一日在上海立會；遵從國民黨政策，以『民族主義文學』為號召。同時潘公展、朱應鵬『系統』上又為『陳派』，而且潘朱又皆與陳為同鄉人，所以，民族主義文學，是國民黨組織部的。」〔註51〕該文的許多說法都不甚準確，比如它說國民黨的「文藝政策」是在 1930 年春「普羅文化一時的澎湃」之後確立的，但實際上該議案的通過是在 1929 年 6 月；另外「國民黨之初期的三民主義的文學作品」也並非如文中所說產生於「文藝政策」制定之後，而是始於 1928 年末《民國日報・青白之園》副刊的創立。不過該文指出的國民黨官方文學分為兩派的原因，卻是被多數研究者所採信的，因為西山會議派控制下的國民黨中宣部和陳氏兄弟的中組部之間存在矛盾，這是人所共知的事實，而「三民主義文藝政策」是由中宣部制定的，「民族主義文藝運動」的發起者前鋒社則與 CC 系確有關係，兩派文學既然有著不同的、且相互對立的後臺，那麼它們之無法合流，似乎也就是理所當然的了。不過並不是所有研究者都完全同意這種看法，倪偉就曾指出，所謂中宣部和中組部之間的矛盾不應該被誇大，這種矛盾只有在同一城市、同一級別的國民黨組織之間才會體現得比較明顯，而如果不在一地、且級別不同，則二者之間還是可以和睦相處的〔註52〕；張武軍的觀點則更徹底，他認為「革命話語」才是國民黨文學的核心理念，而諸如三民主義文學、民族主義文學只是其不同表現形式而已：「三民主義和民族主義其實都是作為修飾詞的前綴，完整的名稱應該是『三民主義的革命文學』或『民族主義的革命文學』」〔註53〕，所以二者並不存在對立。

實際上，儘管「民族主義文學」和「三民主義文學」之關係與思揚的描述相去甚遠，但考諸史實，它們的提倡者之間確實發生過論爭，所以如果把二者的對立完全看成是虛構的，似有矯枉過正之嫌。在筆者看來，真正的問題或許

〔註51〕思揚：《南京通訊》，《文學導報》第 1 卷第 4 期，1931 年 9 月 13 日。
〔註52〕倪偉：《「民族」想像與國家統制——1928～1948 年南京政府的文藝政策及文學運動》，第 68 頁。
〔註53〕張武軍：《訓政理念下的革命文學——南京〈中央日報〉（1929～1930）文藝副刊之考察》，《中山大學學報（社會科學版）》2017 年第 1 期。

在於如何對這種對立的性質做出評判,為此,筆者試圖盡量拋棄先入之見,而盡可能多地找到二者之間的交集,並由此入手重新梳理它們的關係。從產生時間來看,「三民主義文學」自然要早於「民族主義文學」,所以當「民族主義文學」甫一亮相之時,「三民主義文學」派便擺出了一副「提攜後進」的姿態。1930 年 6 月 25 日,《民國日報・覺悟》上刊出了署名「性初」的《民族主義的文藝運動》,但該文的主體部分完全是轉載兩天前發表在《申報・本埠增刊》上的《民族主義的文藝運動發表之宣言》,許性初只不過是在前面加了一段「編者按」性質的文字:

> 最近國內的文藝界,是在一團烏七八糟的狀態中;一方面充分表現了封建思想的最後掙扎,同時又在另一方面卻表現了所謂普羅文學的怪態⋯⋯《覺悟》最近努力於普羅文藝的批判和駁斥,亦即是根據了這個觀點而努力,為了中華民族的前途,對於這種反民族的文藝我們是絕對不能贊成的!

> 但是反對普羅文藝只是消極方面的工作,在積極方面我們更應努力,建設民族主義的文藝理論與實際表現,才能獲得相當的力量。在最近一個月中,上海方面有一部分民族主義的文藝運動者,在某處集會,決定從事於民族主義的文藝運動之實際的努力,除出版書報雜誌外,更於六月一日發表了一個宣言,原文如左⋯⋯〔註54〕

在全文引用《宣言》之後,他又寫道:「希望全國青年們能夠用冷靜的頭腦,觀察這現前的危險局勢,而決定我們應當走的路,大家在同一旗幟之下努力於民族主義的文藝運動!」很顯然,許性初此舉本有示好之意,但他對《覺悟》「功績」的自誇,又似乎在暗示他們對於前鋒社而言乃是先行者,這肯定會讓對方感到不快。更嚴重的是,《宣言》在《申報》上發表是 6 月 23 日的事,前鋒社自己的刊物《前鋒週報》在 29 日才開始連載,而《覺悟》竟然搶在了《前鋒週報》之前轉載《宣言》,這樣的做法即便不說是挑釁,至少也有搶風頭之嫌。此外,許性初轉載此文時的署名方式似乎也不太恰當,很容易讓人產生誤解,排印時他的按語和《宣言》原文也沒有清晰的界限,所以在前鋒社看來此舉簡直近乎抄襲。由於上述種種原因,這樣一篇帶有示好意味的文字,竟然陰差陽錯地成了「民族主義文學」和「三民主義文學」兩派交惡的肇端。很快,《前鋒週報》便對許性初鳴鼓而攻之,在 7 月 6 日的第三期上出現

〔註54〕性初:《民族主義的文藝運動》,《民國日報・覺悟》1930 年 6 月 25 日。

了楊志靜的《請認識我們的文藝運動》，該文首先指責許性初「在我們的民族主義文藝運動宣言底前後面，寫上兩三百字，就掠為己有」，接著申明態度：

> 我們並不是關著門來幹文藝運動，我們也並不拒絕他人來參加；而且，熱望著能有多多的人，來加入我們的戰線。不過，我們所需要的是能對我們的理論有確信的戰士，至於無聊的，投機取巧的份子，任他們怎樣地獻媚，我們是不能容納的，我們更無需乎他們來這樣的捧場。〔註55〕

楊志靜之所以不無刻薄地把許性初稱為「無聊的，投機取巧的份子」，按他自己的說法，是由於許的行為導致了魚目混珠，讓別人對前鋒社產生了誤解：「從某報發出了這篇文字後，一般人都誤解了我們的態度，錯認了我們的立論，以為我們與現實政治有關係的，或以為現在的民族主義的文藝運動者就是現在的所謂『三民主義的革命文學運動者』」，「我們是並不以想借政治的力量，來發展與完成我們的文藝運動，這是要請看了『性初』的那篇《民族主義的文藝運動》底文字，而誤會的諸君，加以注意的。」前文提到過，前鋒社有意掩飾自身的官方面貌，而欲以「民間」文學團體的面貌示人，因此他們不願與黨派色彩過於鮮明的三民主義文學攪在一起，似乎也說得通。但是前鋒社幾位骨幹成員的國民黨背景是如此顯眼，以致幾乎所有人都能看出其官方色彩，恐怕前鋒社自己也不會天真到認為他們真的能夠掩人耳目，因此楊志靜的說法，其實只是一個藉口，前鋒社與《覺悟》的分歧，恐怕主要還是意氣之爭、「風頭」之爭。

不過楊志靜的文章還算客氣的，稍後錦軒的雜文《六〇六》，則乾脆把《覺悟》上的文字罵作「屁聲」，他說上海的報紙副刊（習慣上被稱為「報屁股」）上「既有快活之林，又有自由之談，更有閑暇之話，不覺不悟，所謂屁之形形色色，應有盡有」〔註56〕，這裡被點名的四個副刊分別是《申報》的《快活林》和《自由談》，《民國日報》的《閒話》和《覺悟》，除《覺悟》外，其餘三個副刊都或多或少帶有鴛蝴氣息，錦軒竟然把《覺悟》和它們相提並論，而且批評得如此刻薄，真令人有相煎何急之慨。

然而或許是想借助「民族主義文藝運動」的聲勢，《覺悟》在挨罵過後，並沒有完全放棄拉攏前鋒社的努力。幾個月後，《覺悟》上又出現了一篇署名

〔註55〕楊志靜：《請認識我們的文藝運動》，《前鋒週報》第 3 期，1930 年 7 月 6 日。
〔註56〕錦軒：《六〇六》，《前鋒週報》第 6 期，1930 年 7 月 27 日。

正平的《民族主義文藝應該避免的幾種態度》，該文作者首先認為「現在還沒有真正的民族主義文藝產生」，但是「等到嬰兒出世後，發現她帶了疾病時，才施用藥石，那似乎太遲了……我不能說，我現在是在開藥方，我只不過由她母親的神色上，推測她將來或者會帶這種病症，而希望她母親能為她注意和避免吧了」，在他看來，民族主義文藝可能帶有的「病症」包括「國家主義的傾向」、「改良主義的傾向」和「人道主義的傾向」三種，而產生這三種傾向的原因，則在於提倡者沒有認識到「民族主義只是民生主義的手段，民生主義才是民族主義的目的」，如果離開了民生主義而僅僅提倡「單純的民族主義」，那就難免會有上述幾種傾向，因此為了避免這些弊端，他建議「就稱這種文藝為『民生主義之民族主義的文藝』罷？但是，又何若直接稱為『三民主義的文藝』呢？」〔註57〕《覺悟》登出這樣一篇文章，本意可能是想對民族主義文藝陣營提出善意的提醒，但是在前鋒社看來，該文列舉的三種「病症」完全是歪曲和污蔑，尤其是文章末尾流露出來的用三民主義文藝「收編」民族主義文藝的意圖，更加令他們惱火，因此《前鋒週報》立即作出反應，幾天之後就發表《評駁〈覺悟〉的〈民族主義文藝應該避免的幾種態度〉》，言辭激烈地批評對方「企圖著把理論曲解，事實掩滅，欺蔽讀者，力事詆毀」，該文在一一反駁了正平指出的「三種傾向」後，又很不客氣地宣稱「民族主義文藝有他正確的理論，和合於理論的作品，他不怕別有居心者來曲解誣衊！正平君的這種『淺薄無聊的舉動』，不但是『多事』，同時昭示了所謂《覺悟》，實際是一個『不覺不悟』！」〔註58〕正平相對溫和的文章卻招來了一頓痛罵，可以說《覺悟》在前鋒社那裏再次碰了個大釘子。

更加有趣的是，《覺悟》示好的對象除了前鋒社以外，還有他們的盟友開展社。和正平的文章同時刊出的，就有一篇《讀〈開展〉月刊》，文章簡要介紹了《開展》前兩期的內容，其中不乏褒揚之詞，最後又提出了幾點建議，如多登載闡發民族主義文藝的文章、增加插畫、改進裝幀等等〔註59〕。不過開展社對此照樣不買帳，一個月以後，他們就在刊物的編後記中旗幟鮮明地表明了立場，他們認為，「民族主義文藝」和「三民主義文藝」雖然「實出一轍」，但

〔註57〕 正平：《民族主義文藝應該避免的幾種態度》，《民國日報‧覺悟》1930 年 10 月 8 日。

〔註58〕 正覺：《評駁〈覺悟〉的〈民族主義文藝應該避免的幾種態度〉》，《前鋒週報》第 17 期，1930 年 10 月 12 日。

〔註59〕 鳳祥：《讀〈開展〉月刊》，《民國日報‧覺悟》1930 年 10 月 8 日。

是後者的旗號過於冠冕堂皇，因此反倒「容易被人淡焉而置之」，甚至說「三民主義文藝在文藝上不能單獨成為一個理論，只能是民族主義文藝內容的一大部分」，因為在文藝上表現三民主義也是「為了我們的民族」，所以三民主義文藝「到了今天，便應該是民族主義文藝的內容之一。」〔註60〕在《覺悟》和前鋒社的對立過程中，開展社堅定地站在了「老大哥」前鋒社的一邊。

《覺悟》屢屢向前鋒社及其盟友「致意」，卻每每遭到冷遇，其原因不難索解：一方面，與身份顯赫的民族主義文藝陣營中人相比，許性初等人不過是些小角色；另一方面，就創作實績而言，民族主義文藝雖然沒有產生出什麼傑作，但畢竟還有一些像點樣子的作品，而三民主義文學則連一篇差強人意的作品都沒有貢獻出來，因此民族主義文藝陣營自然不屑與他們為伍。更糟糕的是，三民主義文學自恃誕生在先，總想擺出一副「前輩」的姿態，對對方加以訓誡和指導（這在上述幾篇文章中表現得都非常明顯），這就更令前鋒社及其盟友感到惱火，如此一來，國民黨官方文學內部僅有的兩個「流派」，最終變得水火不容。

那麼，「民族主義文學」和「三民主義文學」的對立，究竟與國民黨內的派系鬥爭是否有關呢？筆者認為，國民黨中央宣傳部和組織部之間的矛盾，對於國民黨的文學未必有多大影響，至少這不是兩派文學對立的主要原因。首先，「三民主義文藝政策」雖然是由中宣部制定的，但是政策的制定是一回事，政策的執行又是一回事。如前文所述，「三民主義文藝政策」出臺以後其實並沒有得到真正的重視，具體的執行者不過是一些國民黨的下層官員，以及思想傾向接近國民黨的文人，很難想像他們會捲入上層的鬥爭中。如果說宣傳部和組織部的矛盾導致了「民族主義文學」和「三民主義文學」的矛盾，那麼《覺悟》對民族主義文藝陣營的示好就無法解釋；另外《青白之園》的主要作者中，姚蘇鳳後來轉而追隨民族主義文藝運動，卜少夫更是成為了開展社的主力，這也證明了「三民主義文學」和宣傳部的關係未必如人們所想像的那般密切。其次，說「民族主義文學」屬於 CC 系控制下的組織部，恐怕也有些言過其實。實際上，在前鋒社的幾位核心成員中，真正與 CC 系關係密切的只有范爭波一人，潘公展雖然也是 CC 系幹將，但他和前鋒社究竟有多大關係，本來就是值得質疑的。其他成員如傅彥長、黃震遐等人均與 CC 系無甚瓜葛，另一主將朱應鵬甚至 30 年代中期還出任過中宣部的文藝委員會主任，這至少證明他和葉

〔註60〕《編者後記》，《開展》第 4 期，1930 年 11 月 15 日。

楚傖等人並不對立〔註61〕。思揚在《南京通訊》中暗示前鋒社是二陳出錢支持的，恐怕也經不起推敲，因為至今為止還沒有研究者找到任何證據表明前鋒社接受官方津貼〔註62〕，《前鋒週報》前期甚至連稿酬都沒有，所有稿件都由社員義務承擔，因此若說前鋒社是由於聽命於二陳，才對宣傳部卵翼下的「三民主義文學」加以撻伐，顯然難以服人。

退一步說，即便「三民主義文學」和「民族主義文學」真的分屬宣傳部和組織部，葉楚傖、陳果夫、陳立夫等國民黨大員，也不至於縱容手下互相纏鬥，而將黨派內部的矛盾公開化。中組部沒必要對文藝問題公開發言，而中宣部對於兩派文學則是一視同仁，在他們編印的《十九年七八九月份審查全國報紙雜誌刊物總報告》中，這一點就體現得很明顯：該報告的第五部分「審查文藝刊物報告」列出了三種「良好的」刊物，分別是《文藝月刊》、《開展月刊》和《前鋒週報》，其中《文藝月刊》雖然是由中宣部直接領導的，但它並沒有掛出「三民主義文學」的招牌，倒是接近「民族主義文學」的立場，而另外兩種都是「民族主義文學」最有代表性的刊物，報告中對它們皆不吝褒詞；反倒是所謂「三民主義文藝的第一部創作」《杜鵑啼倦柳花飛》，被歸入了「謬誤的」作品之列，而遭到痛批。這顯然說明中宣部絕無偏袒「三民主義文學」而打壓「民族主義文學」之意。更耐人尋味的是這份報告中對於「本黨文學」的一段概括性描述：

> 現在本黨同志和一般愛好文藝的青年，紛紛組織闡揚三民主義文學的團體，在上海方面有《前鋒週報》，南京方面有《文藝月刊》、《開展》月刊及《流露》月刊、《橄欖》半月刊等等的發行，更把這烏煙瘴氣，幾被赤色籠罩了的中國文壇，彌漫著青白的曙光，使一般迷蒙歧途的青年，得走一條正確的出路，在三民主義旗幟之下向前努力。〔註63〕

由此看來，在中宣部眼中似乎「三民主義文學」和「民族主義文學」根本就是一碼事，完全沒有必要分出彼此，那麼他們會如何看待兩派文學之間的紛

〔註61〕 參見倪偉：《「民族」想像與國家統制──1928～1948年南京政府的文藝政策及文學運動》，第55頁。
〔註62〕 中國文藝社、開展社、流露社等社團倒是接受過官方資助，但是資助者也多非組織部。
〔註63〕 國民黨中央執行委員會宣傳部編印：《十九年七八九月份審查全國報紙雜誌刊物總報告》，引自倪墨炎編：《現代文壇災禍錄》，上海書店出版社1996年版，第184頁。

爭，也就可想而知了。另外，曾被視為前鋒社後臺的潘公展，也曾撰寫過《從三民主義的立場觀察民族主義的文藝運動》，文中一面力捧民族主義文藝運動，聲稱「只有民族主義的文藝，真可以認為中國所需要的革命文藝。也只有民族主義的文藝運動，可以希望為中國民族始終培養革命的根苗，開始革命的生路」，一面也不忘了強調：「可是有一點，我要鄭重為民族主義的文藝運動者告的，就是新文藝運動所從而出發的民族主義必須是三民主義中的民族主義，而非先前大斯拉夫主義大日耳曼主義……等等的民族主義，然後那民族主義的文藝運動才可以救中國而不致使中國重陷於錯誤，蹈人家已往狹隘的民族主義的覆轍。」〔註64〕這就帶有明顯的調和色彩，而與同一時期《前鋒週報》上那些尖刻的文字大異其趣。

所以，「三民主義文學」和「民族主義文學」的對立確實存在，不過其主要原因還是國民黨文人之間的矛盾，而與黨內的派系之爭並無太大的關係。當然無論原因如何，這種對立還是極大地損傷了國民黨官方文學的元氣。而無論是中宣部還是 CC 系的潘公展，都只會和稀泥，而並沒有像中共在「革命文學」論爭中明確指示創造、太陽兩社停止無謂的紛爭那樣，有效制止內鬥並協調「三民主義文學」和「民族主義文學」兩大陣營的關係，最終導致二者無法形成合力。

〔註64〕潘公展：《從三民主義的立場觀察民族主義的文藝運動》，《中央日報·大道》1930 年 7 月 18 日。

第三章　抗戰初期國民黨官方文學的危機

第一節 「九·一八」事變後國民黨官方文學的變化

　　以 1931 年 4 月《前鋒月刊》的停刊為標誌，前鋒社和他們發起的「民族主義文藝運動」便開始走下坡路，到了 10 月左右，隨著前鋒社的無形解體，「民族主義文藝運動」已經基本落潮。按照倪偉的推測，前鋒社解體的原因可能和具體的人事變動有關，即范爭波、黃震遐等核心成員紛紛因為各種原因離開上海，極大地削弱了該社的實力〔註1〕。但是考慮到「民族主義文藝運動」衰落的過程，恰恰是在「九·一八」事變發生前後，而「九·一八」事變又是三十年代初期最能刺激國人民族感情的一件大事，似乎事情就比較微妙了——即使我們僅僅把它視為一種巧合，這種巧合也極其耐人尋味。

　　「九·一八」事變的發生，激起了全國人民強烈的義憤，1931 年 9 月 23 日至 28 日，南京、上海、廣州、北平等地相繼爆發大規模的反日遊行示威等運動，各地的大中學生更是成了抗日宣傳的先鋒，他們「紛紛發表通電，組織集會遊行，進行抗日宣傳，建立抗日救亡團體和抗日義勇軍，要求國民政府停止內戰，一致對外，出兵抗日」〔註2〕。在這樣的時代氛圍之下，民族話語迅速成為廣大作家關注的中心話題之一，短短幾年內就出現了大量相關題材的

〔註1〕 參見倪偉：《「民族」想像與國家統制——1928～1948 年南京政府的文藝政策及文學運動》，第 61 頁。
〔註2〕 張憲文等：《中華民國史》第二卷，北京大學出版社 2005 年版，第 296～297 頁。

作品，而且其中不乏名家名作。就連一向被認為更加注重消遣功能而淡化社會意義的通俗文學，也奉獻出了一大批「國難小說」〔註3〕。「九‧一八」事變後文壇發生的上述變化，對於鼓吹已久的「民族主義文藝運動」而言，似乎理應是一次難得的發展機遇，然而實際情形卻遠非如此。如果說前鋒社在事變之前早已呈頹勢、不可能因為一次外部事件而立刻起死回生的話，那麼民族主義文藝的另一塊老牌陣地《申報‧本埠增刊》，在事變發生之後的一系列變化，就頗值得分析了。

　　《申報‧本埠增刊》編者為前鋒社主將之一朱應鵬，在「民族主義文藝運動」的鼎盛時期，該副刊上的「藝術界」「青年園地」和「書報介紹」等幾個欄目都非常活躍，尤其是後者，幾乎所有鼓吹民族主義文學的刊物都在這一欄目中得到了介紹，它簡直成了民族主義文藝陣營的閱兵場。然而到了「九‧一八」事變之前，隨著民族主義文藝運動陷入低潮，「書報介紹」已經不再是專事為盟友吹噓的前鋒社喉舌，而是成了一個廣泛介紹各種社會科學類書籍的科普性欄目。至於「青年園地」，也如其《稿例》中所言，「文字以關於青年問題之討論，國內國外學校或學生之消息、隨筆，學校生活之描寫等為範圍」〔註4〕，內容不外乎大學生的學習、生活、社交、戀愛等等。但是「九‧一八」事變爆發後，「青年園地」迅速轉變了風格，該欄目在 1931 年 9 月 18 日、9 月 20 日刊登的還是幾篇關於大學生生活瑣事的小說，到了 23 日，就出現了一篇署名敬齋的《我們的企望》。該文作者是一個學生戲劇團體「菁莪劇社」的成員，文章介紹了他們的劇社在「九‧一八」事變後公演自編劇本《一片愛國心》的情況，並稱「我至忱地要想憑了我們青年所可貴的僅有的一股沸騰著的熱血，來喚醒我們那一般麻木不靈、還是睡在鼓裏的同胞們的靈感（原文如此——引者）來。」自此之後的一兩個月內，「青年園地」上登載的作品或文章十之八九都離不開「國難」這一話題，如 9 月 26 日陳湘的散文《非常》、27 日民因的小說《振作起來》、28 日黃震遐的詩歌《哭遼寧救遼寧》、朱復鈞的評論《應有的準備》、10 月 2 日絜非的散文《從甘地說到中國》、邵冠華的詩歌《醒起來罷同胞》、明的小說《宣傳》、10 月 3 日羅家棟的詩歌《血鐘響了》、黃奐的小說《孩子們的氣概》、荃的短訊《抗日聲中之交大》、10 月 5 日甘豫慶的詩

〔註 3〕參見秦弓：《現代通俗文學的生態、價值及評價問題》，《南都學壇（人文社會科學學報）》2010 年第 3 期。

〔註 4〕該《稿例》每隔幾期就會登出一次，最後一次出現是在 1931 年 12 月 25 日。

歌《去戰場上去》、征鴻的小說《九月廿二》、雲人的小說《請願》等等。這些
作者多數為在校大學生，同時也有黃震遐這樣的民族主義文學宿將，但其作品
的風格並無二致，基本都是激情澎湃的吶喊。然而這些作品的藝術水準之粗
糙，簡直已到了慘不忍睹的程度，比如邵冠華的詩歌《醒起來罷同胞》，幾乎
從頭到尾都是歇斯底里的狂叫：

> 醒起來罷，同胞，／現在不是甜睡的時候了，／看暗灰氣候裏
> 噴出怒濤，／風在舞蹈／雨在舞蹈／電在舞蹈／雷在舞蹈／鐵在叫
> ／鋼在叫／刀在叫／劍在叫／槍在叫／彈在叫／現在不是哭的時候
> 了，／讓頹廢病死在舊夢裏，／讓感傷病死在舊夢裏，／讓啊，讓
> 一切衰頹的意志死去，／同胞，醒起來罷，／踢開了弱者的心，／
> 踢開了弱者的腦，／看，看，看，／看同胞們的血噴出來了，／看
> 同胞們的肉割開來了，／看同胞們的屍體掛起來了；／看／同胞們
> 的熱血像火山在爆發了，／同胞們的意志，像火山般倒了，又飛起
> 來了；／看／抵抗的／前進的／光明的／意志是不朽的，／看／光
> 明的／前進的／抵抗的／意志是永存的；／看啊，／同胞們的熱血
> 像火山在爆發了，／爆發了，／爆發了，／爆發了！

對於這首詩歌，魯迅曾經諷刺道：「鼓聲之聲要在前線，當進軍的時候，
是『作氣』的，但尚且要『再而衰，三而竭』，倘在並無進軍的準備的處所，
那就完全是『散氣』的靈丹了，倒使別人的緊張的心情，由此轉成弛緩。所以
我曾比之於『嚎喪』，是送死的妙訣，是喪禮的收場，從此使生人又可以在別
一境界中，安心樂意的活下去。歷來的文章中，化『敵』為『皇』，稱『逆』
為『我朝』，這樣的悲壯的文章就是其間的『蝴蝶鉸』。」〔註5〕平心而論，魯
迅說邵冠華等人有意用看似悲壯的文章麻痺大眾、甚至為投敵做準備和鋪墊，
或許過於苛刻。他們的作品儘管淺薄，但是畢竟不失真誠。然而魯迅卻相當敏
銳地指出了這樣一點：這些作品的主旨無疑是在鼓舞人們為了民族而起來戰
鬥，但是由於國民政府的不抵抗政策，人們卻根本沒有參與戰鬥的可能。無論
邵冠華還是「青年園地」的其他作者，都像煞有介事地宣稱要「喚醒同胞」，
然而「同胞們」卻並非如他們所臆想的那樣，都處在「沉睡」和「麻木」的狀
態中，「九·一八」事變後全國各地此起彼伏的反日遊行示威運動，已經足以
證明當時人們的民族情緒是如何的高漲，真正想壓抑這種情緒的，其實恰恰

〔註5〕洛文（魯迅）：《漫與》，《申報月刊》第2卷第10期，1933年10月15日。

是國民黨當局——當然，國民政府決定奉行不抵抗政策有其多方面的考量，對於這種政策是否失當，我們今天或許可以嘗試做更加客觀的評判，而不必簡單地指責它為「賣國」行徑。但是在當年，對於一向與官方關係密切的「民族主義文學」而言，最高當局在國難面前的如此態度，卻會令其陷入進退兩難的窘境。《申報・本埠增刊》「青年園地」的慷慨激昂就是這窘境的一種體現：如果單看文字本身，它們無疑都是令人血脈賁張的戰吼，然而一聯想到現實，那就難免會讓人覺得空洞。魯迅將其比之為「嚎喪」，雖然未免刻薄了些，卻絕非沒有道理。

更具諷刺意味的是，這些「嚎喪」式的文字僅僅存在了三個月，此後就被迫噤聲。從 1932 年元旦起，《申報・本埠增刊》全面改版，撤消了包括「青年園地」在內的許多欄目，並於 1 月 8 日發表了一則宣言，稱「增刊和本報，絕對不同的地方，增刊不談政治，不談大局，所謂『此地只可談風月』」，因而自此之後刊登的文字「自應以滑稽，有趣，爽口，耐人尋味為主」〔註6〕。民族主義文學的重要陣地《申報・本埠增刊》至此終告淪陷。

無獨有偶，另一塊國民黨官方文學的陣地《民國日報・覺悟》副刊，也同時走向了末路。如前所述，自 1930 年 12 月姚蘇鳳接手時起，原來提倡三民主義文學的《覺悟》副刊漸漸變得鴛蝴色彩十足，但是到了「九・一八」事變之後，它的發展軌跡與《申報・本埠增刊》完全平行，也轉而登載大量表現民族主義情緒的作品，可以看作是加入了民族主義文學的陣營。而且比起《申報》的「青年園地」上那些空洞的叫喊，《覺悟》副刊的關注點更加具體，比如在 1931 年 10 月 23 日、12 月 19 日分別刊出蘇鳳的詩歌《夢中彷彿遇小白龍》和署名「唐」的散文《憶小白龍邊塞的一夜》，向人們介紹了綽號「小白龍」的抗日義勇軍領袖白乙化。但是《覺悟》出至 1931 年 12 月 31 日後便停刊，又過了不到一個月，1932 年 1 月 26 日整個《民國日報》也被迫停刊，這一塊國民黨的宣傳陣地，淪陷得算是更為徹底。

《申報・本埠增刊》的改版和《民國日報》的停刊幾乎同時發生，恐怕絕非偶然。「九・一八」事變發生後，面對中國國內日益高漲的反日浪潮，日本方面屢屢以「保護日僑」為藉口，向中國政府施加壓力，如 1931 年 12 月 6 日，中國各地 43 個日僑團體的代表共一千餘人在上海舉行「支那日本居留民大會」，會上提出了中國廢除排日、取消打倒日本帝國主義的口號等無理要求；

〔註 6〕垢佛：《本刊的小宣言》，《申報・本埠增刊》1932 年 1 月 8 日。

1932 年 1 月 21 日，日本駐滬總領事又以所謂「日僧事件」為藉口，向上海市政府發函抗議，提出道歉、懲凶、賠償和取締抗日活動四項要求〔註7〕。由於蔣介石把解決爭端的希望全部寄託在國際聯盟的「主持公道」上，面對日方種種無理要求，上海市政府只能遵照國民政府的指令，不斷地妥協退讓，包括在輿論方面嚴格控制反日言論。從 1931 年 12 月起，上海的主要報紙如《申報》《中央日報》上的反日聲浪明顯有了逐漸消退的趨勢，由此看來，《申報·本埠增刊》和《民國日報·覺悟》副刊的遭遇，也極有可能是日方對上海市政府施加壓力的結果。

然而國民政府的妥協退讓政策沒有起到絲毫的效果，就在《民國日報》停刊兩天後，「一·二八」事變爆發，淞滬抗戰隨之打響，剛剛被勉強壓抑住的民族情緒再度高漲。關於「一·二八」事變及淞滬戰爭，黃震遐等民族主義作家雖然也發出了自己的聲音，但是他們此時已經失去了固定陣地，而變成了散兵遊勇。比如此類作品中最著名的黃震遐的長篇小說《大上海的毀滅》，就是1932 年 5 月 28 日開始在《大晚報》上連載，又於同年 11 月由大晚報館出版單行本。《大上海的毀滅》無論在黃震遐本人的創作生涯中還是在整個民族主義文藝運動中，都是一部比較重要的作品，它相當真實而全面地展示了淞滬抗戰的方方面面：戰爭開始後，面對擁有現代化武器裝備的日軍，十九路軍卻連最基本的裝備都沒有，有些步兵甚至手持張飛式的大刀與對方拼殺，很快就在槍林彈雨中一批批倒下；十九路軍被迫沿滬太路西退途中，某營奉命從閘北趕到黃渡車站附近，築火線、挖戰壕，掩護主力撤退，戰鬥開始後，擔任主攻的日軍精銳部隊從空中向我軍陣地扔下了二萬磅炸彈，該營官兵拼死抵抗，終於使主力部隊擺脫了敵軍的追擊，但是在崑山附近浴血奮戰的八連指戰員全部以身殉國；湯營長在極度悲痛中振奮起來，重新組織力量，匯同其他部隊頑強反擊，保住了滬太路，同時為閘北等方面的友軍解了圍，然而就在這種情況下，他們聽到了屈辱性的《淞滬停戰協約》已經簽訂的消息，感到了深深的失望；在十九路軍浴血奮戰的同時，上海租界裏的有錢階級卻依然醉生夢死，甚至連八連長的未婚妻阿霞也沒事人兒般地出入舞廳酒會，縱情享樂，這些人不僅對窗外連天的炮火毫不關心，而且認為十九路軍的殊死拼搏，是出於「南省人愚笨的血氣」，有些人甚至埋怨說，因為有十九路軍的抵抗，才把這「快樂的、文明的都市弄得如此淒慘」；與這些麻木不仁之徒相反，復旦大學的大批義勇

〔註 7〕張憲文等：《中華民國史》第二卷，第 260～261 頁。

軍隊員慷慨激昂地投奔十九路軍，他們的行動鼓舞了社會上一大批熱血青年，使他們從沉默中感奮起來，走進了抵抗戰線⋯⋯

除了這些全景式的描寫，作品還著重刻畫了進步青年草靈的形象。他在義勇軍的感召下加入了便衣隊，活動在租界地帶，通過各種手段在敵後騷擾破壞，有力地配合十九路軍的正面進攻。但是在一次行動中由於缺乏統一指揮、沒有得到正規部隊的及時配合，他們遭到慘重的損失，幾百名隊員慘遭殺害，草靈等人被捕入獄。十九路軍反攻時，草靈等人被營救出獄，但他已不敢正視嚴酷的現實，成日沉緬於愛情之中，希望藉此彌合心裏的創傷。後來，閘北方面驚天動地的槍聲又將他震醒，使他重新走上社會，然而在與上海各式各樣人物的接觸後，他陷入深沉的苦悶之中，他憎恨那些苟且偷安、把戰爭當作茶餘飯後的談資、對十九路軍的功績冷嘲熱諷的人們，最終草靈在現實中醒悟過來，再次投奔十九路軍。後來儘管十九路軍已經消失，但草靈等一代青年已經覺醒，隨時準備著為保衛上海而流血犧牲。

無論就反映戰爭場面的真實性還是作品本身的文學性而言，《大上海的毀滅》都是一部頗值得稱道的作品。不過在魯迅等左翼人士眼中，它不過是一種「止哭文學」：

> 現在，主戰是人人都會的了——這是一二八的十九路軍的經驗：打是一定要打的，然而切不可打勝，而打死也不好，不多不少剛剛適宜的辦法是失敗。「民族英雄」對於戰爭的祈禱是這樣的。而戰爭又的確是他們在指揮著，這指揮權是不肯讓給別人的。戰爭，禁得起主持的人預定著打敗仗的計劃麼？好像戲臺上的花臉和白臉打仗，誰輸誰贏是早就在後臺約定了的。嗚呼，我們的「民族英雄」！〔註8〕
>
> 當自己們被征服時，除了極少數人以外，是很苦痛的。這實例，就如東三省的淪亡，上海的爆擊，凡是活著的人們，毫無悲憤的怕是很少很少罷。但這悲憤，於將來的「西征」是大有妨礙的。於是來了一部《大上海的毀滅》，用數目字告訴讀者以中國的武力，決定不如日本，給大家平平心；而且以為活著不如死亡（「十九路軍死，是警告我們活得可憐，無趣！」），但勝利又不如敗退（「十九路軍勝利，只能增加我們苟且，偷安與驕傲的迷夢！」）。總之，戰死是好

〔註 8〕何家干（魯迅）:《對於戰爭的祈禱——讀書心得》，《申報・自由談》1933 年 2 月 28 日。

的，但戰敗尤其好，上海之役，正是中國的完全的成功。〔註9〕

　　顯而易見，作品的本意是借十九路軍的失敗來激勵人們知恥而後勇，但是到了魯迅筆下，似乎黃震遐竟然是在暗示淞滬戰爭中十九路軍是故意「失敗」的，而其背後乃是「主持的人預定著打敗仗的計劃」。這裡的邏輯，和魯迅諷刺邵冠華等人的詩歌為「嚎喪」如出一轍，但是聯繫作品來看，魯迅的批評更像是一種「誅心之論」，而且也不無因人廢言之嫌。可歎的是，魯迅當年作出的不無意氣成分的論斷，後來卻成為對於《大上海的毀滅》這部作品的定評，直至今日，它還仍然被認為是一部「誇張日本武力，宣揚失敗主義的小說」〔註10〕。

　　不過在《止哭文學》等雜文中，魯迅畢竟還對《大上海的毀滅》進行了正面的批評，在稍早的一次講演中，他對這部作品壓根就視而不見：「以前有所謂民族主義的文學也者，鬧得很熱鬧，可是自從日本兵一來，馬上就不見了。我想大概是變成為藝術而藝術了吧。」〔註11〕這種判斷自然不完全符合事實，然而魯迅也並非無的放矢，因為「九·一八」之後，在整個社會都洋溢著民族主義激情的狀況之下，民族主義文學卻沒有「順理成章」地得到進一步的發展，像《大上海的毀滅》這樣的作品只是鳳毛麟角，《申報·木埠增刊》的改版和《民國日報》的停刊史為上述的說法提供了實例，這是頗為引人深思的。本尼迪克特·安德森在《想像的共同體》中著意區分「官方民族主義」和「群眾民族主義」〔註12〕，對於「九·一八」事變後民族主義文學所發生的變化，我們或許也應該作如是觀。日本的侵略雖然激起了人們強烈的民族情感，但是這種情感的來勢過於洶湧，以至非但不能被官方利用，來為其統治披上一層合法性的外衣，反而會對其「攘外安內」的大計構成嚴重威脅，所以與國民政府素來關係密切的民族主義文學，也很難將「九·一八」事變後高漲的民族情緒轉化為其發展的動力。至此，我們或許可以嘗試回答上一章中所提到的問題，即對於民族主義文藝運動的集中批判為什麼沒有出現在其高潮期間，反而出現

〔註 9〕何家干（魯迅）：《止哭文學》，《申報·自由談》1933 年 3 月 24 日。

〔註10〕見《魯迅全集》第五卷（人民文學出版社 2005 年版）第 45 頁《對於戰爭的祈禱——讀書心得》文末注釋。

〔註11〕魯迅：《今春的兩種感想》，原載《世界日報》1932 年 11 月 30 日，引自《魯迅全集》第七卷，人民文學出版社 2005 年版，第 408 頁。

〔註12〕安德森所謂「官方民族主義」主要是指 19 世紀中葉歐洲王室對於民族主義話語的收編，而且它很容易被導向帝國主義，這與 1930 年代的「民族主義文藝運動」所鼓吹的民族主義似乎不可同日而語，但是就當權者對群眾的民族情緒加以利用這一點上，二者還是有相似之處的。

在它早已衰落的 1931 年下半年以後：正是在「國難」真正到來之時，「民族主義」這塊金字招牌，才在現實的試金石面前暴露了原形，而批判者所抓住的，也恰恰是這一點。

更讓人尷尬的是，由於民族主義文學的人所共知的「官方」色彩，即使是當時一些為了救亡而奔走的文化界人士，也會刻意與民族主義文學保持距離。一個突出的例證是，1931 年 10 月 6 日，謝六逸、朱應鵬、徐蔚南、傅彥長、張若谷等 27 名文藝界人士發起上海文藝界救國會，鼓吹民族主義文學的《草野》雜誌在第 6 卷第 7 號刊載了相關報導，針對這件事，茅盾 10 月 23 日在《文學導報》第 1 卷第 6、7 期合刊發表《評所謂「文藝救國」的新現象》，批評謝六逸等「只是向來灰色的幾個人」，「在『救國』的面具下向民族主義派的一種公開的賣身投靠」。接著，魯迅也於 1931 年 12 月 11 日在《十字街頭》第 1 期發表《沉滓的泛起》，不無刻薄地把救國會的發起活動和以愛國為名的「靈藥」與歌舞表演廣告、謝六逸選譯的《近代日本小品文選》等相提並論，稱它們是在「國難聲中」趁勢泛起來的沉滓。面對這些指責，謝六逸並沒有理直氣壯地以「民族大義」為自己辯護，而是極力撇清自己和民族主義文學的關係：「根本上我不懂得什麼叫做民族主義文學，我對於此種理論，既沒有寫文章斥罵的義務，也毫無附和稱揚的意思。」〔註 13〕從謝六逸的這種態度上，可以一窺民族主義文學在當時人們心目中的形象。

有研究者認為，隨著民族危機的加深，民族主義文藝運動在 30 年代「逐漸演進成與左翼文學、自由主義文學、民主主義文學相互碰撞、相互交織、相互促動的民族主義文藝思潮，並開啟了盧溝橋事變後抗戰文學主潮之先河」〔註 14〕。誠然，在民族危機加深的時代背景下，民族主義成為一股影響廣泛的社會思潮，這與最初由前鋒社倡導的民族主義文藝運動不能說毫無關係，但是正如謝六逸的聲明所展示的，作為一種文藝思潮的民族主義，和具有官方色彩的「民族主義文藝運動」，仍然不能相提並論。否則，如果我們把《生死場》《八月的鄉村》這一類作品也視為「民族主義文學」的餘波，那恐怕會造成不必要的混淆。對於本書論題即抗戰時期的「國民黨官方文學」而言，區分這一點尤為重要。

〔註 13〕謝六逸：《謝六逸聲明》，《文藝新聞》第 47 號，1932 年 2 月 1 日。

〔註 14〕秦弓：《魯迅對 20 世紀 30 年代民族主義文學的評價問題》，《南都學壇》2008 年第 3 期。

第二節　從民族主義到法西斯主義：矛盾出版社與黃鐘文學社

「一‧二八」事變以後，上海的民族主義文藝運動陷入了低潮，但是在南京、杭州等地，仍然有一些提倡民族主義文藝的團體在勉強掙扎，只不過它們的命運也未必好到哪裏去。其中的代表便是矛盾出版社和黃鐘文學社。

矛盾出版社是潘子農在開展社因為內訌而分裂以後，與劉祖澄、洪正倫等原開展社元老聯合組成的。對於此事，左聯的外圍刊物《文藝新聞》曾經不無幸災樂禍地報導稱：「前號載開展社之可注目的決議，係開除該社理事潘子農，據記者所知，潘為開展社之創辦人，現任職中央黨部。該社此次倒潘，係另一派人眼紅潘之權高利重所致……現在內部竟已分裂，是否尚能按時領得某要人之津貼，則聞已成問題。但潘現在上海，聞又進行出版一《矛盾月刊》。」〔註15〕這裡所謂「另一派人」，是指曹劍萍等人，他們把潘子農排擠出開展社的舉動導致了該社的分裂，以及此後矛盾出版社的產生。

關於矛盾出版社的成立和發展過程，潘子農在《矛盾月刊》的「創始週年紀念特輯」上發表過一篇回憶文章《從發動到今朝》〔註16〕，作了更詳細的敘述。他首先梳理了該社與開展社的淵源：「《開展》月刊雖非《矛盾》的前身，但從歷史上來剖視，彼此間不免有相互形成的因果，即在人的方面，也頗有一些小小淵源之存在……老實說：開展社當時如果不硬喊口號，不吸收一班淺薄無聊的份子，至少直到現在，還是一個很健全的文藝組合。所惜終因各人思想不同，以及種種事務之情感用事，遂致造成巨大糾紛而無形停頓。」開展社的解散，使得潘子農意識到了「一個文藝團體如果企圖徵求大批社員來號召是萬萬不可的，因為人多夥重，份子定會非常複雜，往往意見紛歧，辦事異常棘手。所以後來著手組織本社的時候，我和祖澄堅決主張採取出版合作性質，而反對文藝團體的一般形式。」由此我們也可以理解為何在眾多的國民黨官方文學團體中，唯獨矛盾社以「出版社」為名。

〔註15〕《此之謂內訌也！——開展社之分裂》，《文藝新聞》第 25 號，1931 年 8 月 31日。

〔註16〕該文發表於《矛盾月刊》第 2 卷第 6 期（1934 年 2 月 1 日），但是《矛盾月刊》在 1932 年 4 月 25 日即已創刊，距離此時已有將近兩年。由於種種變故，刊物近兩年內僅出版了 12 期，這恰恰是正常情況下一本月刊一年之內的出版期數。所以編者這時出版「創始週年紀念特輯」，其實不過是為了「紀念本刊已往難產的一年，將一切苦難的經過重複來溫讀一遍而已」。

　　早在 1931 年秋天，潘子農便開始籌劃這一組合，當時的發起人除他以外還有劉祖澄、翟開明、蔣山青、王平陵、卜少夫、閻折吾、洪正倫、莊心在、趙光濤等十餘人。不過由於缺乏資金，他們的計劃一直無法啟動，直至 1932 年春末，潘子農結識了國民黨要員、中統負責人徐恩曾，徐對潘的計劃表示出了興趣並願意資助，矛盾出版社這才得以成立，並於 4 月 25 日出版了《矛盾月刊》創刊號。但是刊物剛出了兩期，就遭到日本領事的抗議，因為創刊號上的插圖《這一群鬼臉》和小說《鹽澤》被認為「有侮辱該國國體之處」，而遭到停刊兩月的處分。在這一打擊之下，《矛盾月刊》實際停刊了半年之久——由此，我們又一次看到了民族主義文學那可悲而又可笑的宿命——直到 12 月 5 日才出版 3、4 期合刊，後又於 1933 年 3 月出版了 5、6 期合刊「戲劇專號」。這時潘子農決定改組矛盾出版社，邀請汪錫鵬、徐蘇靈參與月刊編輯，並將出版社由南京遷至上海，這一計劃得到了徐恩曾的支持。7 月 28 日改組後的矛盾出版社在上海成立，並於 9 月 1 日出版《矛盾月刊》第 2 卷第 1 期「革新號」，此後一直固定在上海出版。

　　潘子農寫作《從發動到今朝》一文回顧這段歷史的時候，似乎不無得意之情。在文章的末尾，他寫道：「埋頭下去，挺胸出來！為了要使真理之旗永遠招展於地平線上，我們自當繼續已往的歷史而永遠努力下去！」然而刊物後來的命運卻讓他的這番豪言壯語顯得有點滑稽：「創始週年紀念特輯」推出之後僅僅過了四個月，《矛盾月刊》便於 1934 年 6 月 1 日第 3 卷第 4 期終刊，共出版 3 卷 16 期。

　　據潘子農回憶，《矛盾月刊》的銷路一直不錯，創刊號出版後，僅在南京本地，一周之內就賣出了四百多冊，1933 年 3 月出版的「戲劇專號」，更是在半個月內就售罄了初版的四千冊，後又加印兩千冊。其原因正如潘自己所說：「自然是由於京滬兩地的文藝期刊，自上海事變以來，都沒有恢復出版，讀者們正在感覺著異樣的饑荒，所以對於我們這點小小的供應，多少是很樂意接受的。」當然除了「填補空白」以外，《矛盾月刊》之受到歡迎也和它的內容有關，或許是接受了此前的《開展》「硬喊口號」的教訓，《矛盾月刊》展現出的姿態明顯要開放許多。第 2 卷第 1 期「革新號」上有一則《矛盾月刊》第一卷合訂本的廣告，其中列舉了第一卷的作者，包括：裘柱常、毛騰、劉祖澄、向培良、張問天、趙光濤、蔣山青、馬彥祥、王平陵、辛予、鄭振鐸、袁牧之、李孟平、徐蘇靈、顧仲彝、羅洪、黃震遐、謝壽康、洪深、熊佛西、袁殊、趙

銘彝、谷劍塵、胡春冰、閻折吾、楊昌溪、許德祐、陳凝秋、左明、蕭石君、
歐陽予倩等。這裡面除了王平陵、徐蘇靈、黃震遐等民族主義文學健將外，還
有大批的中間派別乃至左翼作家，由此看來，《矛盾月刊》的編輯方針似乎與
後面將要分析的《文藝月刊》十分接近[註17]。

　　不過以徐恩曾為後臺的《矛盾月刊》是不太可能不體現出黨派立場的。該
刊有一個重要欄曰「矛盾陣營」，每期都會刊出幾篇短文，內容基本都是攻擊
左翼文學陣營的，火力兇猛而持久，令人很容易聯想起《前鋒週報》的「談鋒」、
《開展》月刊的「開展線下」等等，看來這類欄目已經成了國民黨官方文學刊
物的一個傳統。但是如果把「矛盾陣營」上的文章與《矛盾月刊》在「一・二
八」事變以後不久的一片「國難」聲中創刊、又曾經因為日本領事的抗議而被
迫停刊的事實聯繫起來，恐怕我們就不得不懷疑這種只把槍口對準國內進步
力量的「民族主義」之成色了。

　　除了「矛盾陣營」欄目的持續攻擊以外，《矛盾月刊》有時也會抓住時機
向左翼文壇射幾支冷箭。1933 年 9 月 4 日，作家彭家煌在上海病逝，隨後《矛
盾月刊》於 11 月 1 日推出「追悼彭家煌氏特輯」，刊登了彭家煌追悼會的消息
以及他的照片、手跡、著作年表等等，還有　組悼文。當然，悼念這樣一位與
己無關的作家，《矛盾月刊》其實是醉翁之意不在酒，這期「特輯」裏真正的
重頭文章，乃是潘子農的《祭壇之前》，其中說：

　　　　家煌是生於苦難，死於苦難的文字勞動者；他生前既不能作奇
　　論怪說以欺世，又不能造勳功偉業以盜名，所以他的死亡也不能引
　　起所謂文壇權威者之流的重視。然而剖視家煌過去的生活底歷程，
　　他的靈魂之偉大崇高處，正因為不被權威者之流的「重視」而益形
　　不朽了。這點，我們應該十萬分為死者慶幸！

　　　　自從中國文壇被一群江湖好漢們屬入以後，一個作家的生死存
　　亡，似乎也有了徼幸與不幸的命運了。譬如胡也頻與李偉森等的槍
　　殺事件，曾被人藉此向某種國際去領津貼，而北平年青作家梁遇春
　　之夭卒，就很少有人加予注意。因戀愛衝突而失蹤的丁玲是發動了
　　全國名流作家們之多方營救，無辜遭累的潘梓年卻彷彿應該殞滅似

[註17] 有趣的是，辛予在《一九三一年南京文壇總結算（上）》中曾激烈抨擊《文藝
　　月刊》的辦刊方針，指其思想沒落、態度模棱（參見第四章）。或許在矛盾出
　　版社內部，各個成員的立場也不盡一致，不過就刊物實際展現出的面貌來看，
　　辛予這樣的鷹派人物顯然並未佔據上風。

的沒有一個人提及過一下。至於無黨派無幫口若家煌，生前以政治嫌疑被捕而無人營救，死後又沒有人來追悼紀念，這之中，在明眼人看來，當然可以瞭解其「所以然」了。《矛盾》編輯部同人，對於這位誠懇的，走向大眾的作家之寂寞地死去，感到特殊的同情與憤慨。經數度商議，決議二卷三期本刊的一部分篇幅，發刊「追悼彭家煌特輯」，並將追悼文字全部暨其他稿件四分之一的稿費，饋贈彭氏遺族，聊表微忱。雖說我們也深知這一切都不足對於死者光明的過去表示敬意於萬一，但自問較諸一般「狗眼看人」的好漢們底視若無睹，容或可使泉下的家煌稍得微末的安慰吧。〔註18〕

潘子農謬託知己，看似在為彭家煌的遭遇鳴冤，實則是向左翼發難。他或許會為自己的「巧妙」手段暗自得意，卻不知道自己鬧了一個天大的烏龍：實際上，彭家煌並非如他所說，是一個「無黨派無幫口」的作家，而是左聯的正式盟員，只是其身份並未公開而已（這或許就是左聯沒有出面料理其喪事的原因）。如此一來，這一期自作聰明的「追悼彭家煌氏特輯」，就成了一個笑話。

同樣問世於 1932 年的《黃鐘》，是後期民族主義文藝運動的另一主要陣地。《黃鐘》1932 年 10 月 3 日創刊於杭州，由「黃鐘文學週刊社（後改稱黃鐘文學社）」發行，原為週刊，第 21 期後改為半月刊，目前所見的最後一期是出版於 1937 年 8 月的第 11 卷第 2 期，總計 112 期。黃鐘文學社是附屬於杭州民國日報社〔註19〕的一個文學社團，因此《黃鐘》從創刊到第 16 期一直隨杭州《民國日報》附送，直到第 17 期起才單獨發行。黃鐘文學社的發起人胡健中，常用筆名「胡蘅子」或「蘅子」，此人是杭州民國日報社社長、國民黨浙江省黨部執行委員，也是陳果夫的親信。刊物前期的編者白樺（原名馮江濤，另一常用筆名寒潮），同時也是杭州《民國日報·沙發》副刊的主要作者；第 19 期後，《黃鐘》的編輯改由《沙發》的編者陳大慈兼任。胡健中、陳大慈同為國民黨浙江省黨部文藝運動指導委員會委員，白樺也是國民黨內的文藝積極分子，這幾個人的身份決定了《黃鐘》與國民黨浙江省黨部的密切關係。

〔註18〕潘子農：《祭壇之前》，《矛盾月刊》第 2 卷第 3 期，1933 年 11 月 1 日。

〔註19〕杭州《民國日報》創刊於 1927 年 3 月 1 日，至 1934 年，在整個東南地區均產生了較大影響。考慮到《杭州民國日報》的名稱具有較濃厚的地方性和黨派色彩，不利於進一步傳播，1934 年 6 月 16 日報紙正式改名為《東南日報》，但是主要編輯人員未變，社長仍為胡健中。

對於自己卵翼下的這份刊物，浙江省黨部從來都不吝褒詞，比如在一份「文藝宣傳工作報告」中，他們就吹噓《黃鐘》「提倡民族主義文學甚力，是中華民族的忠實的懇摯的代言人！是這個偉大的悲劇的時代的聲訴者！是現代中國的最有意義的純文學刊物！」甚至因為它「內容充實，思想健全」，而將其指定為在校學生的課餘補充讀物〔註20〕。《黃鐘》提倡民族主義文學的立場也確實足夠堅定，其發刊詞即開宗明義地說：

> 我們當前的時代，我們以為是一個民族求生存的時代，是一個民族爭自由平等的時代，尤其是一個全世界弱小民族求生存和爭自由平等的時代！試看世界雖大，那裏有弱小民族立足之地？那裏聽不到弱小民族哀痛的絕叫？那裏看不見弱小民族狼藉的血肉？那裏不是帝國主義者勝利猙獰的狂笑？

> 在這樣一個時代之下，被壓迫的民族，雖常不免因社會經濟組織的不良，而發生民族內部階級的分化和衝突，然這種不幸的現象，只是時代的一隅，而絕不是時代的本身！在整個時代的前面，生息於其下的任何個人任何階級，都應當認清時代的全體，而不應固執時代的片段！澈底說來，在當前的時代下，只有全民族的利益值得爭取，只有全民族的搏戰值得參與，此外個人和階級間的一切得失，都是細微渺小的爭持，宏偉磅薄的民族意識和民族精神應該能夠掃蕩一切，消除一切，融合一切！——這是這個時代下一切從事文學者所應明白體認的一個原則！〔註21〕

這裡雖然沒有什麼新鮮的東西，但是其態度卻異常鮮明。《黃鐘》存在的五年中，雖然也隨著時代氛圍的變化而略微調整了言說策略，卻從沒有偏離過民族主義的基本立場，同時也顯示出了相比於其他民族主義文學刊物較為突出的特色。

首先是非常注意探討民族主義的文藝理論。在民族主義文學理論方面，《黃鐘》做出的貢獻僅次於前鋒社。就理論文章的數量而言，《黃鐘》已經超過了《前鋒週報》和《前鋒月刊》。杭州正中書局在 1934 年出版了一部由吳原編選的《民族文藝論文集》，比較全面地收羅了 1930 年代前期與民族主義文學

〔註20〕《浙江省黨部文藝宣傳工作報告》，收入《文藝宣傳會議錄》，國民黨中央宣傳委員會 1934 年編印，轉引自倪偉：《「民族」想像與國家統制——1928～1948年南京政府的文藝政策及文學運動》，第 86 頁。

〔註21〕蔚子：《獻納之辭》，《黃鐘》第 1 卷第 1 期，1932 年 10 月 3 日。

有關的資料，該書分五輯〔註22〕，共收論文 28 篇，其中竟有 8 篇出自《黃鐘》〔註23〕，遠遠超出了包括《前鋒週報》和《前鋒月刊》在內的其他刊物。當然據《浙江省黨部文藝宣傳工作報告》稱，該論文集係由浙江省黨部編定，編者在選擇文章時或許難免有所偏私，但是這仍然足以說明《黃鐘》對於民族主義文藝理論探索的熱情。

其次是發表了大量歷史題材的作品。許尚由在《民族主義的文學》一文中認為，民族主義的文學可以分為「積極的鼓勵的」和「消極的攻擊，暴露或者諷刺的」兩大類，而「積極的鼓勵的」民族主義文學又可以有「再現」和「表現」兩種寫法，其中所謂再現「就是以歷史上的懷抱民族主義的英豪，和有益於民族的事物為題材，具體地描寫成功史事，或者作成評傳」。作者同時也強調，「這並非盲目地守舊，並非復古；以為凡是固有的都保守起來就是民族主義，那是非常幼稚低能的；把胡琴算作國樂來保存，把滿清格式的長袍馬褂算作國服，抵制所謂西裝的世界裝，那自然是更可笑的了。」〔註24〕理論雖然不錯，但是刊物仍然表現出了明顯的守舊傾向，《黃鐘》幾乎一直對歷史題材情有獨鍾，像李樸園的歷史劇《陽山之歌》《鄭成功》《畫網巾》《豫讓》，陳大慈的歷史小說《新野》《新亭》《玉門關》《寧遠之守》等等，就是其中的代表。當然與歷史題材作品的數量相比，更值得注意的是此類作品中所體現出的觀念。倪偉指出：「就刊物的整體風格而言，《黃鐘》確實是民族主義文學陣營中最守舊的，這不只是表現在它偏好歷史題材創作，更主要的是在這些作品中常常會不自覺地流露出對傳統的道德氣節的不加批判的讚頌，以及對傳統的藝術形式、情趣、格調的迷戀。」〔註25〕從讀者的反映上看，他們對於這種略顯陳腐的風格並不滿意。民族主義文學的受眾主要是那些容易被激動的「熱血青

〔註22〕 該書雖名為《民族文藝論文集》，卻也收錄了幾篇關於三民主義文學的文章，這也再次證明民族主義文學和三民主義文學關係之複雜。五輯分別為：民族主義文藝的理論及其方法論、三民主義文藝的理論及其方法論、世界文藝運動概況及幾個民族文藝作家的史實、以民族主義作中心的各項藝術論、其他。

〔註23〕 八篇文章分別是：柳絲的《關於民族主義的文學》、許尚由的《民族主義的文學》、沙亞的《第二次世界大戰爆發前的中國文學》、白樺的《法西斯蒂文豪唐南遮及其代表作〈死的勝利〉》《新興捷克斯洛伐克的雙翼》《新希臘的愛國詩人巴拉瑪滋》《大戰前後的波蘭民族文學家》、蘅子的《黃鐘發刊辭》（原題《獻納之辭》）。

〔註24〕 許尚由：《民族主義的文學》，《黃鐘》第 28 期，1933 年 6 月 16 日。

〔註25〕 倪偉：《「民族」想像與國家統制——1928～1948 年南京政府的文藝政策及文學運動》，第 90 頁。

年」，對於他們而言，像前鋒社那種浮躁凌厲的風格顯然更對胃口，而《黃鐘》
上那些迂闊的說教，則未免有些乏味。

最後，從 1932 年 12 月起，《黃鐘》上陸續出現了一些鼓吹法西斯主義的
文字，雖然數量不多，而且基本都出自刊物編輯白樺一人之手（如詩歌《一九
三三年的前奏曲》、論文《法西斯蒂文豪唐南遮及其代表作〈死的勝利〉》、翻
譯《希特拉傳》等等），但是這類文字的出現，卻標誌著整個民族主義文藝運
動即將迎來一次轉向。繼《黃鐘》之後，《汗血》《前途》等與國民黨高層關係
更加密切的刊物紛紛開始鼓吹法西斯主義，並呼籲對文藝加以更加嚴厲的統
制，自此，民族主義文學漸漸走向了極端。

第三節　政治獨裁與文藝統制

民族主義文學在 1933 年以後的法西斯化，有著複雜的背景。首先值得注
意的是，作為國民黨的領袖，蔣介石對於法西斯主義的興趣由來已久。1931 年
5 月，蔣介石作《致國民會議開幕詞》，很多研究者稱蔣的此次講話「公開讚
揚」、「完全肯定」了法西斯主義，但實際上這時蔣介石對於法西斯主義還是有
一些保留的，他在講話中認為，當時世界各國政府雖形式各異，但理論立場不
外三種，即法西斯蒂之政治理論、共產主義之政治理論和自由民治主義之政治
理論。蔣介石分別評價了三種理論，其中首先提到的就是法西斯主義：

> 法西斯蒂之政治理論本抽象主義之精神，依國家機體學說為根
> 據，以工團組織為運用，認定國家為至高無上之實體，國家得要求
> 國民任何之犧牲，為民族生命之綿延，非以目前福利為準則。統治
> 權乃與社會並存，而無後先，操之者即係進化階段中統治最有效能
> 者。國家主權，既為神聖，縱橫發展，遑恤其他，國際上之影響，
> 是否合於大同原則，不待智者而知。〔註26〕

很顯然，這並不是對法西斯主義的全盤肯定，而是指出了其「國家至上」
的原則如果運用在國際上，可能導致無限制的追求本國利益最大化而侵凌弱
者、違背「大同原則」。對於另外兩種理論蔣介石也不認可，他認為共產主義
主張用階級鬥爭的手段消滅反對者，這是一個殘酷而漫長的過程，「尤不適於

〔註26〕蔣介石：《致國民會議開幕詞》，引自高軍等編：《中國現代政治思想史資料選
　　　　輯（上冊）》，四川人民出版社 1983 年版，第 572 頁。

中國產業落後情形及中國固有道德，中國亦無需乎此，可斷言也。」西方的自由民治主義理論則「以個人主義為出發點，附以天賦人權之說，持主權屬於全民之論，動以個人自由為重」，但是民主政治在英美有長期的演進歷史，人民習於民權之運用，因此才能夠實行，若用在中國這樣的無此歷史社會背景的國度，則只能導致紛亂。最終他的結論是「每國各有其客觀的環境，世間決無可以完全移植之政治」。

表面看來，蔣介石對於三種政治理論的批評似乎是不偏不倚的，但是仔細比較一下就會發現其態度的微妙之處：對於後兩種理論，他都認為並不適合中國國內的特殊情形，唯獨對於法西斯主義，他僅僅強調其在「國際上」的不利影響，這就留下了很大的餘地，即事實上承認了法西斯主義運用在一個國家內部的「效能」。果然，在一一否定三種理論後，他就正面提出了自己的主張：「主權屬於全體人民，係總理所親定，最後之目的在於民治，而所以致民治之道，則必經過訓政之階段。挽救迫不及待之國家危難，領導素無政治經驗之民族，自非藉經過較有效能的統治權之行施不可，況既明定為過渡之階段，自與法西斯蒂理論有別。」刻意強調自己的主張「與法西斯蒂理論有別」，其實恰恰透露出二者之間的曖昧關係，瞿秋白在蔣介石的講話發表後迅速作出反應，尖銳地指出：「原來國民黨和法西斯蒂的分別，只是規定了這種法西斯蒂式的較有效能的『統治權』是過渡階段，此外還要比法西斯蒂多一個將來的『大同國』的鬼把戲。這樣說來，現在這個過渡階段是什麼東西呢？豈不是明明白白是法西斯蒂的『過渡階段』嗎？」〔註27〕

正如瞿秋白所言，蔣介石此時對於法西斯主義其實已經心嚮往之了，只不過他還沒有明確地表達出來。然而半年以後，蔣介石在胡漢民和汪精衛的夾攻之下，於 12 月 15 日被迫下野。儘管次年 1 月 28 日蔣即復出擔任軍委會委員，後又被選舉為軍事委員會委員長〔註28〕，實際上大權旁落的時間非常之短，但這次事件對蔣仍然構成了極大的刺激，他在 1931 年 12 月 24 日的日記中「反思」道：「今次革命失敗，是由於余不能自主。始誤於老者，對俄對左，皆不能貫徹本人主張，一意遷就，以誤大局；再誤於本黨之歷史，允納胡漢民、孫科，一意遷就，乃至於不可收拾；而本人無干部、無組織、無情報……乃致陷

〔註27〕瞿秋白：《國民會議上蔣介石說些什麼？》，原載《布爾什維克》第 4 卷第 3 期，1931 年 5 月 10 日，引自《瞿秋白文集・政治理論編》第七卷，人民出版社 1991 年版，第 138 頁。

〔註28〕張憲文等：《中華民國史》第二卷，第 109～111 頁。

於內外夾攻之境，此皆無人之所致也。」〔註29〕因為感受到自己對國民黨的控制力還遠遠不夠，復出之後的蔣介石立即支持滕傑、賀衷寒等黃埔門生成立了一個效忠蔣個人的秘密政治團體「三民主義力行社」。雖然該社被冠以「三民主義」之名，但是它已經帶有強烈的法西斯色彩。力行社由三個層級構成，頂層是「三民主義力行社」，是最高決策和指揮層；第二層包括「革命軍人同志會」和「革命青年同志會」，為承上啟下的決策執行層；第三層是「中華復興社」，為領導群眾、直接執行決策的階層，此外還設有一些外圍團體〔註30〕。力行社往往被視為一個帶有恐怖色彩的特務組織，但是它的實際面目非常複雜，除了從事與政治、軍事有關的特務活動外，它在思想文化方面也希望有所作為，其外圍團體中比較重要的一個就是「中國文化學會」，該會在許多省市都設有分會，並創辦了一大批報刊雜誌，公開鼓吹法西斯主義。

　　曾任「中國文化學會」總會書記長的蕭作霖，在回顧復興社早期從事的宣傳活動時說，他們最初接收了由幾個黃埔學生私辦的《文化日報》，改組為《中國日報》，由康澤任社長，這便是復興社的機關報。同時還有兩個小期刊——《我們的路》和《青年旬刊》，到 1933 年 1 月，又將這兩個刊物合併改為《中國革命》週刊，成為復興社的指導性機關刊物。除此之外，最重要的刊物就是《前途》月刊了：

> 　　在《中國革命》週刊在南京創刊的同時，由賀衷寒於軍事委員會政訓處出資，在上海創辦了《前途》月刊。這是一個「理論性」的大型刊物，與《中國革命》週刊相呼應，同為復興社的主要喉舌，由復興社骨幹分子大學教授劉炳藜主編，復興社分子大學教授孫伯騫、茹春浦、倪文亞、張雲伏等共襄其事。〔註31〕

　　在《前途》龐大的撰稿人隊伍中，「將近半數是復興社分子」，不過在刊物的前幾期裏並沒有出現公開鼓吹法西斯主義的文章，因為「上海當時是全國文化的中心，為上層知識分子會集之地，他們不能不首先採取試探的態度和漸進

〔註29〕引自楊天石：《找尋真實的蔣介石——蔣介石日記解讀》，山西人民出版社 2008 年版，第 218 頁。

〔註30〕參見王奇生：《黨員、黨權與黨爭：1924～1949 年中國國民黨的組織形態》，上海書店出版社 2009 年版，第 222 頁。

〔註31〕蕭作霖：《復興社述略》，中國人民政治協商會議全國委員會文史資料研究委員會編：《文史資料選輯》第 11 輯，中華書局 1960 年版，第 35 頁。下文引用此文時不再注明。

的方針」。正因如此，刊物創辦之初竟然吸引到了徐懋庸等左翼作家和豐子愷等文藝名流來捧場。不過從第六期開始，《前途》便漸漸原形畢露了，賀衷寒本人粉墨登場，蔣介石的訓話也往往出現在卷首，同時關於法西斯的譯述也逐期增多，在該刊第一卷的後幾期，即有如下一些文章：《法西斯蒂的國家——協團的國家》《法西斯國家的概念》《法西斯主義之政治與社會理論》《法西斯主義之經濟原理》《法西斯治下意大利的經濟制度》《法西斯主義之國家改造論》《法西斯蒂下之勞動業餘訓練》《法西斯蒂的精神史觀》《法西斯蒂的軍事組織與軍事訓練》，等等。

　　不過雖然有《中國日報》和《中國革命》《前途》這一報兩刊作為喉舌，並有遍布全國各地的多種大小報刊，復興社的宣傳工作效果依舊非常有限，就連《前途》的銷路都一直不好，其讀者基本限於國民黨軍政系統內部。蕭作霖認為造成這種情況的原因是復興社總部「沒有一套全面的計劃和集中領導，而只任憑各個報刊各自為政，各行其是。而許多報刊又都是任由主編人胡亂發表言論，而且翻來覆去，總不外是『攘外必先安內』和『絕對擁護一個黨、一個領袖』這一套濫調」，因此他和鄧文儀、賀衷寒、吳壽彭等幾個復興社骨幹商討後，決定成立「中國文化學會」。該會 1933 年 12 月 25 日在南昌成立，標榜「以三民主義為中國文化運動之最高原則，發揚中國固有文化，吸收各國進步文化，創設新中國文化」，但是它的核心主張是「引起全國人民對於革命領袖及革命集團之絕對信仰與擁護」，「根據三民主義指斥共產主義與資本主義之謬誤，辟除階級鬥爭與自由競爭之主張」。

　　「中國文化學會」成立後為擴大影響，有許多動作，如在上海、杭州等地成立分會，改組或創辦一批刊物（《前途》自此也成了該學會的機關刊物之一），在大中學生中間組織「文化前衛隊」等。但是此時的「中國文化學會」把主要精力放在了與 CC 系控制下的「文化建設學會」的內鬥上面，還沒有計劃到怎樣來具體實行其主張，所以蕭作霖和劉炳藜認為首先還得有一個「文化統制」的思想運動，才能順利展開他們的文化運動。於是他們經過精心策劃，在《前途》上推出了一個文化統制專號。他們首先導演了一齣雙簧：1934 年 6 月 1 日，該刊第 2 卷第 6 期的通訊欄發表了一封署名「一鵬」的「讀者來信」，信中說自五四運動以來，「到今還未見適合國情的文化」，「呈現了目前思想混亂，出版物無系統，無價值的狀態，更因此而使整個民族無中心思想與信仰，整個社會表露無組織的情況」，因此呼籲「在民族整個將亡的今日，不得不效法他

國，而實行文化統制」。並要求《前途》「應該出一個專號，為實行文化統制的
嚮導」。劉炳藜則回信說：「關於文化統治的步驟，不良刊物的取締和言論機關
的統制是最要緊的。因為言論影響國民思想甚大，不健全的和危害民族國家的
言論，若不加以取締，其為害有甚於洪水猛獸。這是消極的防止。至於積極的
實施，還在建設健全的言論和學校教育與社會教育的統制。這種事體甚大，猝
難辦到，只有靠我們強有力的政府下大刀闊斧的手段把它統制起來。」並告訴
他「在本年內或者不久的將來，敝志已在籌備出一本文化統制專號。」〔註32〕

　　兩個月以後，「文化統制專號」正式登場，該期《前途》發表了吳鐵城《統
制真銓》、賀衷寒《人類統治思想的演進與三民主義的使命》、劉炳藜《文化統
制的意義》、茹春浦《文化統制的根本意義與民族前途》、蕭作霖《文化統制與
文藝自由》、殷作楨《文化統制之理論與實際》等18篇文章，可以說是向左翼
和自由派文人投擲了一束集束炸彈。不過文章數量雖多，其大意總个出蕭作霖
和劉炳藜這兩個主要發起人所舉的要旨。蕭作霖在文中說：「我們要將文化限
制於人類共同生活和社會演進的範圍之內，就是『文化統制』」，「文藝當然是
不能自由的，在求民族生存的抗爭意識情緒範圍之內是可以絕對自由的，否則
不可能，因為中國人目前，只是一個民族抗爭意識是合理的。」〔註33〕劉炳藜
則說：「惟有把自然統制於人力之下，惟有把由人力向自然開闢所得來的文化
控制於民族精神之下，以民族精神為最高指揮，民族政治組織及其領袖為最高
指揮之執行者或代表，文化為手段或工具，前者統制後者，把人力即民族精神
力或精神作用加於自然開闢的過程之上，即自然被統制於文化，文化被統制於
民族精神，則國家的一切，無論政治、倫理、道德、學術思想，可上軌道，這
就是我們所提倡的文化統制。」〔註34〕不過劉、蕭二人的立場也並非完全相
同，比較起來劉炳藜的觀點更加強硬，而蕭作霖雖然也聲稱「文藝當然是不能
自由的」，但是他同時認識到「人類唯思想為最自由，亦唯文字為最自由，無
可限制」，因此他又說「文化統制，不在成立一個統制機關，機關無用，『防人
之口，甚於防川』，防人之心，更甚於防海」，「我們之所謂統制，要在於建立
一個共同的信念」〔註35〕。蕭作霖對於文化統制的認識，在這一群人中算是比

〔註32〕一鵬、劉炳藜：《通訊·關於文化統制》，《前途》第2卷第6期，1934年6月
　　　　1日。
〔註33〕蕭作霖：《文化統制與文藝自由》，《前途》第2卷第8期，1934年8月1日。
〔註34〕劉炳藜：《文化統制的意義》，《前途》第2卷第8期，1934年8月1日。
〔註35〕蕭作霖：《文化統制與文藝自由》，《前途》第2卷第8期，1934年8月1日。

較清醒的，但是他所謂「建立一個共同的信念」，仍不過是一種一廂情願的美夢。

有趣的是，這期專號裏最激烈的聲音不是來自兩位發起者，而是在 18 位作者中相對不那麼顯眼的殷作楨。此人曾經是左聯成員〔註36〕，叛變後成為了「圍剿」左翼文化的急先鋒。他的文章一上來就不加掩飾地為獨裁統治張目：「現階段的世界政治思潮，只有民主政治與獨裁政治的對立。然前者早已失掉它的政治效能而踏上沒落的道程，後者卻掃蕩了全世界的政治舞臺而具體地表現了它的時代意義與政治效能。」他甚至聲嘶力竭地高呼：「能夠應付目前之國難的只有獨裁。中國是迫切地需要獨裁政治的。獨裁可以統一中國！獨裁可以復興民族！獨裁可以使祖國得到尊嚴，光榮，與和平。」接著闡述了他對文藝的看法：「文藝是絕對不能超脫一切而獨存獨在的，文藝沒有它的超越性與永久性，而只有它的時代性。換句話說，文藝不能與政治分離，它必然地是與政治發生密切的聯繫的。所謂為人生的文藝或為社會的文藝，徹底說一句，即是為政治的文藝，因為人生與社會只有在政治的關係之下才能存在，否則缺失人生與社會的意義。」既然如此，用獨裁的政治手段來嚴格地統制文藝，就變得順理成章了，然而殷作楨想到的「統制文藝」的具體手段，仍然令人驚駭：「若要文藝統制運動的迅速完成，藉以鞏固新樹立起來的統治權，就得封閉反動書店，禁止反動書籍的刊行，限制出版自由，甚或焚毀一切的反動書籍，逮捕一切的反動作家。」而在他眼中最為「反動」的，自然又是左翼作家：

> 在中國，反動的文化運動中最有計劃最有組織的，只有左翼作家聯盟領導下的普羅文學運動。文學雜誌和新聞紙的副刊大都在左聯的影響之下而出刊，均由左翼作家化名供給稿子；《文學》名義上雖由鄭振鐸傅東華編輯，其實全在茅盾的手裏，茅盾化名東方未明在寫稿子；《現代》雖是第三種人在主持，主要的稿子還是由左翼作家供給，錢杏邨化名王淑明，還站在階級的立場寫他的批評文字；已停刊的《春光》和《自由談》，則完全等於左聯的機關雜誌了。除雜誌副刊之外，書店也大多在左翼作家的把持中。

> 在如此場合之下，除禁止出版自由之外，必得封閉反動的左翼書店，焚燒反動的左翼書籍，逮捕反動的左翼作家。人們常藉口摧殘文化，反對此種舉動，認為此種舉動是殘酷的。但他們完全忽略

〔註36〕 參見姚辛編：《左聯詞典》，光明日報出版社 1994 年版，第 208 頁。

了這一點：反動的左翼文化不但對中國文化的前途無所補益，而且會亡國滅種，是國家民族的大害。同時，要革命成功，就非對敵人殘酷不可，對敵人寬恕，就是對革命不忠實。他們如果明白了蘇俄的格粕烏工作（即特務工作）是怎樣殘酷的，它是怎樣逮捕反動派而囚之於地窖中的，它是怎樣處死反動派的，他們便會感覺到中國革命實在對反動派太過寬恕了。〔註37〕

　　如此惡狠狠的話語，足以令此前所有國民黨文人的反共言論相形見絀。然而正因為面目過於猙獰，這一期專號所起到的宣傳效果也有可能適得其反，蕭作霖在回憶中就坦承，刊物出版後「遭到一些進步報刊的抨擊」。但是無論如何，這也是「中國文化學會」成立後的一件大事，對於各地分會以及與復興社有關的各種報刊的發展，也起到了很大的推動作用，蕭作霖和劉炳藜都相信這個「文化統制」的思想運動，是會開展下去並收到極大效果的。然而頗具諷刺意味的是，就在專號出版不久，復興社和 CC 系的鬥爭愈演愈烈，中國文化學會則成了這場內鬥的犧牲品，被下令取消〔註38〕。此後的《前途》雖然仍能正常出版並一直持續到抗戰初期，但是蕭作霖、劉炳藜等人心心念念的「文化統制」偉業，已經化為泡影——當然，我們在回顧這段歷史的時候，有十足的理由為此感到慶幸。

　　儘管「文化統制」的聲音隨著中國文化學會的解散而很快煙消雲散，但是在力行社、復興社及其外圍團體的鼓吹之下，法西斯主義在 30 年代仍然一度成為中國思想界一個引人注意的話題，並且也確實吸引到了一批追隨者。比如同樣帶有明顯官方色彩的出版機構「汗血書店」，就是法西斯主義的忠實擁躉。有研究者把汗血書店也歸入復興社旗下〔註39〕，但筆者認為此說似有不妥，因為目前我們還找不到能表明汗血書店與復興社有關係的直接證據，倒是有跡象表明其與 CC 系的關係更為密切〔註40〕。該書店正式成立於 1934 年

〔註37〕殷作楨：《文化統制之理論與實際》，《前途》第 2 卷第 8 期，1934 年 8 月 1 日。
〔註38〕蕭作霖：《復興社述略》，《文史資料選輯》第 11 輯，第 42 頁。
〔註39〕倪偉認為「汗血書店」所辦刊物《汗血》等「基本上是由『復興社』所控制的」，「《汗血》的骨幹分子劉百川、何公霞供職於江西剿匪行營，估計也應是『力行社』或『復興社』中人。」（倪偉：《「民族」想像與國家統制——1928～1948 年南京政府的文藝政策及文學運動》，第 169 頁。）
〔註40〕蕭作霖在回憶復興社的文章中提到了由他們控制的一些出版機構，如拔提書店、中國文化書局、前途書店等，但是對於汗血書店隻字未提。在介紹由復興社掌控的報刊時，也沒有提及《汗血週刊》《汗血月刊》，僅僅在列舉「直接間

5 月〔註41〕，不過其招牌刊物《汗血週刊》和《汗血月刊》1933 年即已創刊。
這兩個刊物上大量發表介紹法西斯主義的文章，其提倡的所謂「汗血精神」和
「實幹理論」，也都是對法西斯主義理論的美化。前者是指「為工作而流汗，
為民眾而流血的精神」〔註42〕，而後者則被闡釋為「承認宇宙是力的組合；又
承認人生之戰鬥的內涵：即所謂『力的宇宙』和『戰的人生』的認定」，「實干
政治的偉大領袖莫沙裏尼……已創造了實干政治理論」〔註43〕。「汗血書店」
成立後，更是出版了多套系統介紹法西斯主義的叢書，如「汗血叢書」就包括
費渥利《莫索利尼傳》、戈林《德意志的復興》等；「汗血小叢書」中的「民族
英雄評傳系列」則試圖在中國古人身上挖掘「汗血精神」「實幹精神」，如《秦
始皇之民族功業》、《留胡節不辱的蘇子卿》等，同時也包括《復興意大利之三
傑》等稱頌他國「民族英雄」的著作；還出版有「國防實用叢書」，涉及戰爭
時期的貿易、金融、兵役、軍需、行政、工業、農業、交通、教育等方方面面，
其核心思想就是要將社會的每一個角落都納入到政府的嚴格統制中，帶有鮮
明的法西斯主義印記。

　　對於文化問題，「汗血書店」也多有關注，「國防實用叢書」中就有《國防
新聞事業之統制》《國防教育之實施》《國防文化建設》等。另外《汗血週刊》
和《汗血月刊》也經常刊登關於文化統制的文章，其中尤為值得注意的是，《汗
血週刊》於 1943 年元旦重磅推出了一期「文化剿匪專號」，集中發表十一篇宣
揚「剿滅」普羅文化的文章，分別是《文化剿匪的重任》（劉百川）、《從普羅
文藝說到陳賊銘樞的「文化大同盟」》（布毅）、《北平的普羅文學與普羅文學家》
（林亮）、《撲滅普羅文化與剿匪》（艮心）、《掃除普羅文藝的辦法》（鞠百川）、
《文化與剿匪》（成人）、《駁「階級鬥爭」理論的謬誤及反其文化勢力》（王逸
民）、《痛剿無形的赤匪》（尚均）、《復興民族文化與新聞紙》（沙家鼎）、《中國

接與復興社有關係的各地報刊」時提到了上海的《民族文藝》。參見蕭作霖：
《復興社述略》，《文史資料選輯》第 11 輯，第 34～43 頁。另外考慮到《汗血
月刊》的發行人是 CC 系重要人物潘公展，筆者認為將汗血書店視作 CC 系控
制下的出版機構似乎更加合適。

〔註41〕 參見上海市虹口區志編纂委員會編：《虹口區志》，上海社會科學院出版社 1999
年版。

〔註42〕 高望：《青年們應具有汗血的精神》，《汗血週刊》第 2 卷第 6 期，1934 年 2 月
5 日。

〔註43〕 方申：《實干政治之世界與中國》，《汗血月刊》第 5 卷第 6 期，1935 年 9 月 1
日。

所需要的文化運動》（雷雨田）、《為甚麼要反對普羅文學》（高望）等。這些文章言辭激烈、態度強硬，甚至十分露骨地呼籲政府採取暴力手段取締普羅文學，如《撲滅普羅文化與剿匪》就這樣建議：

> 我們以為要根本撲滅普羅運動，就要有消極的和積極的二種方策，所謂消極的就是對普羅運動集中的上海，所有一切的普羅社團，加以取締或破壞，主要人物不惜加以逮捕或監禁。對出版的刊物雜誌書籍，組一專門委員會，重新加以審核登記，稍有階級思想或鼓吹赤化者，完全銷毀，同時嚴訂出版法，嗣後如有玩命忽略，繼續出版者，應科以相當之處罰，毫不寬假。對電影亦組一專門委員會，或將現今上海的電影檢查會改組亦可，如各影片公司拍有赤化的普羅片子，則絕對不准演放，加以銷毀或剪裁，須以藝術民族建設及不違背三民主義者為範圍。積極方策則我們努力建設我們的文化基礎，創造我們民族上的生命，破壞過去共產黨徒—— 普羅作家們陣線，糾正青年男女的思想，使歸於正軌，不再徬徨歧路為共所利用了。〔註44〕

另如《掃除普羅文藝的辦法》《文化與剿匪》等文章，都表達了幾乎完全相同的觀點，更有趣的是《痛剿無形的赤匪》一文，竟然將焚書坑儒的秦始皇引為同調：「我們讀史，頗驚駭秦始皇焚書坑儒的舉動，到了現在身臨其境，非但不驚駭，反覺得秦始皇老先生還不甚徹底，因為『焚』『坑』只是消極的，積極的還亟待建立。」〔註45〕這些文章無一例外地強調「文化剿匪」不單要靠消極的查禁，也靠積極的建設，但是對於如何建設基本都是語焉不詳，而把重點放在了籲請政府實施更嚴厲的意識形態鎮壓上面。當然，自從1928年國民黨官方文學誕生之日起，就幾乎沒有一天不把反共當作首要任務，但是此前的官方文學刊物上，對於左翼文學基本都是止於謾罵，即便有時呼籲政府取締，也不會提出特別具體的建議，像《汗血週刊》的「文化剿匪專號」這樣明目張膽地主張對「所有一切的普羅社團，加以取締或破壞」，對出版物「稍有階級思想或鼓吹赤化者，完全銷毀」，甚而至於對普羅文化的「主要人物不惜加以逮捕或監禁」，則是十分罕見的。如果沒有極端推崇專制的法西斯主義理論撐

〔註44〕 民心：《撲滅普羅文化與剿匪》，《汗血週刊》第 2 卷第 1 期，1934 年 1 月 1日。

〔註45〕 尚均：《痛剿無形的赤匪》，《汗血週刊》第 2 卷第 1 期，1934 年 1 月 1日。

腰，恐怕這些作者也很難有如此十足的底氣，能夠與他們「媲美」的，大概只有主張文化統制的《前途》諸公了。

除了《汗血週刊》《汗血月刊》等以政論為主的綜合性刊物以外，汗血書店也先後出版過多種文學刊物，如《民族文藝》（創刊於 1934 年 4 月 1 日，同年 9 月 15 日終刊，共出 1 卷 6 期）、《國民文學》（創刊於 1934 年 10 月 15 日，1935 年 7 月 15 日終刊，共出 10 期）、《國防文藝週刊》（約創刊於 1936 年，終刊時間不詳〔註46〕）、《民族文藝月刊》（創刊於 1937 年 1 月 15 日，同年 3 月終刊，共出三期）等。其中後兩種出版於江西南昌，而不是汗血書店的總部所在地上海，且這幾個刊物的版權頁上一般也不會出現「汗血書店」的字樣，而只是署名「民族文藝月刊社」「江西國防文藝社」「江西民族文藝社」。但是其核心人物劉百川等均為汗血書店骨幹，而且這些刊物上頻頻出現《汗血週刊》《汗血月刊》的廣告，因此它們都是汗血書店旗下的刊物。在立場上，它們與《汗血週刊》《汗血月刊》也並無二致，如《民族文藝》的創刊宣言就這樣攻擊左翼作家：「擔任覺醒民族的所謂文藝作家，又復推波助瀾，拼命地挑撥民族意識，分裂國民團結，製造政治糾紛，麻醉知識分子思想，拍賣作者人格在做異族的走狗……在最近的一個階段裏，那些所謂左翼文藝的大作家們哪一個不受盧布的收買，商人的誘惑，而寫成出賣民族，消沉民族意識的作品，去換他的舒適的享樂？」並高調聲稱「培養整個的民族堅強的意識，使它興奮，熱烈，勇敢，前進，犧牲，全在文藝作家去下灌溉的工作，要挽救中華民族，也只有真心愛國的民族文藝作家來擔承這種重任。」〔註47〕《民族文藝月刊》的發刊詞也說：「民族文藝最大的敵人，是普羅毒物，與頹廢的殘骸，負有民族文化運動的人，當然向它們掃射。我們的目的在建設唯生主義的文化，裏面是充實著民族的、實幹的、生產的、樂觀的重大意義。」〔註48〕不過雖然口號

〔註46〕 筆者並未見到原刊，但是在 1937 年創刊的《民族文藝月刊》的發刊詞中，編者劉百川稱在 1936 年「江西的文化運動以國防文化方式抬起頭來，《國防文藝週刊》……曾向中國沉迷著的文化的靈魂投了一個巨彈，最近為了使民眾顯明地認識『民族』的意識，才標明『民族文藝』的旗幟」，由此判斷《國防文藝週刊》應與《民族文藝月刊》屬於一個系列的刊物。另外 1936 年 9 月 6 日的《社會日報》上有一篇熊子梁的《南昌文藝界的國防熱》，內稱「現在江西省黨部，仿照江西共匪最強盛時期的文化剿匪宣傳組織『奮鬥文藝社』的辦法，也組織一個『江西國防文藝社』，實行『國防文藝』的宣傳，並出版國防文藝週刊……」，這也可以佐證該刊的性質。

〔註47〕 劉百川：《創刊宣言》，《民族文藝》創刊號，1934 年 4 月 1 日。

〔註48〕 劉百川：《開張詞》，《民族文藝月刊》創刊號，1937 年 1 月 15 日。

喊得響亮，這些刊物卻基本沒有發表過什麼拿得出手的文學作品，更何況在中日民族矛盾日趨尖銳的 1930 年代，一群自詡的「民族文藝」提倡者竟然一致槍口對內，這本身就是一個絕大的諷刺。

第四章　中國文藝社與《文藝月刊》

第一節　《文藝月刊》的「屬性」問題

　　自「九・一八」事變以後，國民黨官方文學總體的發展軌跡可謂每況愈下。雖然在事變之初，「民族主義文藝」的大旗下也有人發出過幾聲貌似激烈、實則空洞的吶喊，但是很快，在當局的不抵抗政策之下，就連這些聲音也難有容身之地，所以他們只能重走當年前鋒社的老路，即通過謾罵、污蔑共產黨來體現其所謂「民族意識」。而且從《矛盾》《黃鐘》到《汗血》《前途》，似乎情形逐漸變得越來越糟糕：畢竟當年的前鋒社諸人，無論如何也沒有走到公開為法西斯主義張目的地步，而後起的國民黨文人已經可以毫無愧色地呼籲當局用法西斯手段來消滅文化上的異己力量了。不過在這樣的大背景下，1930 年代的國民黨官方文學陣營中，卻存在著一個不容忽視的另類，那就是南京的中國文藝社和他們旗下的《文藝月刊》。與上一章提到的諸多文藝組織相比，中國文藝社的影響無疑要大得多，但是其「屬性」卻不大容易確定。

　　中國文藝社其實在「九・一八」事變之前一年多的 1930 年 7 月就已經成立。1932 年《矛盾月刊》上一篇署名「辛予」的文章裏說，它「是一個創辦得最早而且規模也最大的文藝社團……其組織的系統與經濟之來源，完全和國民黨中央宣傳部有直接的關係」，「中國文藝社的組成分子，其比較最重要而又為一般所注目的是：王平陵，左恭，鍾天心，繆崇群等四人。」〔註1〕從文中

〔註1〕辛予：《一九三一年南京文壇總結算（上）》，《矛盾月刊》第 1 卷第 2 期，1932 年 5 月 25 日。

可知，這個「辛予」是開展社成員〔註2〕，算得上國民黨文藝陣營的自己人，他所謂中國文藝社和中宣部「有直接的關係」，應該是事實。中國文藝社成立次月即創辦大型刊物《文藝月刊》，該刊每期少則一百多頁，多則超過二百頁，而且一直持續到 1941 年 11 月，是所有國民黨官方文藝期刊中規模最大、持續時間最長的一個。很多資料都表明，《文藝月刊》稿酬相當優厚（它當時能吸引許多知名作家就與此不無關係），這或許也可以作為中國文藝社接受官方資助的一個佐證。關於中國文藝社的官方性質，更直接的證據則來自於《文藝月刊》主編王平陵的一段回憶：

> 民國十九年，共黨宣傳階級鬥爭的「普魯文藝」，氣焰囂張，不可一世，青年們盲目附和，如瘋若狂，腐蝕中國優秀文化傳統，為禍至烈。葉楚傖先生首先倡導「民族主義」的文藝運動，力圖挽救頹風。我在他的指導下……創辦大型文藝刊物——《文藝月刊》，每期十五萬至廿萬字，如遇「專號」及「特輯」，常常擴大到三十萬至五十萬字；我從十九年創刊號起，擔任總編輯，直到三十一年才辭去。〔註3〕

王平陵的回憶顯然不夠準確，因為葉楚傖作為國民黨中宣部部長，和「三民主義文藝政策」的出臺必然有極大關係，而且他也不止一次在《民國日報》上撰文鼓吹「三民主義文學」，但說他首倡「民族主義文藝」，則明顯不符合事實。另外《文藝月刊》終刊於 1941 年，王平陵說自己「直到三十一年（1942年）」才辭去總編輯職務，也顯然是誤記。不過結合其他材料，王平陵所言《文藝月刊》係在葉楚傖授意之下創辦，卻仍然是值得採信的。

正是由於中國文藝社及其刊物《文藝月刊》與中宣部的密切關係，無論是當時的人還是今天的研究者，都往往認為它是提倡三民主義文學的，比如前鋒社主將之一朱應鵬就曾說：「中國文藝社，是三民主義的文藝，他們的作品我看得極少，但是我知道他是由於黨的文藝政策所決定的，而所謂黨的文藝政策，又是由於共產黨有文藝政策而來的；假如共黨沒有文藝政策，國民黨也許沒有文藝政策。」〔註4〕張大明先生在近年出版的著作中，也同樣認為「《文藝

〔註 2〕 有人認為此「辛予」是潘子農的化名，恐不可信。
〔註 3〕 袁道宏：《王平陵之文藝生活》，載《王平陵先生紀念集》，正中書局 1975 年版，第 162～163 頁。
〔註 4〕 《朱應鵬氏的民族主義文學談》，《文藝新聞》第 2 號，1931 年 3 月 23 日。

月刊》姓三民主義文藝」〔註5〕。不過筆者認為，這種看法的依據似乎不夠充分，相反，我們倒是更有理由認為中國文藝社及《文藝月刊》屬於民族主義文藝陣營：

第一，認為「《文藝月刊》姓三民主義文藝」的觀點，主要依據就是中國文藝社隸屬於國民黨中宣部。不過，正如本書第二章所分析過的，「三民主義文學」與中宣部的關係也並非鐵板一塊，而且從《十九年七八九月份審查全國報紙雜誌刊物總報告》中可以明顯看出，在中宣部眼中，三民主義文學與民族主義文學之間絕不是涇渭分明的，因此僅僅憑藉《文藝月刊》的中宣部背景，並不足以斷定它是三民主義文學而非民族主義文學的刊物。

第二，從刊物誕生以後的反響來看，它同時得到了來自三民主義文學和民族主義文學陣營的關注，但是《民國日報·覺悟》對它似乎並不熱情，只是在一則短短的「文壇消息」裏提到：「宣傳已久之新興文藝運動，漸由理論而近於實際；《文藝月刊》創刊號已於本月十五日出版，要目有……」〔註6〕。相反《申報·本埠增刊》上的「書報介紹」欄目，卻對《文藝月刊》創刊號上的發刊詞、代表作品等進行了很詳細的評介〔註7〕。《申報·本埠增刊》作為民族主義文學主將朱應鵬控制的陣地，在「書報介紹」中評論的　同是自己陣營的刊物和作品，而對三民主義文學從來都是不屑一顧，從該欄目對《文藝月刊》的大力推介上，也可看出民族主義文學陣營是把中國文藝社及其刊物視為「自己人」的。

第三，更重要的是，從《文藝月刊》本身的內容來看，它確實從未提倡過三民主義文學。其發刊詞《達賴滿DYNAMO的聲音》用文藝腔十足的語言，把自己比作一隻「力量是很有限的，聲音是極細弱的」小小「達賴滿」：

> 我們的仔肩上，並沒有荷著任何種的使命，實在，自己的靈魂，還未能安放在適當的場合，再也擔不起比解決自己還要更大一些的責任。我們只感覺到無限深沉的情緒，常常蕩漾在幽默的心海上，

〔註5〕張大明：《主潮的那一面——三民主義文藝與民族主義文藝》，中國社會科學出版社2010年版，第63頁。

〔註6〕《〈文藝月刊〉創刊號出版》，《民國日報·覺悟》1930年8月19日。

〔註7〕終一：《文藝月刊》（書報介紹），《申報·本埠增刊》1930年9月15日。按此文作者「終一」為何人不詳，但繆崇群曾使用過「終一」的筆名，且他與《文藝月刊》有非常密切的關係，因而有人認為此「終一」極有可能是繆崇群。參見趙偉：《〈文藝月刊〉中的民族話語（1930～1941）》，花木蘭文化出版社2013年版，第2頁。

如游絲一般找不到寄託的悲哀、剎那間走眼前飛逝的驚奇的印象，
想把它們捉住，留下一些痕印來；我們需要發洩，需要寫出；雖然
這發洩的，寫出的，自己也決不會承認是什麼東西。〔註8〕

　　當然沒人相信《文藝月刊》真的沒有政治立場。就在同一篇發刊詞裏，除
了上述帶有較強感性色彩的表述以外，還充斥著大量對於左翼文學的攻擊，比
如該文反覆強調「（作家）決不會滲入了故意和不自然的成分，默認自己為某
一階級而創作文藝，是擁護某一階級的忠僕」，「文藝家並不存心代表任何階級
來說話」，「文藝既非有閒階級的消閒品，也不是無產階級的洗冤錄……在文藝
家的意識裏，根本就沒有混入偏激的階級的成見，文藝家的立場，並沒有踏在
任何階級的領域上」等等，甚至攻擊左翼陣營「喪心病狂，把金盧布掩蓋了天
真潔白的人格，不惜發掘自己的墳塋，把自己幾千年來，一大段民族的光榮史，
輕輕地撕去，反而崇奉宰殺自己兄弟姊妹們的毒蛇猛獸，讓他們高踞在寶座之
上。自己本來快要從白色帝國主義的鐵蹄下解放出來了，又來苦心孤詣造成一
個變本加厲的赤色帝國主義者」，這和前面那些近乎無病呻吟的濫調相比，難
免顯出一種令人感到滑稽的強烈反差。因此有研究者調侃說，這個「達賴滿」
第一次發出來的聲音就有「跑調」之嫌〔註9〕。

　　反共立場是國民黨官方文學的共同特徵，因此我們從上述發刊詞中仍然
不能看出《文藝月刊》究竟屬於三民主義文學還是民族主義文學陣營。而且除
了發刊詞以外，在此後《文藝月刊》存在的12年間，刊物上很少出現社論、
編者按、編後記等性質的文字，所以很難直接判斷刊物的宗旨。不過我們還是
可以從一些材料中看出，《文藝月刊》與民族主義文學的主張頗有合拍之處：
其一是刊物尚未誕生之時中國文藝社發布的一則徵求會員啟事，其中把該社
宗旨概括為「站在革命的立場，發揚民族精神，介紹世界思潮，創造中國新文
藝」〔註10〕，這已經非常接近民族主義文學的立場了；其二是全面抗戰爆發前
夕出版的一期《文藝月刊》上，頗為罕見地出現了一則編後記，其中說「民族
文藝之重要，在今日已成人人皆喻之事實。本雜誌素以嚴肅之態度，提倡民族
文藝；但極力避免心不由衷的口號文學」〔註11〕，由此更可以斷定《文藝月刊》

〔註8〕　《達賴滿 DYNAMO 的聲音》，《文藝月刊》創刊號，1930 年 8 月 15 日。「達
　　　　賴滿（dynamo）」意為「喇叭」。
〔註9〕　趙偉：《〈文藝月刊〉中的民族話語（1930～1941）》，第 3 頁。
〔註10〕　《中國文藝社徵求社員啟事》，《中央日報》1930 年 7 月 4 日～9 日。
〔註11〕　《編輯後記》，《文藝月刊》第 11 卷第 1 期，1937 年 7 月 1 日。

作為民族主義文學刊物的屬性。

　　實際上，即使是將《文藝月刊》歸入三民主義文藝陣營的研究者，也會承認該刊「並沒有聲嘶力竭地宣傳三民主義文藝」，「讀者不能從中解讀三民主義文藝為何物」〔註12〕。既然如此，我們當然不必囿於所謂「國民黨派系鬥爭」的成見，僅僅因為中國文藝社隸屬中宣部，就認為《文藝月刊》是三民主義文藝的刊物。另外，趙偉在《〈文藝月刊〉中的民族話語（1930～1941）》一書中指出，三民主義文學與民族主義文學之間雖有矛盾，「通過文藝發揚民族精神、喚起民族意識卻屬二者一致之處，因此《文藝月刊》不論被戴上哪頂帽子，民族主義自然都會是其題中之義。」〔註13〕儘管他迴避了對於《文藝月刊》屬性的判斷，但是該書仍然通過大量的文本分析，令人信服地指出了刊物上大量存在的民族話語，這也可以作為《文藝月刊》屬於民族主義文學陣營的一個重要證據。

第二節　包容的姿態

　　王平陵在回憶他主編《文藝月刊》的情形時曾說：「當時，除了左傾作家，凡國內大多數詩人、作家、戲劇家，都曾投寄創作及譯稿，亦幫助了不少新興的作家。」〔註14〕這種說法雖未免有些誇張，卻也並不完全是吹噓，因為《文藝月刊》的確擁有龐大得驚人的作者隊伍。據張大明先生統計，僅僅從創刊到抗戰以前，該刊作者中有名有姓的就有將近二百人，如果算上全面抗戰爆發以後先後遷往漢口、武漢等地出版的「戰時特刊」，則它的作者人數起碼在五六百人以上〔註15〕。

　　除了人數以外，更加值得注意的是《文藝月刊》作者隊伍的構成。《文藝月刊》雖然是中國文藝社的刊物，但是中國文藝社成員在刊物上露面的次數並不多，其核心成員王平陵、左恭、鍾天心、繆崇群四人中，只有王平陵經常發表作品或評論，其他人僅僅是偶而露面。真正支撐起刊物的，乃是更加廣泛的中間派作家，幾乎涉及了當時所有比較重要的文學社團及流派，如前文學研究會、創造社成員，現代評論派、新月派成員，象徵派、現代派、新感覺派等現

〔註12〕張大明：《主潮的那一面──三民主義文藝與民族主義文藝》，第63頁、29頁。
〔註13〕趙偉：《〈文藝月刊〉中的民族話語（1930～1941）》，第3頁。
〔註14〕袁道宏：《王平陵之文藝生活》，載《王平陵先生紀念集》，第163頁。
〔註15〕張大明：《主潮的那一面──三民主義文藝與民族主義文藝》，第64頁。

代主義文學流派的成員，摩登社、藝術劇社成員及其他劇作家，等等。其中不乏大家名家，如巴金、老舍、沈從文、臧克家、魯彥、蹇先艾、林徽因、凌叔華、陳夢家、梁實秋、袁牧之、穆時英、施蟄存、戴望舒、卞之琳、何其芳、林庚、袁昌英、宗白華、李長之、蘇雪林、曹聚仁、豐子愷等等。這樣的陣容，不但令其他民族主義文學刊物難以望其項背，就是在整個中國現代文學史上，也鮮有刊物能夠與之媲美。尤其值得一提的是，《文藝月刊》的作者隊伍中並非如王平陵所言沒有「左傾作家」，實際上張天翼、聶紺弩、何家槐、段可情、洪深、歐陽予倩等作家都曾在刊物上露面〔註 16〕，這也是頗為不同尋常的。

僅從作者隊伍來看，《文藝月刊》簡直像是一份無立場的純文藝刊物，只有間或出現的對普羅文學明嘲暗諷的文字，向我們提示著刊物的黨派屬性。比如創刊號上繆崇群的《自傳——偷寫於破鑼聲中》，就是專門諷刺普羅作家的。作者先是裝模作樣地分析寫這篇「自傳」的動機：「不想我在這二十三歲的一個末梢的夜裏，呷幾口苦茶，聽著外面的析聲與破鑼，握了一支筆在回想我自己……這大約是有什麼『意識』驅使著我吧？至於蹲在那個『階級』上，我也莫名其妙。落伍，沒落……新鮮的洋罵，或者要贈給我的，但我又不知怎麼接受他。」接著又說他的「自拉自唱」，在別人眼裏「說不定又許是個三花臉的丑角，嘴邊不斷掛著第四第五第六階級的，『他媽的』，『娘的』……口頭禪。啊，住了：觀眾裏面快進墳墓的老頭子，大概早已吹鬍子了；那一群洋洋得意，飛在空中（注：因為在翼上。）新興的小夥子，將為我鼓掌，為我喝彩了！啊，我真不知『這邊來』『那邊去』好了。」〔註 17〕這些文字的影射對象都讓人一望而知。另外繆崇群發表在第 1 卷第 2 期（1930 年 9 月 15 日）上的《亭子間的話》也是同樣性質的文章。

再如王平陵的《會見謝壽康先生的一點鐘》，本來是作者對一位藝術家的訪問記，但有意思的是，作者特意問了這樣一個問題：「謝先生對於現代中國青年所標榜的所謂普魯列塔利亞的文藝，作那種感想？」而對方的回答則是：「我相信文藝是無階級的，是無國界的，不是代表某一時代的某一階級的留聲機……所以我對於現代中國文壇上，那些畸形的不成樣的東西，並不認為是含有怎樣了不得的危險性，因為中國勞動界的痛苦，並不就是他們所描寫的那

〔註 16〕 以上僅就全面抗戰爆發之前而論，1937 年以後，《文藝月刊》上出現了更多的中間派及左翼作家。

〔註 17〕 繆崇群：《自傳——偷寫於破鑼聲中》，《文藝月刊》創刊號，1930 年 8 月 15 日。

樣；他們那樣虛無飄渺的理想，也決不是中國勞動界所需要的東西，根本一句話，就是離開了現實生活，太遼遠，太疏闊；所以我認定不至於發生意想不到的危險……」〔註18〕雖然反對普羅文學並不是這篇訪問記的主要內容，但是借第三方人士之口，順帶攻擊一下政治對手，也顯然是作者的有意為之。

　　不過在《文藝月刊》每期十幾萬甚至幾十萬字的篇幅中，像這樣的文字所佔比例還是很小的，而且相比於《前鋒週報》、《民國日報·覺悟》等國民黨官方文學陣地上的那些近乎叫罵的文字，它們的鋒芒也沒有那麼尖銳。發刊詞《達賴滿 DYNAMO 的聲音》中的「喪心病狂，把金盧布掩蓋了天真潔白的人格」云云，幾乎就能算是整個《文藝月刊》上最為激烈的反共文字了。正如倪偉所指出的，《文藝月刊》之所以在抨擊普羅文學的同時，又能展現出「相對溫和的立場」，是由於其反駁對方的出發點是「自我表現」、「發揚生命」之類頗能被中間派作家接受的論調：

> 　　這些論調實際上都是早期創造社的自我表現論和文學研究會的文學是為人生、為社會的觀點的並不很高明的摻和。由於缺乏內在統一的理論構造，這種支離破碎且不乏相互矛盾的疑點的論述自然難以擊破在理論起點上明顯要高出一籌的普羅革命文學論述。但是也不能因此而忽略這樣一種相對粗糙的論述在當時紛亂的話語空間中所能起到的作用。革命文學論述雖然有著強大的理論威力，但在一般知識分子圈中還不能取得壓倒一切的優勢，多數知識分子，包括新月派一流的資產階級自由知識分子和相當一部分為人生的文學研究會作家，都還不同程度地執守著啟蒙的立場，用階級的觀念打量一切、規範文學是他們所無法接受的。個人、自我、人性等概念依然是構成他們思想觀念的核心，在這樣一種背景下，普遍人性和自我這些概念順利成章地被用來抵抗階級論。〔註19〕

　　正是由於沒有亮出民族大義（或者三民主義）等意識形態過於鮮明的旗幟，而是喬裝成要把文藝從階級論當中「解救」出來的姿態，所以《文藝月刊》便顯示出了相當大的包容性，而這也確實幫助它吸引了一大批中間派作家。其中比較有代表性的是沈從文，他不但在《文藝月刊》上發表了大量作品，而且

〔註18〕王平陵：《會見謝壽康先生的一點鐘》，《文藝月刊》創刊號，1930 年 8 月 15日。

〔註19〕倪偉：《「民族」想像與國家統制——1928～1948 年南京政府的文藝政策及文學運動》，第 71 頁。

還不止一次為該刊撰寫評論文章。耐人尋味的是，沈從文對於左翼文學所表現出來的厭惡與不屑，甚至和王平陵等中國文藝社同人比較起來也是有過之而無不及，比如他的《現代中國文學的小感想》一文，就把左翼文學徑直目為對於日本等國的文學思潮與作品的「抄錄轉販」：

> 能夠有機會安居在上海一隅，坐在桌邊五十枝燭光的電燈下，讀日本新興文學雜誌，來往租界乘電車或公共汽車，無聊時就看看電影，工作便是寫值三元到五元一千字的作品，送到所熟習的書鋪去，這樣作家，除了在作品上間或不缺少努力使自己成為粗暴，而結果還是失敗以外，是什麼也辦不好的！讀高爾基，或辛克萊，或其他作品，又看看雜誌上文壇消息，從那些上面認識一切，使革命的意識從一個傳奇上培養，在一個傳奇上生存，作者所謂覺悟了，便是模仿那粗暴，模仿那憤怒，模仿那表示粗暴與憤怒的言語與動作。使一個全身是農民的血的佃戶或軍人，以誇張的聲色，在作品中出現，這便是革命文學所做到的事。又在另一方面，用一種無賴的聲色，攻擊到另一群人，這成就，便是文學家得意的戰績，非常的功勳。〔註20〕

沈從文還不滿足於泛泛而論，而是又指名道姓地攻擊了蔣光慈的創作、魯迅的批評、畫室（馮雪峰）的翻譯等等，並很不客氣地說：「若把所謂使一切動搖的希望，求之於這類賢人，求之於這類文字，那只是一個奢侈的企圖，一個不合事實的夢想罷了。」與此同時，沈從文也正面表明了自己的立場，即主張「用我們『自己的言語』，說明我們『自己的欲望』，以『平常的形式與讀者接近』」，但他認為這是「生息於上海的作家們」所辦不到的，而只能把希望寄託到那些真正「置身到一切生活裏去的」無名作家甚至「一些不是創作家的年青人」身上。

我們當然不能把沈從文目為國民政府的御用文人，但是他從捍衛文藝之「純粹性」的立場出發對於左翼文學所作的攻擊，在客觀上的確非常容易被國民黨所利用。從另一方面來說，沈從文的態度也恰恰證明了中國文藝社以貌似「精英」的文學立場來拉攏中間作家這一策略的有效性。

左翼作家在《文藝月刊》上亮相的姿態也很值得關注。以前兩卷為例，發

〔註20〕沈從文：《現代中國文學的小感想》，《文藝月刊》第 1 卷第 5 期，1930 年 12 月 15 日。

表在該刊上的左翼作家的作品有：聶紺弩的詩歌《馬來的情歌》（第 1 卷第 3 期）、《你不該拿走我的腿》（第 1 卷第 4 期）、張天翼的評論《十年來中國的文壇》（第 1 卷第 3 期，署名「克川」）、何家槐的小說《風波》（第 2 卷第 1 期）、《梨》（第 2 卷第 5、6 期合刊）、《在遊藝場》（第 2 卷第 9 期）、《山谷之夜》（第 2 卷第 11、12 期合刊）等。這些作品多數都基本沒有什麼政治傾向性，更不會出現鼓吹階級鬥爭之類的「敏感」內容。其中尤為值得一提的是張天翼的《十年來中國的文壇》，該文以隨筆形式對「五四」時代到 1930 年的中國新文學進行了回顧，它不但提供了許多彌足珍貴的史料，而且某些觀點對後世也產生了一定影響，比如第一部分論述「五四」全盛期的作家時，對冰心的評價後來就一直被研究者廣為引用。令人頗為吃驚的是，在提到當時的左翼文學（文中稱為「新寫實派」）時，作者還流露出了明顯的不滿，比如說「新寫實派」的運動規模很大，以至於凡不屬於這派的似乎「就算過了時的」，還說蔣光慈、郭沫若、洪靈非等左翼作家的作品「不是個人主義的思想，便是英雄崇拜，或者是放進了些感傷和悲觀的氣分……即使在技術方面，也是不大高明的東西」〔註21〕等等。儘管左翼文學陣營對於自身的缺點也經常進行反思，而且張天翼的論點和上半陵、繆崇群等人也完全無法相提並論，但是將這樣的言論發表在有國民黨背景的刊物上，還是顯得不太尋常。或許在張天翼等左翼作家的眼裏，《文藝月刊》根本就不算國民黨官方文學的陣地，而至多不過是「中間偏右的一份純文學刊物」〔註22〕罷了。

在國共兩黨之間的意識形態鬥爭異常尖銳的 1930 年代，具有明顯官方背景的《文藝月刊》竟能夠把左中右各派作家同時團結在自己周圍，這實在是一件很不容易做到的事情。然而這樣雖然一方面可以保證《文藝月刊》的生命力與影響力，但另一方面，也難免會令其鼓吹民族主義的宣傳功能大打折扣，所以在其他提倡民族主義文藝的團體看來，《文藝月刊》似乎應該更加鮮明地表明自身的立場。比如起初在開展社、後又加盟矛盾出版社的辛予在總結 1931年的南京文壇時，雖然承認「在南京所有的定期刊物之中，《文藝月刊》的內容是應該站在第一位的」，但他又把《文藝月刊》的成功歸因於高額的稿費以及「模棱灰暗的態度」，並因此而批評道：

〔註21〕克川：《十年來中國的文壇》，《文藝月刊》第 1 卷第 3 期，1930 年 10 月 15日。

〔註22〕倪偉：《「民族」想像與國家統制──1928～1948 年南京政府的文藝政策及文學運動》，第 74 頁。

　　誰都知道，中國文藝社乃是一群文藝作者與愛好者之集團，出版定期刊，其目的當然是要表演他們這一群的智慧與才能；是屬於「同人雜誌」這一類的，性質應該完全和書局為了營業而出版的刊物絕對兩樣。如果書局的刊物去拉攏幾位偶像作家來裝幌子，藉以企圖謀利是可以容許的。若是一個文藝社團的「同人雜誌」也這樣辦法，則未免太失去了這社團存在的意義了。試翻遍十多期的《文藝月刊》，幾乎找不出幾篇是他們社員的作品，這現象，若非編輯者之過分崇拜偶像·則一定是刊物本身之側重於商業化。然而，以一本同人雜誌而如果染上了這兩種傾向之一，也已經是很可怕的病態了。

　　……

　　總之：以中國文藝社那樣完備的組織，及其充足的財力，至少在南京的文壇上是應該開拓一點光榮的歷史出來的。然而辛因思想之沒落，態度之模棱的緣故，給予大眾的一切實在是太少了。這是缺憾；是很足以惋惜的缺憾！〔註23〕

　　辛予的上述言論未必沒有屬雜私心，因為他在文章中反覆強調中國文藝社財力的充足，似乎多多少少透露出一些嫉妒之意〔註24〕，但是，如果真的站在「民族主義文學」的立場上來看，辛予的批評也不能說沒有道理。頗具諷刺意味的是，那些「立場」足夠鮮明的民族主義文學社團及其刊物，基本上一個比一個短命，而唯一一個能夠長期持續的中國文藝社，卻又不得不放鬆（有時甚至是某種程度的放棄）自己的黨派立場，因而難逃「態度模糊」的批評，這恐怕也是搖擺於「政治」與「文學」之間的「民族主義文學」所難以避免的矛盾吧？

第三節　民族話語的體現

　　儘管《文藝月刊》的民族主義立場和《前鋒月刊》《前鋒週報》比較起來

〔註23〕　辛予：《一九三一年南京文壇總結算（上）》。
〔註24〕　當時有人透露，中國文藝社「中央月有津貼一千二百元」，至於開展社，「京市黨部對此社每月津貼一百二十元，適為中國文藝社十分之一」（《首都文壇新指掌》，《文藝新聞》第 2 期，1931 年 3 月 23 日），這大概難免讓辛予感到不平。

要溫和得多，但是它們對於能夠表現「民族意識」的題材的選擇，卻是非常相似的。比如在《前鋒月刊》《前鋒週報》上常見的朝鮮題材、基督教題材等等，也都會出現在《文藝月刊》上。

楊昌溪的《山鷹的咆哮》〔註25〕寫的是一群朝鮮志士在鴨綠江畔組織游擊隊、獻身民族革命的故事，這篇小說沒有什麼中心情節，而是分別刻畫了幾個朝鮮軍人形象。比如黃陵縣游擊隊的司令官黎蘊聲，本是一個「曾改入日本籍的朝鮮人」，並且系統的接受了日本式的軍事學訓練，但是他發現改變國籍後仍然免不了遭受日本人的歧視，更不可能「獲得一個道地日本人所享受的一切權利」，因此「他便毅然地棄置了他在軍事學的研究上所企圖的希望而加入了朝鮮人民族革命的隊伍裏。」他的同胞沒有因為他那並不十分光彩的經歷而懷疑他，反而因其軍事才能而推舉他做了司令，作為回報，他便把自己的才能發揮到從嚴治軍上，使得「他底部隊算是全個游擊隊和別動隊中最有組織而有鐵的紀律的隊伍了」。另如傳令兵李宣廷，本來是一個炭礦夫，雖然從小就從事著繁重的勞動，但他一直在日本人的壓榨之下渾渾噩噩地度日，做著「消極的好人」，直到他被捲入了一場支持朝鮮民族運動的罷工風潮中：

> 這本是忽的在某年四月反抗日本在漢城槍殺朝鮮民族革命青年戰士而罷工援助的激烈點時發生的。那時李宣廷還沒有一種正確的意識使他鼓動著什麼，他只不過堅守著罷工的信條罷了。他被囚禁起來不完全是因為他做了任何軌外的事，僅為了他是一個全廠著名的多舌者；他們希望威嚇他，好從他得著為援助民族革命者而煽動罷工的首領們底名字。

李宣廷雖然沒有所謂「正確的意識」，但在樸素的正義感驅使下，他沒有出賣罷工領袖，後來雖然被釋放，卻失去了工作。後又被日本徵兵到騎兵隊，還和俄國人、中國人打過幾仗，並因為負傷而得到脫離軍隊的許可。但是直到這時，他仍然「宛如一個樂天安命的人樣」，沒有意識到自己的屈辱處境。只不過日本人在經歷了此前的罷工事件後，對於礦工的戒備更加嚴格，李宣廷由於捲入過罷工而受到了密切注意，甚至所有礦工都被禁止與他來往，直到這時他才明白「一個人在強力下沒有反抗的可能」，於是帶著妻子投奔了鴨綠江一帶的民族革命隊伍。與《前鋒月刊》《前鋒週報》等刊物上的那些同類題材作品比較起來，這篇《山鷹的咆哮》明顯地表現出了朝鮮人民的民族意識覺醒所

〔註25〕載《文藝月刊》第 2 卷第 1 期，1931 年 1 月 30 日。

經歷的曲折過程，而顯得不那麼單調。此外，這篇小說中表現出的朝鮮人對於中國的態度也頗耐人尋味：無論是在孫中山的民族主義理論預設中，還是在大多數民族主義作家眼中，朝鮮作為世界上的「弱小民族」，都應該是中國「提攜」和「幫助」的對象，而朝鮮曾經是中國的藩屬國這一歷史，以及朝鮮早已淪陷於日本人之手、中國也正在被日本覬覦的事實，也都讓中國的民族主義作家在提起朝鮮時心情格外複雜。正因如此，在多數同類題材作品裏，朝鮮人在面對日本侵略者時應該與中國同仇敵愾，這似乎是理所當然的，但是在這篇小說裏，不僅寫了主要人物之一李宣廷在加入日本騎兵隊期間多次與中國交戰的經歷，而且還借另外兩個人物即革命青年張俠魂與當地百姓皮嘉善的對話，隱隱表達了朝鮮人對於中國的怨恨。張俠魂先是說「自從朝鮮人由中國的統治改到日本人的手下時，是怎樣的痛苦呢？」緊接著面對皮嘉善提出的是不是「中國人比日本人好」的問題，他做了這樣一番意味深長的回答：

> 「這，老先生，日本人加給我們的痛苦，在這幾千年來真是非言語和文字能夠形容的。……但是，在幾十萬（原文如此，疑誤——引者），我們只是在中國人底統治下當一個進貢的蠻夷，那時我們那曉得在亡國後有如此痛苦呢？……但是，老先生，還是感激日本人，他們使朝鮮有受教育的機會，誰個管他底奴隸教育，卻是與他們底初心相反，在日本人學校出身智識青年都成了反叛的人們，一走出了他們底學校便咆哮著朝鮮的自由和獨立。……」

很顯然，張俠魂儘管對於「中國人比日本人好」這一說法未必反對，但是他也感到朝鮮人此前在中國治下同樣是處在屈辱的地位。正如研究者所指出的：「在他看來，日本之於朝鮮固有亡國之恨，然中國治下的朝鮮也僅是『一個進貢的蠻夷』。朝鮮民眾追求本民族自由、獨立，日本殖民地的標籤誠屬極大的屈辱，而中國藩屬的定位恐也實非所願，中朝芥蒂或許由此潛伏。」〔註26〕可以說，這篇小說的作者對於朝鮮問題之複雜性的認識，要遠比其他民族主義作家深刻。

這篇小說的另一個值得關注之處，是它正面表現了蘇俄對於朝鮮民族革命的支持。在小說結尾處，張俠魂所在的部隊在與日軍交戰過程中全軍覆沒，黎蘊聲領導的部隊也遭受重創，「又過兩三日後，黎蘊聲和他底隊伍退到對岸去扼守了。日本人沒有再衝過西比利亞區域來的可能，而且，俄國也因為白俄

〔註26〕趙偉：《〈文藝月刊〉中的民族話語（1930～1941）》，第 35 頁。

的潛伏，也沒有拒絕朝鮮革命者的退入。因此，在『國際』兩字的卵翼下他們在那兒培養著革命的再興。」在 30 年代初，對於國民政府而言蘇俄和日本都是不得不防的強鄰，再考慮到剛剛過去不久的中東路戰爭，民族主義作家是不可能對蘇俄有什麼好感的，但是具體到朝鮮問題上，蘇聯又確實為朝鮮的民族革命者提供了巨大的支持，因此作者只能一面承認這一人所共見的事實，一面又把它歸因於蘇聯為自身利益的考慮，並對蘇聯標榜的國際主義流露出微諷之意。凡此種種，都使得這篇《山鷹的咆哮》成為了 30 年代的朝鮮題材小說中意蘊最為豐富的一篇。

　　比較而言，謝挺宇的小說《一羽》〔註27〕則要顯得單薄一些。這篇小說寫的是朝鮮少女胡澄子為了借中國庇護開展民族解放事業而加入中國籍，並來到上海這一朝鮮獨立運動志士雲集之地——也是「大韓民國臨時政府」寄身之地——繼續從事秘密活動、最終被捕犧牲的故事。這個故事和上一章提及的《異國的青年》《朝鮮男女》等並無太大的不同，但是值得注意的是，它是以當時發生的一樁在朝鮮獨立運動史上有重大意義的事件為背景的，小說中提到，當胡澄子被日本人逮捕時，其中國友人「我」在報上看到了如下報導：

　　　　朝鮮少女胡澄子被捕（中央社）上月東京發生炸彈案後，據審
　　查結果，係韓國革命黨在上海所主使，故首腦部即派特種警探來滬
　　偵探，半月來，已偵得端倪。今日下午二時半，日警探五人闖入法
　　租界戈登里八號，韓人徐興楊宅，捕去朝鮮少女胡澄子一名；聞胡
　　女士新從外埠返滬，徐宅為其友寓，寄蹤該處尚不滿五小時云。並
　　聞二韓人俱已入中國籍，且逮捕前並未通知我方官廳與法工部局，
　　按國際私法，實有損主權，外交當局，不容坐視也。

　　這裡所謂「上月東京發生炸彈案」，有明確的現實所指：1932 年 1 月 8 日，日本天皇在閱兵完畢返回東京途中，被朝鮮人李奉昌投擲炸彈行刺，不過只是「中其副車，炸聲甚烈，眾為大驚，幸未傷一人，僅馬一匹受微傷」〔註28〕。雖然此次行刺未能成功，但是在國際社會造成了相當大的影響，讓全世界看到了朝鮮志士從事獨立運動的決心。而且有證據表明，此次事件的幕後主使正是當時流落上海的「大韓民國臨時政府」，上海《民國日報》在報導此事時就提

〔註27〕載《文藝月刊》第 5 卷第 5 期，1934 年 5 月 1 日。
〔註28〕見《民國日報》1932 年 1 月 9 日的報導《韓人刺日皇未中日皇閱兵畢返京突
　　　　遭狙擊不幸僅炸副車兇手即被逮犬養毅內閣全體引咎辭職》。

到：「聞兇手經研訓後，知其炸彈兩枚，由上海高麗臨時政府供給，並贈以日幣三百元。」〔註 29〕這和小說虛構的新聞報導中所謂「據審查結果，係韓國革命黨在上海所主使」如出一轍。另外小說中還寫到了「我」眼中胡澄子得知此事後的反應：「在無線電播音裏，聽到了韓國某少年在東京擲炸彈行刺××不中而被捕的消息。她緊緊地咬著下唇，胸脯一起一伏的好像聽見她的肺葉張翕聲，臉色蒼白，眼中閃爍著憤怒的鬱結的光芒，跺著腳，恨恨的說：『你們這批混蛋等著，有的是人哪！』」很顯然，《一羽》中朝鮮少女胡澄子所從事的秘密活動，與李奉昌行刺日皇事件有密切關聯，現實中李奉昌等人的無畏獻身與小說中胡澄子的從容就戮，同樣令人肅然起敬。

小說中還特意提到了胡澄子的「中國籍」問題，這也是有具體的現實依據的：按照當時中日兩國《國籍法》的規定，「凡外國人加入中國籍者，即脫離其本國國籍」；日本國民「依自己之志願取得外國國籍者，喪失日本國籍。」〔註 30〕日本吞併朝鮮後，即將朝鮮人視為日本國民。所以，朝僑加入中國國籍，成為中國公民，就喪失日本國籍。像胡澄子一樣的朝鮮革命者，往往試圖利用這一法規，在「中國公民」身份的掩護之下從事朝鮮民族獨立運動。但是這種手段有時卻不能奏效，小說中「我」在胡澄子被捕後，所想到的營救方式正是「連夜去找一位在『外交部駐滬辦事處』的朋友，請他設法去」，但得到的卻是「一個強辯的狡猾的答覆」：「朝鮮人民未得到本國政府許可，不得入其他國籍，故能自由逮捕。」有研究者注意到，現實中的朝鮮民族獨立運動領袖安昌浩，1932 年在上海被捕之後的遭遇和胡澄子極其相似，他早在 1922 年即加入中國國籍，所以被捕後中國律師也試圖以這個理由加以營救，但是日本政府同樣聲稱《日本國籍法》「不適用於朝鮮人」，「朝僑即使加入中國國籍成為中國公民，仍具有日本國籍，仍為日本國民」〔註 31〕。可見，這篇《一羽》雖然意蘊略嫌簡單了些，卻因其對朝鮮民族獨立運動中某些方面的真實反映，而顯示出獨特的價值。

當然，1930 年代居住在中國的朝鮮人也並不全是愛國志士，他們中也有一些不肖之徒。鄂鶚的《皓月當空》〔註 32〕就寫了老韓、老金、老安等幾個「高

〔註 29〕《韓人刺日皇未中日皇閱兵畢返京突遭狙擊不幸僅炸副車兇手即被逮犬養毅內閣全體引咎辭職》。
〔註 30〕轉引自趙偉：《〈文藝月刊〉中的民族話語（1930～1941）》，第 25 頁。
〔註 31〕趙偉：《〈文藝月刊〉中的民族話語（1930～1941）》，第 25 頁。
〔註 32〕載《文藝月刊》第 9 卷第 2 期，1936 年 8 月 1 日。

麗鬼」，利用日本臣民身份強佔中國百姓的住房，開起了「白麵房子」，同時還從事著容留朝鮮婦女賣淫、走私現銀等非法活動。小說中明確點出，他們正是由於有日本人的庇護才能如此有恃無恐：「××隊長當然沒有問題，他說無論支那官方怎樣查禁，我們只要好好的幹，聽他的指導，他一定給我們幫忙。反正支那官兵，不敢單獨來干涉我們，必不得已時，也要會同他才能查抄，可是他會不同意，誰也沒辦法……你的事業，一點危險也沒有……」這些朝鮮人對於自己的日本皇民身份不以為恥反以為榮，並且利用這種身份為非作歹，當日中國百姓對於他們的憤恨，恐不下於日本人。他們的行徑和前述愛國志士的壯舉，形成了鮮明對比。

　　另一種與民族主義密切相關的題材——基督教題材，也經常出現在《文藝月刊》上。基督教來華的是非功過，當然絕非三言兩語所能說清，不過對於民族主義作家而言，他們恐怕很難把基督教傳教士在中國的活動與帝國主義者侵略中國的行為截然分開。上一章提及的《前鋒月刊》上就有很多此類小說，如易康的《陰謀》和《盜寶器的牧師》分別寫三個英國牧師以傳教或探險為名四處考察，實則是垂涎西康地區豐富的礦產資源，意欲記錄地形以為進一步的經濟侵略做準備；徐蘇靈的《馬蘭小姐》中的傳教士，更是被寫成了一個衣冠禽獸，他竟然利用一個中國女孩對他的盲目崇拜而將其迷姦，並最終導致女孩染上性病而死。或許是由於《文藝月刊》的民族主義立場沒有《前鋒月刊》那麼激烈，其上發表的基督教題材作品，情節也遠沒有《前鋒月刊》上的作品那麼誇張，但是其鮮明的反基督教情緒，尤其是把傳教和殖民者的侵略活動捆綁在一起的書寫策略，卻是一以貫之的。

　　凌英的小說《毒》〔註33〕就是一個典型的例子，它的主要情節是：一個叫阿金的老木匠，本來是只信奉天君菩薩的，後來由於妻子得病失明，而「把菩薩的迷信打破了」，此時一個牧師乘虛而入，哄騙他說耶穌能讓他的妻子重見光明，結果夫妻二人就都信了教。雖然妻子的眼睛並沒有好，但是由於有了精神寄託，她慢慢變得「很安閒很快樂」，所以二人對基督教的「迷信」越來越深，這不僅導致了他們和兩個兒子不斷發生矛盾，而且由於阿金總是四處向人宣傳基督教教義，使得周圍的人漸漸厭惡起他來，結果他的木匠鋪生意變得越來越冷清，家庭生活也變得困難起來。最終阿金的妻子病逝，被教會以「基督教的形式」收殮以後，他把已繼承兩代的木匠鋪出典了，自己從一個教徒「高

〔註33〕載《文藝月刊》第 1 卷第 5 期，1930 年 12 月 15 日。

升」為傳道師，從此和牧師一起住在福音堂，他的兒子則只能在已經易主的木店裏做一個學徒。而牧師卻把阿金的「事蹟」加以潤色、整理並寄到倫敦的報紙上發表，還因此得到了主教的獎賞。值得注意的是，這篇小說只用了大約一半的篇幅講述主人公阿金的故事，而另一半則完全是敘述一座教堂伴隨著侵略者的炮火而在某地落地生根、後又不斷發展信眾、毒害民眾靈魂的「罪惡歷史」。比如小說一開頭就反覆強調這座教堂和八國聯軍扯不斷的聯繫：

在中國南部的 F 省的省城裏，有一座佔地二十畝的基督教的教堂，是那些白種的「上帝的子孫」──那些教徒們──借了庚子那年的八國聯軍的槍炮的威力，而留下來的一個侵略東方的聖蹟。無論在教徒們的口中是怎樣地讚歎上帝是和平之主，可是那釘在十字架上的耶穌卻是結結實實地，因為聯軍武力的緣故才來到中國的。

……

走進這樹木的綠蔭的地方，使一切人們都舉起眼睛的，是一塊石碑，刻著中英合璧的紀念文，並且第一眼就會使人見到牧師們最得意的文句：

「得八國聯軍之力，中國人民才脫離罪惡之淵，而開始看見上帝……」如同八國聯軍是解除中國人民的痛苦才打進來的。

這裡的諷刺意味分外明顯，然而頗令人困惑的是，小說中的老牧師辛浦生，卻根本沒有做過什麼壞事──如果我們不把傳教本身當成「作惡」的話。相反，他還有不少的善舉：「他們故意的把死在路旁的乞丐的屍首用棺材裝起來，故意把有限的金錢來救濟瞎子和其他殘廢者，故意對於貧苦的人們述說基督教的好處，故意把畫片送給小孩子去玩……」，然而在作者看來，這不過是「把一切虛偽的仁愛來獵取人們的信仰，使一切迷信者都脫離現實的社會而存在，變成賣了靈魂和意志，毫無用處的人類的寄生蟲了」。如果將小說真正寫到的事實和那些義正詞嚴的批判對比起來看，恐怕很難令人信服。或許連作者本人也意識到了，基督教牧師的傳教活動客觀上自然有被侵略者利用的可能性，但若說他們是有意識地為本國的侵略者充當幫凶，那未免有些言過其實。當然，由於是站在「民族主義」的立場上，像凌英這樣的作家是不可能忘記基督教當年是借著侵略者的堅船利炮的威力，才得以進入中國的歷史「原罪」的，所以即便現實中那些牧師的所作所為沒有太多可指謫之處，也不妨礙作家借批判他們來表達民族情緒。有研究者一針見血地指出：「凌英與易康的

作品，對傳教士的指責並沒有多少新意，反教更像是反帝的手段，宗教本身已不重要……與其說這些外來和尚是帝國主義的侵略工具，不如說是他們是作家用來譴責英國侵略的道具。」〔註34〕

　　正是因為基督教在民族主義的視閾下總是顯得「不清不白」，所以即便偶有人想要為其辯護，也不得不採取一種異常謹慎的姿態。比如陳夢家的自傳性散文《青的一段》〔註35〕，寫的就是作者幼時的經歷，其中重點突出的就是基督教家庭對於自己的影響。雖然作者坦言自己並非教徒：「這十年浸於濃厚宗教色彩內的生活，竟不能使我樹立一個最貞堅的信念」，但是他同時認為「在情緒上我不少受了宗教的薰染，我愛自由平等與博愛，誠實與正直，這些好德性的養成，多少是宗教的影響」，甚至說自己的文學啟蒙也來源於基督教的讚美詩。對於自己虔誠信教的父親，作者更是不吝讚美之詞，他眼中的父親絲毫也沒有因為信教而變得迂腐可厭（如同《青》中的阿金那樣），相反由於「他發生於耶穌的自由平等精神」，而比一般人更加通時識務，這也惠及了整個家庭：「我的家基於這種情形，使我們為兒女的不至受時俗惡習的薰染，而完全享幸福於一個維新的家庭。姊姊們得不嘗纏足的苦，一樣能受好教育，自是我們最可稱幸的一事了。」然而耐人尋味的是，除了父親的上述這些優點，作者更加強調的卻是：

> 他愛上帝，愛耶穌，是為上帝乃是世界之神，沒有國界，宗教的國際觀念固為我父惟一的主張，但同時他極端反對外國人買地開學堂，上帝人人可愛，他的教旨不限於外國人傳揚。倘借宣揚宗教而輸入我國種種不利的勢力，我父不缺少愛國的忠心來抵抗。這個觀念使他信仰外人所傳之教，而不信仰或服從外國國家。他早認定了文化的侵略，故誓不習英文，但後來在處世謀生上遭了齟折，以至欲思補救已晚。但此愛世界之神的好觀念，終使他不忘自己是中國人民，未嘗傲仿許多傾外的教士辱國忘本，他是仍從事於國家的事，滿清時的天足運動，光復時的救濟難民，以及五四風潮，皆為一時的激急分子，表現他的愛國忠心。

　　這裡在突出父親的民族觀念的同時，也明顯透露出，作者同樣認為某些中國的基督徒確實是有「辱國忘本」之嫌的，正是通過和那些人的對比，才更顯

〔註34〕趙偉：《〈文藝月刊〉中的民族話語（1930～1941）》，第52～53頁。
〔註35〕載《文藝月刊》第2卷第11、12期合刊，1931年12月30日。

出了父親的難能可貴。從陳夢家的這篇文章中可以看出，在強大的民族主義話語影響之下，即使是受基督教影響很深的作家，也不得不在宗教信仰和民族意識二者之間煞費苦心地尋找一個平衡點。

　　儘管《文藝月刊》上不斷刊登的朝鮮題材、基督教題材等作品彰顯了其民族主義立場，但是一個看起來頗令人費解的現象是，對於 30 年代初最能觸動國人民族情感的重大事件即「九‧一八」事變，刊物的反應卻似乎有些冷淡。前文提到過，當時其他一些國民黨官方文學的老牌陣地如《申報‧本埠增刊》、《民國日報‧覺悟》等均刊載了大量關於「九‧一八」事變的詩歌，就連後起的《矛盾月刊》也曾因為刊登具有反日傾向的作品而被勒令停刊，雖然這些報刊後來都被迫噤聲了，但在此之前他們至少都慷慨激昂過一段時間。相比之下，《文藝月刊》則幾乎從頭到尾都顯得異常冷漠，唯一的例外，是 1931 年 9 月 30 日出版的第 2 卷第 9 期上一篇短短的《致哀》，全文如下：

為國難犧牲的同胞致哀

　　公理與和平在弱小民族的每個人的翹盼裏。

　　強暴者說：這裡太多了，我們也不稀罕，去！大批地交給你。

　　來了──是漫漫無邊際的烏煙瘴氣，是閃著光的刀刃，是疾飛著的彈粒……

　　結果，公理浸在殷紅的血泊裏，和平踏著白皚皚的骨堆。

　　骨是我們弱小民族的山，血是我們弱小民族的河；骨血是我們弱小民族的禮讚之歌。

　　去！還給你，這和平，這公理。我們這裡還有正在沸騰著的鮮血，還有不死的億萬人的精靈：

　　將血液把所有的獰惡的強暴者易色，把精靈築成我們弱小民族的一條萬里長城。

　　單獨來看，該文的基調與當時普遍的社會情緒是合拍的，然而從此之後，在半年多的時間裏，《文藝月刊》上竟然沒有一篇文字涉及「九‧一八」，這實在有些不同尋常。直至 1932 年 4 月，才出現了一篇李青崖的《鴻溝》〔註36〕，而且這篇小說也絕不像其他刊物上那些愛國青年的作品那樣，充滿發揚踔厲之氣，而是採取了一個獨特的視角：華僑黎大平在九一八事變之後，攜其比利時太太回到中國，但是黎太太不滿意中國動盪的生活而希望回國，友人安慰她

―――――――――――――――――

〔註36〕載《文藝月刊》第 3 卷第 4 期，1932 年 4 月 30 日。

說：「我們已經到了被敵人入侵的境界了，大戰中的苦處，您在比國已經嘗夠，那麼又何必把現在的事看做太苦呢？」她尖銳地回應道：「（比國）是拼了命自衛過的，你們自衛過一分鐘嗎？」這裡明顯流露出對於中國政府的不抵抗政策的不滿，但是最終在目睹了列強對中國的欺凌與國人的抵抗以後，她終於轉變觀念，決定和丈夫一起留在中國。這篇小說的特別之處在於，雖然裏面也有對於國民政府的失望情緒，但是這種情緒是借著一個外國人來表達的，而作品裏所有的中國人，都會體諒政府的苦衷，選擇了隱忍和犧牲，並為了「整個的民族」而無條件地信任政府、與政府保持一致。類似的作品還有孫俍工的劇本《世界底污點》〔註37〕，該劇比《鴻溝》更進一步，裏面根本就沒有出現中國人的身影，而是完全借助日本知識分子井上清二郎、永井千代子夫婦之口，譴責日本軍國主義者發動的侵略戰爭。他們沒有被籠罩著日本舉國上下的狂熱氛圍所裹挾，而是表現出了難得的清醒，並基於人道、正義、公理這些普世價值，揭露日軍的侵略行徑，呼喚人類和平。

　　李青崖、孫俍工寫出這樣的作品，或許有各自的原因。李青崖作為留學比利時歸來且長期研究法國文學、致力於中西文化交流的學者，可能會格外關注國際社會對於「九‧一八」事變的看法，而且當時已經是大學教授的他，也不太可能像那些熱血青年一樣呼天搶地、椎心泣血。而孫俍工則是日本作家武者小路實篤的忠實擁躉，五四時期由周氏兄弟介紹、翻譯的武者小路的反戰題材劇本《一個青年底夢》，給了他極大影響。「九‧一八」事變剛剛發生不久，孫俍工就創作了一部《續一個青年底夢》。這明顯是一部向武者小路和周氏兄弟致敬之作，作品完全沿用了《一個青年底夢》中的人物和主題，批判為了自身利益而不惜損害別國的「國家」的罪惡，宣揚和平主義、世界主義精神〔註38〕。《世界底污點》與《續一個青年底夢》可謂一脈相承，二者不僅構思、主題非常相似，而且「世界底污點」一語也在《續一個青年底夢》中出現過。因此，《世界底污點》雖然也是因「九‧一八」事變而作，但是它的基調已不是單純

〔註37〕載《文藝月刊》第3卷第7期，1933年1月1日。

〔註38〕令人唏噓的是，當孫俍工把他的續作寄給武者小路實篤、并希望他能夠對日本的侵略行為發聲時，這位曾經的反戰作家卻選擇了沉默，到了40年代初，武者小路更是走向了自己曾主張的反戰主義的反面，成了一位戰爭的狂熱鼓吹者，並創作了讚美戰爭的話劇《三笑》。在戰後的1946年，武者小路甚至因支持戰爭而被開除公職（參見董炳月：《夢與夢之間——中國新文學作家與武者小路實篤的相遇》，《魯迅研究月刊》2003年第2期）。對於孫俍工這樣天真而善良的中國作家來說，這無疑是一種巨大的諷刺。

的民族主義，我們從中看到得更多的，是作者一貫的反戰主義思想。

　　儘管李、孫二人自有其視角和立場，但是《文藝月刊》何以在「九・一八」事變爆發後一年多的時間裏獨獨選登了這兩篇作品，仍耐人尋味。可以說，前述《申報・本埠增刊》《民國日報・覺悟》《矛盾月刊》等報刊面臨的窘境，《文藝月刊》也同樣逃不過去，既然「九・一八」事變後，國民政府出於種種考慮，決定「以公理對強權，以和平對野蠻，忍痛含憤，暫取逆來順受態度，以待國際公理之判斷」，把解決中、日衝突的希望寄託在依賴國聯「主持公道」上〔註39〕，那麼當整個社會在國難面前表現出空前的憤激之時，中宣部下轄的《文藝月刊》當然不能不體諒國民政府的「苦衷」。在這樣的背景下，李青崖、孫俍工在《文藝月刊》上發表的作品，或許就有了連作者本人都始料不及的某種意義。

　　《文藝月刊》雖然不像其他國民黨官方文學刊物那樣面目猙獰，但是在真正遇到民族危機時，這份一向以「民族主義」面目示人的刊物卻依然陷入了同樣尷尬的境地，「官方民族主義」的宿命，看來真的很難逃脫。不過相比於其他國民黨官方文學刊物來說，《文藝月刊》無疑是幸運的——因為它堅持到了全面抗戰爆發以後。

〔註39〕張憲文等：《中華民國史》第二卷，第 395 頁。

第五章　全面抗戰爆發後的官方文藝機構與文藝活動

第一節　「文協」的成立與演變

　　盧溝橋事變爆發後，中國的國內局勢發生了重大變化。國共兩黨在政治和軍事上捐棄前嫌、達成和解之後，文藝領域的抗日民族統一戰線也終於逐漸形成。1937 年 12 月 31 日，中華全國戲劇界抗敵協會（劇協）在武漢成立，首屆常務理事有張道藩、方治、洪深、朱雙雲、田漢、陽翰笙等 26 人〔註1〕；1938 年 1 月 29 日又成立了中華全國電影界抗敵協會（影協），推選陳波兒、陽翰笙、鄭用之、羅剛、袁牧之等 71 人為理事；緊接著，抗戰期間最重要的文藝組織——中華全國文藝界抗敵協會（文協），於 1938 年 3 月 27 日在武漢成立。

　　最早提出成立「文協」設想的人是陽翰笙，他在「劇協」成立當天的會場上把這一想法告訴了中國文藝社負責人王平陵，並得到了王的贊同，此後王平陵負責向邵力子請示，陽翰笙則在作家間奔走。雖然陽翰笙後來因為協助郭沫若組建第三廳而退出了「文協」的籌備工作〔註2〕，但是在中國文藝社的邀集下，很快形成了由茅盾、老舍、王平陵、胡風、樓適夷、馬彥祥、陳紀瀅、沙

〔註 1〕柏彬：《中國話劇史稿》，上海翻譯出版公司 1991 年版，第 204 頁。
〔註 2〕陽翰笙：《「文協」誕生之前》，原載《抗戰文藝》「文協成立五週年紀念特刊」，1943 年 3 月 27 日，引自文天行、王大明、廖全京編：《中華全國文藝界抗敵協會史料選編》，四川省社會科學院出版社 1983 年版，第 2～4 頁。

雁、穆木天、馮乃超、安娥、葉以群、吳奚如、彭芳草等 14 位臨時籌備員組成的臨時籌備會，並推王平陵為臨時總書記。隨後召開的正式籌備會上，正式籌備員增至二十餘人，包括張道藩、崔萬秋、陳西瀅、凌叔華、老向、蘇雪林、胡秋原等〔註 3〕。在召開了多次臨時籌備會和正式籌備會之後，「文協」的正式成立日期終於確定為 1938 年 3 月 27 日，成立大會上推蔡元培、周恩來、羅曼・羅蘭、史沫特萊等十三人為名譽主席團，主席團為邵力子、馮玉祥、郭沫若、陳銘樞、田漢、張道藩、老舍、胡風等十餘人〔註4〕。

一般認為，「文協」的機關刊物是《抗戰文藝》，但是一個往往被忽略的事實是，《抗戰文藝》創刊於 1938 年 5 月 4 日，此時距離「文協」成立已一月有餘，在成立之初，「文協」其實是借中國文藝社的《文藝月刊》來發聲的。《文藝月刊》自 1937 年 10 月 21 日起改版為「戰時特刊」，1938 年 1 月 1 日由南京遷往武漢出版，「文協」成立後，《文藝月刊》立即在 4 月 1 日集中刊發了與「文協」成立有關的一系列文件，包括《中華全國文藝界抗敵協會宣言》《告全世界的文藝家書》《中華全國文藝界抗敵協會發起旨趣》《中華全國文藝界抗敵協會簡章》，以及老舍的《入會誓詞》等等。儘管《抗戰文藝》創刊後，迅速取代《文藝月刊》成為了「文協」正式的機關刊物，但是《文藝月刊》在「文協」初期扮演的角色仍然值得我們關注。早在「文協」籌備階段，中國文藝社就是最重要的組織者，「文協」成立後，他們的刊物又成了「文協」的臨時機關刊物。中國文藝社作為國民黨中宣部直接領導的官方文學團體，它與「文協」的密切關係足夠說明，「文協」並不是一個純粹的民間團體，而是帶有一定的官方色彩。當然，在這個過程中，《文藝月刊》也完成了自身的救贖，即使後來不再充當「文協」的「代機關刊」，它也終於可以名正言順地為抗戰鼓與呼，而不必像此前那樣欲說還休。

另外，更能顯示「文協」之官方色彩的，是其理事的構成以及經費來源。成立大會當天選出的第一屆共 45 名理事中，既有邵力子、馮玉祥、張道藩等國民黨大員，也有王平陵、老向、華林（此三人也是常務理事，並分別擔任組織部、出版部、總務部主任或副主任）等國民黨文人，甚至葉楚傖、于右任、

〔註 3〕草萊：《中華全國文藝界抗敵協會籌備經過》，《文藝月刊》戰時特刊第 1 卷第
　　　 9 期，1938 年 4 月 1 日。
〔註 4〕《全國文藝界空前大團結》，原載《新華日報》1938 年 3 月 28 日，引自《中
　　　 華全國文藝界抗敵協會史料選編》，第 21～22 頁。

陳立夫、孫科等也被列為名譽理事〔註5〕。至於活動經費，1939年總務部在第一年度年會上提交的報告中說，由於戰爭時期會員散處各地，居無定所，再加上部分人生活困難，很難靠徵收會費維持會務正常運行，其經費來源主要為捐款和補助兩項，其中捐款者有「馮煥章理事三百七十五元，于右任名譽理事三百元，邵力子理事二百元，張道藩理事一百元，陳真如理事三十元」，而補助情況則是「自一九三八年四月起，教育部補助本會每月二百元；中宣部每月五百元——於六月間始行領到。九月起，政治部批准每月補助本會五百元」，除此之外「本會舉辦通俗文藝講習會，教育部特予補助三百元」〔註6〕。「文協」和國民政府機關的密切關係，由此即可見一斑。另外有證據表明，「文協」還接受國民黨中央社會部的領導，在社會部檔案中，除了能看到「文協」報送的組織章程、會員名冊等詳細資料以外，還有一則下達給「文協」的指令：

> 查該會成立以來，對於號召全國文藝界從事抗敵救亡工作，尚稱努力，殊堪嘉勉。仍希：（一）從速發動各省分會組織，使各地文藝界人士均能有組織、有計劃參加抗敵文化工作；（二）指導並鼓勵文化作家從事民族文藝基礎之建立及抗戰文藝作品之寫作；（三）發動並鼓勵文藝界人士往戰區及敵人後方工作，擴大抗敵宣傳，建立文藝通訊網；（四）特別注意發展重慶市文藝界抗敵工作。希參照上述各點，按步實施。嗣後並將該會工作情形按月呈報本部備查，遇有集會，亦須先期呈報，以便派員參加。〔註7〕

「文協」和國民政府的關係如此密切，以至於當時甚至有人指責它是「御用」機關，對此，「文協」總務部主任老舍在1943年曾回應道：「因為有了這團體，政府在需要宣傳文字的時候，可以委託我們去作；我們自身的困難可以向政府陳述。在過去的五年中，我們有多少文字都是受了政府的委託而寫製的。我們愛我們的國家，當然樂於服務。」〔註8〕在作於西南聯大的一次講演中，老舍更是直言不諱：「『文協』……絕對受政府的支配，補助。受政府的委

〔註5〕　《組織概況》，《抗戰文藝》第4卷第1期，1939年4月10日。
〔註6〕　《總務部報告》，《抗戰文藝》第4卷第1期，1939年4月10日。
〔註7〕　《國民黨中央社會部關於中華全國文藝界抗敵協會今後工作要點指令》，中國第二歷史檔案館編：《中華民國史檔案資料彙編·第五輯第二編·文化（一）》，江蘇古籍出版社1994年版，第211～212頁。
〔註8〕　老舍：《五年來的文協》，原載《抗戰文藝》「文協成立五週年紀念特刊」，1943年3月27日，引自《中華全國文藝界抗敵協會史料選編》，第207頁。

託，做政府要做的事。」〔註9〕如果我們注意到從 1928 年起，幾乎所有與國民政府有瓜葛的文藝團體都會不同程度地諱言自己的「官方」身份，或許會對老舍如此理直氣壯的表態感到一絲驚訝，但是這其實並不難理解，因為在抗戰時期，「民族大義」是壓倒一切的。如果說在抗戰之前文人的「官方」身份往往會令他們尷尬的話，那麼到了此時，由於民族國家話語的強大力量，為政府服務已經變成了一種光榮。正因如此，老舍在面對指責的時候不但絲毫沒有迴避，還反過來批評那些說怪話的人「不明理」，「愛唱不盡情理的高調」。

「文協」在抗戰期間不但擁有著絕對的「政治正確」地位，還成了「文統」的象徵。一個最明顯的例子就是發生在「文協」同人和梁實秋之間的關於所謂「與抗戰無關論」的論爭。事實上，說梁實秋主張「與抗戰無關論」本身就很牽強（梁實秋本人從未承認過有此主張），他僅僅是在自己主編的《中央日報·平明》副刊上小心翼翼地說了一句「於抗戰有關的材料，我們最為歡迎，但是與抗戰無關的材料，只要真實流暢，也是好的」〔註10〕，如果據此指責梁實秋破壞抗戰文藝，顯然有斷章取義之嫌。不過梁實秋的原話說得並不含混，何以有那麼多批評者不約而同地嚴重曲解了他的本意？段從學在對這場論爭進行了詳細分析後指出，儘管論爭表面上是圍繞著抗戰文藝的題材而展開，但實際上它「是文協同人為了確立文協在文壇上的領導地位，堅持抗戰文藝的基本方向而發動的」〔註11〕，這是一個令人信服的結論，因為梁實秋的批評者在抗戰文藝的題材是否過於狹窄、作品的藝術質量是否有待提高等關鍵問題上，其實和梁並無多大分歧，真正讓他們惱火的，是他對「文協」採取的冷嘲熱諷的態度。所以在論爭末期，老舍代表文協給《中央日報》負責人寫公開信時，已經完全淡化了之前聚訟紛紜的文藝與抗戰「有關」「無關」問題，而是把矛頭對準了梁實秋同一篇文章中的另一段話，即「我老實承認，我的交遊不廣，所謂『文壇』我就根本不知其座落何處，至於『文壇』上誰是盟主，誰是大將，我更是茫然。」〔註12〕梁實秋此語本是為了標榜自己不善於向名家拉稿子來充場面，但在當時的背景下，「文協」作為唯一的全國性文藝組織，自然覺察到了

〔註 9〕老舍：《抗戰以來文藝發展的情形》，原載《國文月刊》第 14、15 期，1942 年 7月、9 月，引自《老舍全集》第 17 卷，人民文學出版社 1999 年版，第 207 頁。

〔註10〕梁實秋：《編者的話》，《中央日報·平明》1938 年 12 月 1 日。

〔註11〕段從學：《文壇究竟座落在何處——論文協同人對「與抗戰無關論」的批判》，《晉陽學刊》2010 年第 1 期。

〔註12〕梁實秋：《編者的話》。

其中的暗諷意味。因此由老舍起草的公開信中，先是回顧了「文協」成立以來為團結全國文藝工作者所做的努力，緊接著就對梁實秋的諷刺表示了不滿：

> 乃本年十二月一日，貴報《平明》副刊，梁實秋先生之《編者的話》中，竟有不知文壇座落何處，大將盟主是誰等語，態度輕佻，出語儇薄，為抗戰以來文藝刊物上所僅見。值此民族生死關頭，文藝者之天職在為真理而爭辯，在為激發士氣民氣而寫作，以共同爭取最後勝利。文藝者宜先自問有否擁護抗戰之熱誠，與有否與文藝盡力抗戰宣傳之忠實表現，以自策自勵。至若於抽象名詞隸屬於誰之爭議，顯然無關重要，故本會雖事實上代表全國文藝界，但決不為爭取「文壇座落」所在而申辯，致引起無謂之爭論，有失寬大嚴肅之態度。〔註13〕

如果說上面的文字只是「文協」為自身受到的無端嘲諷而作的辯護的話，那麼接下來對於梁實秋破壞團結、「挑撥離間」的指責，就帶有鳴鼓而攻之的意味了：

> 今日之事，團結唯恐不堅，何堪再事挑撥離間，如梁實秋先生所言者？貴報用人，權有所在，本會無從過問。梁實秋先生個人行動，有自由之權，本會亦無從干涉。唯對於「文壇座落何處」等語之居心設詞，實未敢一笑置之。在梁實秋先生個人，容或因一時逞才，蔑視一切，暫忘團結之重要，獨蹈文人相輕之陋習，本會不欲加以指斥。不過，此種玩弄筆墨之風氣一開，則以文藝為兒戲者流，行將盈篇累牘爭為交相誶詬之文字，破壞抗戰以來一致對外之文風，有礙抗戰文藝之發展，關係甚重……謹此函陳，敬希本素來公正之精神，杜弊病於開始，抗戰前途，實利賴焉。〔註14〕

儘管老舍反覆強調「文協」不會為了「文壇座落」之類的「抽象名詞」而作無謂的「瑣細之爭辯」，但是該文實際上仍然明確無誤地告訴了膽敢無視「文協」的梁實秋：「文壇的代表就是文協」〔註15〕。這場論爭固然有意氣之爭的嫌疑，但是在極短的時間內竟有如此之多的作家對梁實秋群起而攻之，仍然顯示了「文協」強大的動員能力和在全國作家中間廣泛的影響力。

〔註13〕《「文協」給〈中央日報〉的公開信》，《中華全國文藝界抗敵協會史料選編》，第 281～282 頁。

〔註14〕同上。

〔註15〕段從學：《文壇究竟座落在何處——論文協同人對「與抗戰無關論」的批判》。

　　這次論爭的另一個耐人尋味之處在於，許多批評者並沒有把梁實秋視為一個孤立的對手，而是把他的個人言論和《中央日報》的立場聯繫在一起，認為《中央日報》代表了當時國民政府內部的一股逆流，即對日本妥協投降的傾向。事後看來，這種傾向確實是存在的：從 1938 年 10 月到 12 月，日本近衛內閣前後三次發表對華聲明，提出了一系列與國民政府「停戰」的苛刻條件〔註16〕。雖然以蔣介石為代表的國民黨內主流派別對此並未動心，但是面對日方如此密集的「喊話」，國內輿論難免會感到擔憂，恐怕在國民黨高層中會有一部分軟弱動搖者變節，而這種擔憂也馬上變為現實，1938 年 12月 18 日，汪精衛和陳璧君、周佛海等一干人同機逃出重慶，並很快發表電文響應日本近衛內閣的第三次對華聲明〔註 17〕。此時距離梁實秋發表《編者的話》僅僅只有 17 天——當然無論如何，把梁實秋的言論和汪精衛的叛國這兩件風馬牛不相及的事情聯繫在一起，都是極端不合適的，但是正如段從學所言，「梁實秋在《編者的話》中沒有傳達國民政府之妥協投降傾向的意思是真，但批評者確實從中解讀出這樣的意思，同樣也是真。」〔註18〕就這樣，梁實秋無端地遭受了鋪天蓋地的、在他自己看來完全是「謾罵與污蔑」的批評。而筆者感興趣的問題在於：在「文協」諸人批評梁實秋的文章中，有很多都會拿梁實秋的「官方」立場大做文章，這種套路在戰前司空見慣，但是在抗戰期間卻是極其罕見的，更何況正如前文所述，「文協」本身就是一個帶有強烈官方色彩的機構，他們又何以會把梁實秋和《中央日報》綁在一起來撻伐？或許我們應該這樣理解：在抗戰期間，「官方」身份之所以從此前令人尷尬的標籤變成一種合法的、甚至是光榮的身份，恰恰是由於此時的政府堅持抗戰，獲得了舉國上下的支持，作家們在此前提下才能毫無愧色地與之合作。既然如此，如果他們感受到了在「官方」內部有妥協投降的傾向，並且有文人為之張目，那麼當然會感到加倍地不可容忍。換句話說，在抗戰初期的歷史語境下，與是否「官方」比較起來，是否「抗戰」才是決定某種話語的合法性之關鍵所在。

　　「文協」與國民政府的密切關係，並未隨著抗戰的進程而一直延續下去。段從學通過分析對比「文協」歷屆常務理事名單，梳理了這一團體在抗戰期間形象的變遷：首屆常務理事會成員中，與國民政府關係較為密切、以及個人觀

〔註16〕張憲文等：《中華民國史》第三卷，第 88～89 頁。
〔註17〕張憲文等：《中華民國史》第三卷，第 113 頁。
〔註18〕段從學：《文壇究竟座落在何處——論文協同人對「與抗戰無關論」的批判》。

點與官方立場大體保持一致的文藝作家，佔據了絕對的優勢；1939 年 4 月 9 日，「文協」在重慶召開首屆年會，選出的第二屆理事會中，黨政官員在常務理事中的力量有所強化，帶有左翼文化背景的常務理事也佔據了明顯的重要地位，中間派文人數量減少；1941 年 3 月選出的第三屆理事會（本應於 1940 年召開的年會由於種種原因一再推遲，故 1939 年選出的第二屆理事會實際主持文協日常工作將近兩年，此後「文協」理事會改為兩年選舉一次），幾乎完全沒有了自由主義色彩相對較為濃厚的學院派作家，官方右翼文人的力量則進一步得到了強化，左翼進步文人雖然人數有所增加，但是皖南事變後大批左翼文人在中共南方局的組織下紛紛離渝，因此在第三屆理事中的實際作用有限；在 1943 年的「文協」第四屆理事選舉中，由於戈寶權等人的奔走努力，左翼進步文人佔據的常務理事席位也有了突破，基本與官方右翼文人形成均勢，考慮到郭沫若、茅盾、夏衍、陽翰笙和胡風等人的實際影響力，左翼進步文人在這次理事會中的優勢已經相當明顯了；到了 1945 年 5 月 4 日的最後一次理事改選，左翼進步文人終於獲得了決定性的勝利，在理事和常務理事中佔據了絕對優勢地位，最終掌握了「文協」的領導權，「文協」徹底完成了從一個與國民政府及其官方機構聯繫密切的文化團體，到一個以左翼進步文人為主體的文化團體的變化〔註 19〕。正如段從學所指出的，後來無論是茅盾這樣的左翼文化領袖，還是持不同立場的文學史家，都斷定「文協」是一個左翼文人領導、控制下的團體，這其實只是「根據最後的歷史特徵做出的論斷」〔註 20〕，而前期「文協」的官方背景，卻往往被有意無意地忽視。

對於國民政府而言，成立「文協」無疑標誌著他們成功地把全國作家團結到了自己周圍，但這卻是第一次、也是唯一的一次成功，隨後在本來佔據著天時地利人和的情況下，國民黨一步步喪失了對「文協」的控制，最終將領導權拱手讓給了左翼文人。這固然可以歸因於左翼進步文藝陣營的鬥爭有方，但同時也再次說明了國民政府在試圖對文藝領域施以影響時，是如何的力不從心。

第二節　從第三廳到文工會

「文協」儘管官方色彩明顯，但它在本質上畢竟還是一個民眾團體，相比

〔註 19〕段從學：《論文協在抗戰時期的歷史形象變遷——以歷屆常務理事為中心》，《重慶師範大學學報（哲學社會科學版）》2009 年第 4 期。

〔註 20〕同上。

之下，1938 年 4 月 1 日成立於武漢的國民政府軍事委員會政治部第三廳，則是一個不折不扣的官方部門。「政治部」這一機構，在國民黨的軍隊系統裏其實早已有之，北伐時期國民革命軍即設有總政治部，蔣介石發動四一二政變後，才取消了政治部編制。抗戰初期為了加強宣傳，在軍事委員會下設第六處，由陳立夫任處長，另外還成立了政訓處。1938 年初，蔣介石又令陳誠在政訓處和第六處的基礎上重新籌組政治部。新政治部部長為陳誠，副部長為黃琪翔、周恩來，下設總務廳和第一、二、三廳，其中第一廳管軍中黨務，廳長為賀衷寒；第二廳管民眾組織，廳長為康澤（後改為杜心如）；第三廳管宣傳，廳長為郭沫若〔註21〕。

軍委會政治部是國民黨重要的宣傳機構，但是周恩來和郭沫若在其中都擔任了主要領導職務，這自然是拜當時的國共合作形勢所賜。1937 年末，國共兩黨關係委員會已經在武漢成立，周恩來也代表中共代表團起草了「抗日救國共同綱領」。1938 年 1 月 1 日中共代表團和長江中央局召開聯席會議，會議認為對國民黨提出的改組政府和軍事委員會各部等意見，一般應採取贊成態度，以示與國民黨合作的誠意。就是在這樣的背景下，國民政府軍事委員會組建政治部，蔣介石任陳誠為部長，要周恩來任副部長，周曾再三推辭，但是蔣、陳仍力邀其出任。這時周恩來等人認為，「政治部屬軍事系統，為推動政治工作，改造部隊，堅持抗戰，擴大共產黨的影響，可以擔任此職。如屢推不幹，會使蔣、陳認為共產黨無意相助，使反對合作者的意見得到加強」，這一意見得到了中共中央政治局的同意，周恩來才最終確認出任政治部副部長一職〔註22〕。

而郭沫若出任第三廳廳長的情況則更為複雜。早在北伐時期，郭沫若就先後加入國民黨和共產黨，並擔任過國民革命軍總政治部副主任，後來因為在 1927 年公開發表《請看今日之蔣介石》而被開除國民黨黨籍並遭到了通緝。此後他流亡日本長達十年，直至 1937 年 7 月，才在國民黨當局的安排下回國，回國之後，國民黨中央執委會撤銷了對於他的通緝，但沒有恢復其黨籍〔註23〕。另外據研究者考證，在流亡期間郭沫若與中共在組織關係上沒有直接的聯繫，1937 年 7 月歸國後直至他出任第三廳廳長之前，郭沫若應該

〔註21〕郭沫若：《洪波曲——抗日戰爭回憶錄》，《郭沫若全集·文學編》第 14 卷，人民文學出版社 1992 年版，第 23～26 頁。

〔註22〕參見蔡震：《郭沫若生平文獻史料考辨》，社會科學文獻出版社 2014 年版，第 54～55 頁。

〔註23〕蔡震：《郭沫若生平文獻史料考辨》，第 56 頁。

還沒有恢復中共黨員的組織關係，所以此時在國民政府眼裏，郭沫若「應該是沒有黨派身份的一介文化人」〔註24〕。正因如此，他在回國後才受到了蔣介石的接見，並得到許諾將被授予職位。當然對於曾經高調公開反蔣的郭沫若，蔣介石不可能沒有戒心，所以在與蔣介石會面之後的幾個月內，郭沫若一直被冷落著。直到1938年初，陳誠為籌組政治部的人事問題函呈蔣介石的時候，還在努力打消蔣的顧慮：

> 周恩來郭沫若等，絕非甘於虛掛名義，坐領乾薪者可比。既約之來，即不能不付與相當之權。周之為人，實不敢必，但郭沫若則確為富於情感血性之人。果能示之以誠，待之以禮，必能在鈞座領導之下，為抗日救國而努力。〔註25〕

看來陳誠不同於蔣介石，他對於郭沫若還是相當信任的。然而或許出乎陳誠之意料的是，郭沫若最終之所以同意出任，恰恰和被他認為「為人實不敢必」的周恩來關係甚密。事實上，軍委會政治部第三廳廳長的職位，與郭沫若此前擔任過的國民革命軍總政治部副主任比較起來，無疑是一次「降級錄用」。儘管郭沫若在《洪波曲》中稱，當時國民黨好不容易放棄了關門主義，自己覺得「千萬不應該考慮到地位的高低」，並且廳長的位置也並不低，其官階是中將，「在別人已是求之不得的了」〔註26〕，但實際上他不太可能對此毫不介意，因為這種職位的授予，其實暗示著國民政府對於他在政治上的信任程度。在這種情況下，郭沫若對於是否應該就任非常猶豫，後來正是在周恩來的力勸下，他才答應下來〔註27〕。可以說，在邀請郭沫若出任三廳廳長這件事上，陳誠等人其實出現了某種程度的誤判——他們並沒有充分意識到郭沫若當時已經與中共走得有多近。

由於郭沫若的猶疑，第三廳的成立可謂一波三折，政治部從1937年12月

〔註24〕同上。

〔註25〕原載《陳誠先生書信集》（上），臺灣「國史館」2007年版。轉引自蔡震：《郭沫若生平文獻史料考辨》，第53頁。

〔註26〕郭沫若：《洪波曲——抗日戰爭回憶錄》，《郭沫若全集·文學編》第14卷，第28～29頁。

〔註27〕郭沫若在《洪波曲》中甚至說，他於1938年1月受陳誠之邀來到武漢後，周恩來曾對他講「有你做第三廳廳長，我才可考慮接受他們的副部長，不然那是毫無意義的」。儘管蔡震經過考證認為此說靠不住（因為直到2月中旬周恩來任政治部副部長一事才得到延安方面的首肯，在此之前他不可能給郭沫若那樣明確的說法），但是最終在郭沫若決定就任的過程中，周恩來仍發揮了關鍵作用。參見蔡震：《郭沫若生平文獻史料考辨》，第53～56頁。

底開始籌組，1938 年 2 月 11 日即已開始辦公，但是第三廳直至 4 月 1 日方才正式成立，郭沫若任廳長，范揚任副廳長，下轄第五、第六、第七處，處長分別為胡愈之、田漢、范壽康。不過政治部成立後不久，就出現了機構臃腫、人浮於事的局面，因此 1938 年 11 月陳誠函呈蔣介石，報告政治部整頓與充實計劃等三件事，其中對於政治部本部的組織機構，擬「減少處股兩級，每廳以設四科為原則」，在得到了蔣介石的同意後，此整頓方案自 1939 年起正式實施。經過整頓以後，第三廳下不再設處，而改轄四科，科長分別為杜國庠、洪深、馮乃超、何公敢，另有廳長辦公室，陽翰笙為主任秘書。

關於第三廳的經費情況，1939 年第三廳呈送的一份報告中稱「（1938 年）八月初，本廳每月六萬元之事業費預算，得見實施」〔註28〕，但是郭沫若的回憶與此略有出入，他說在三廳籌備階段，他向陳誠反覆請示經費問題，得到的回答是「國防軍少編兩軍人，你總會夠用了吧？」〔註29〕當時國防軍每軍月費40 萬元左右，所以郭沫若把陳誠的話理解為許諾每月 80 萬經費。但是假如陳誠的原話真如郭沫若所轉述的那樣，那麼這種口氣倒更像是賭氣，即對於郭沫若不斷地討價還價表示不滿。郭沫若又說，三廳的預算在成立後並未立刻落實，「一直到武漢撤退、長沙大火，政治部已經遷到了衡陽之後，才得批准了四萬多塊錢的預算。」〔註30〕查第三廳報告，「八月初旬，武漢疏散人口，本部亦有一部遷移。本廳於八月中旬調一部人員赴衡山，九月初，又調一部分人員赴長沙。斯時本廳工作分為漢長衡之地……」〔註31〕可知郭沫若的說法與報告中所謂八月初經費方才落實，在時間上基本吻合，只是數目不大相符。有意思的是，郭沫若在回憶錄中抱怨了一番經費問題以後，還點名批評了沈從文：「有些自命清高的文人如沈從文之流，曾經造過三廳的謠言，說三廳領著龐大的經費，沒有做出什麼工作。」〔註32〕但是郭沫若顯然故意曲解了沈從文的意

〔註28〕《軍委會政治部第三廳關於抗敵宣傳工作概況的報告》，《中華民國史檔案資料彙編‧第五輯第二編‧文化（一）》，第 63 頁。

〔註29〕郭沫若：《洪波曲──抗日戰爭回憶錄》，《郭沫若全集‧文學編》第 14 卷，第 50 頁。

〔註30〕郭沫若：《洪波曲──抗日戰爭回憶錄》，《郭沫若全集‧文學編》第 14 卷，第 63 頁。

〔註31〕《軍委會政治部第三廳關於抗敵宣傳工作概況的報告》，《中華民國史檔案資料彙編‧第五輯第二編‧文化（一）》，第 63 頁。

〔註32〕郭沫若：《洪波曲──抗日戰爭回憶錄》，《郭沫若全集‧文學編》第 14 卷，第 63 頁。

思，沈從文的原話是：

> 第三廳的成立，最先聞每月可動用一百萬元經費，可見起始期
> 望相當大。但事到後來，可供使用經費尚不及十分之一，從數目變
> 更上又可見出若不是這筆錢在當局認為用不得當，就是主持者錢用
> 不了。因為這個工作固然值得花錢，但也要會花錢。倘若只在表面
> 上裝點一下，出幾個刊物，辦兩份報紙，捅一卜老朋友小夥計，那
> 麼每月百萬元自覺太多，有三五萬元也很夠點綴場面，敷衍敷衍某
> 某人或某某方面了。〔註33〕

雖然沈從文的諷刺相當尖刻，但如果僅就經費問題而言，則沈從文與郭沫
若本人的說法其實並無二致，他們都是說第三廳成立之初的預算相當驚人，但
最後落實的只有幾萬元。當然即使是每月四萬或六萬經費，對於一個主管文藝
宣傳的機構來說也已經相當可觀了，此前中國文藝社每月能得到中央 1200 元
的津貼，已經讓其他社團羨慕有加了。所以國民政府對於第三廳的投入，足以
表明其認識到了文藝宣傳工作在抗戰期間的重要性。而第三廳也稱得上是不
辱使命，在成立不到兩個月的時間裏，第三廳就組織或參與了一系列大型宣傳
活動，如武漢各界第二期抗戰擴大宣傳周（1938 年 4 月 7 日至 13 日）、雪恥
與兵役擴大宣傳周（5 月 3 日至 9 日）等等，這些宣傳活動組織得相當成功，
充分運用了標語、美術、戲劇、電影、歌詠等多種藝術形式。此外的工作還有
印發對敵宣傳品、印製慰勞前線將士書、追悼在徐州會戰中殉國的王銘章師
長、協助軍委會軍官訓練團做宣傳工作，等等〔註34〕。此後的一年多時間裏，
第三廳做了更多宣傳工作，而且活動範圍不再局限於武漢等大城市，而是將宣
傳工作做到了各大戰區。

在第三廳的人員配置上，左翼文化人士佔據了相當大的比重，這在抗戰初
期國共合作處於「蜜月期」的時候尚不成問題，但是從 1939 年起，國共之間
的矛盾愈益明顯，以國共合作為政治背景組建起來的三廳，其工作也勢必受到
嚴重影響，到了該年年末，第三廳已經被邊緣化到了「廳務閒閒等蕭寺」的程
度〔註35〕。1940 年 3 月，時任政治部秘書長的賀衷寒又向蔣介石提交了一份

〔註33〕沈從文：《「文藝政策」探討》，《文藝先鋒》第 2 卷第 1 期，1943 年 1 月 10
　　　 日。
〔註34〕《軍委會政治部第三廳報送成立以來工作報告呈》，《中華民國史檔案資料彙
　　　 編・第五輯第二編・文化（一）》，第 41～52 頁。
〔註35〕蔡震：《郭沫若生平文獻史料考辨》，第 64 頁。

報告，內稱政治部的許多職位都被具有中共及第三黨背景的人佔據，其中「第三廳廳長郭沫若，現雖已加入本黨，惟對黨態度極為冷淡，且其所保用之幹部，如陽翰笙等，均係共黨分子」，於是蔣介石下令全面改組政治部，而第三廳自然難免首當其衝，1940 年夏天，國民黨當局要求三廳人員必須加入國民黨，否則即被視為離廳〔註36〕。9 月初，郭沫若卸任第三廳廳長，改任政治部指導委員，隨即又被委任為文化工作委員會主任委員，第三廳廳長由何浩若接任。同時包括主任秘書、幾位科長在內的許多三廳人員也都遞交了辭呈，這一方面是因為他們多是郭沫若組建三廳時邀請來的，此時必然要與之共進退，另一方面他們也不願加入國民黨〔註37〕。

　　關於郭沫若卸任後第三廳的情況，目前所能看到的資料較少，但是從今天能找到的一些蛛絲馬蹟來看，他們雖然也做了不少事情（比如設立戲劇指導委員會、設立戲劇學院及話劇實驗劇團、組織教導劇團以訓練人才供應各戰區需要、將抗敵歌詠隊改編為新中國合唱團等等〔註38〕），但是成績顯然遠遜前期。更糟糕的是，改組後的政治部為了消除其下轄的宣傳團隊所受到的左翼進步文化的影響，而對其加以「整頓」，原歸第三廳管轄的抗敵演劇隊、抗敵宣傳隊、電影放映隊、新安旅行團、孩子劇團等，都不同程度地受到影響，有的改變了隸屬關係，有的甚至被取締。比如成立於 1935 年的新安旅行團，原為江蘇淮安的新安小學學生所組織，抗戰爆發前就在全國各地旅行以「宣傳總理遺教」，七七事變後又參加了抗戰宣傳工作，於 1939 年 1 月被第三廳收編，但是郭沫若等人剛剛離開第三廳，該團就因為「領導人員思想左傾，無存在必要」而遭到了所謂「改編」，「改編」原則為：「一、年齡較大、有工作能力者，編入政治隊，充隊員；二、年齡幼小者，送入公立學校求學，或保育院教養；三、領導人員送訓。」〔註39〕很顯然，這樣的「改編」實際上無異於解散。

　　有類似遭遇的還有孩子劇團，該團是由「八一三」以後上海的一個難民收容所裏的小朋友組成的，在上海做過很多工作，後來逃到武漢，曾向市政府、

〔註36〕陽翰笙：《戰鬥在霧重慶──回憶文化工作委員會的鬥爭》，《新文學史料》1984 年第 1 期。
〔註37〕蔡震：《郭沫若生平文獻史料考辨》，第 65～67 頁。
〔註38〕參見《中華民國史檔案資料彙編・第五輯第二編・文化（一）》，第 126～136 頁。
〔註39〕《新安旅行團為請求緩辦改編及經費問題致張治中函及有關文電》，《中華民國史檔案資料彙編・第五輯第二編・文化（一）》，第 169 頁。

市黨部請求收編，但遭到拒絕，並被要求解散。按照郭沫若的說法，這時恰逢第三廳籌組之際，已經同意出任三廳廳長的郭沫若聞知此事後即找到陳誠，建議政治部收編孩子劇團並使之隸屬第三廳，後雖經過一些波折，但最終該團得以隸屬第三廳第六處第一科。收編孩子劇團是郭沫若的得意之舉，他在回憶中不斷表揚該團是「一個優秀的宣傳單位」，「留下了很好的影響」且「起過示範作用」〔註40〕。不幸的是，1940年郭沫若卸任後，孩子劇團立刻被認為「過去組織不健全，人員思想欠純正，致工作未能達到要求」，政治部欲圖「加強對該團之指導與掌握」，因此委任了「思想純正」的一名主任指導員和兩名指導員，並重新制定了嚴格的藝術訓練、學習、生活等方面的規則〔註41〕。但是這種「指導」似乎未見成效，1942年3月，時任孩子劇團主任指導員的李清燦致函軍委會政治部，稱「團員均年幼，意志未堅，且因與文委會歷史關係甚深，思想入半左傾，凌鶴等人已成為團員崇拜的偶像」，「團員衣履不整，面色清瘦，營養不足故也，牢騷滿腹，怒罵無常，生活苦悶故也，認識不清，趨向歧途，學術膚淺故也」〔註42〕，半年以後，孩子劇團在重慶同樣以「改組」的名義被迫解散。

　　第三廳的興衰，折射出國共兩黨文化宣傳能力的巨大差距。國民黨當初力邀郭沫若入主三廳，除了有拉攏的意圖外，大概確實也想藉重郭沫若和他的左翼朋友來展開宣傳工作，但是當他們發現在堂堂國民政府軍事委員會政治部之內，竟然無法控制左翼文化的傳播時，自然覺得無法容忍。然而當國民黨以行政手段奪回了三廳的控制權以後，不但沒能把宣傳工作做得更好，就連之前已經取得的成果都無法繼續保持。

　　與此同時，郭沫若等人從三廳離任後，也並未退出政治部。在接替陳誠出任政治部長的張治中建議下，1940年11月1日文化工作委員會正式成立，郭沫若任主任委員。按照陽翰笙的回憶，國民黨之所以成立文工會，是因為第三廳改組以後，很多離職的左翼文化人士準備去延安工作，國民黨當局十分恐懼

〔註40〕郭沫若：《洪波曲——抗日戰爭回憶錄》，《郭沫若全集·文學編》第14卷，第57～58頁。

〔註41〕《黃少谷為孩子劇團人員思想「欠純正」建議加強指導並重訂編制的簽呈》，《中華民國史檔案資料彙編·第五輯第二編·文化（一）》，第178頁。

〔註42〕《孩子劇團主任指導員李清燦關於該團內部情形及改進團務意見呈》，《中華民國史檔案資料彙編·第五輯第二編·文化（一）》，第187頁。其中「凌鶴」指左翼劇作家石凌鶴。

這些卓有影響的進步文化人士真的去了解放區，又害怕招致中外輿論的譴責，便採取了羈縻政策，設立了這樣一個「學術研究性團體」，仍歸屬政治部，即所謂「離廳不離部」〔註43〕。陽翰笙的說法未必準確，因為 1940 年 9 月 8 日周恩來寫給郭沫若的一封信中提到，張治中此時已經向他提出組建文工會事宜，且說到了工作內容、隸屬關係、主政人選等具體細節，可見他和國民黨方面已經有了相當成熟的考慮，並顯然已經得到蔣介石的同意〔註44〕。這時郭沫若大概剛剛離任〔註45〕，其他人員的辭職應該也發生在這個時候，所以陽翰笙所謂國民黨在看到大批原第三廳人員準備赴延安後，才想起組建文工會，恐怕不可信。更加合理的推測是，國民黨在對第三廳開刀以前，已經想好了組建文工會這一後手。不過結合當時的局勢，陽翰笙所言國民黨此舉是一種避免放虎歸山的「羈縻政策」，倒是值得採信的。

值得注意的是，文工會的性質和第三廳完全不同，它是一個學術研究團體而非宣傳機構，這從其組織構成即可看出：除了正副主任、專任和兼任委員以外，文工會下設三組，分別負責國際問題研究、文藝研究和敵情研究，而且委員中也確有不少各領域的專家學者，十名專任委員為沈雁冰、沈志遠、杜國庠、田漢、洪深、鄭伯奇、尹伯休、翦伯贊、胡風、姚蓬子；十名兼任委員為舒舍予、陶行知、張志讓、鄧初民、侯外廬、盧於道、馬宗融、黎東方、王崑崙、呂振羽〔註46〕。和第三廳比起來，文工會的「學術」氣息分外明顯，而且「學術團體」的定位也確實多少限制了文工會的手腳，至少它「不能像第三廳那樣以國家機關的名義來宣傳群眾、組織群眾，從而掀起轟轟烈烈的抗日救亡運動」〔註47〕。然而在反共空氣彌漫的重慶，能有這樣一個組織，讓進步文化人士在相對自由的環境中從事學術研究，也稱得上難能可貴了，所以有人把文工會戲稱為「租界」。這些學者在歷史學、哲學、文藝學等領域都做出了值得稱道的成果，文工會最主要的歷史貢獻大概正在於此。

〔註43〕陽翰笙：《戰鬥在霧重慶——回憶文化工作委員會的鬥爭》，《新文學史料》1984
年第 1 期。

〔註44〕蔡震：《郭沫若生平文獻史料考辨》，第 67 頁。

〔註45〕郭沫若在《五十年簡譜》中稱「九月政治部改組，卸去第三廳廳長職」（《郭沫
若全集・文學編》第 14 卷，第 551 頁），結合周恩來的信，可推斷其離職是
在 9 月初。

〔註46〕陽翰笙：《戰鬥在霧重慶——回憶文化工作委員會的鬥爭》，《新文學史料》1984
年第 1 期。

〔註47〕同上。

　　當然，加入文工會的左翼文化人士是不可能甘心被國民黨「羈縻」的，陽翰笙就回憶道，文工會通過舉辦各種講座、報告、演講會等等，以學術活動、文化活動的方式走向社會，同時創作了大量的戲劇等文藝作品，並依託「文協」等與之關係密切的組織來繼續從事文藝運動。對於這一點，國民黨當局還是有些忌憚的，前引李清燦就孩子劇團問題致軍委會政治部的信中，就有「因與文委會歷史關係甚深，思想大半左傾」「可使與文化委員會杜絕往來」等語。不過陽翰笙也承認，文工會人士多是以「個人身份去展開工作」，作為一個組織，文工會公開發出聲音的機會並不多，這也說明國民黨用文工會來限制左翼文人活動的策略並非全無效果。然而這種效果並沒能持續多久，到了抗戰後期，隨著中共提出廢除一黨專政、成立聯合政府的倡議，國統區內掀起了轟轟烈烈的民主運動，文工會在此過程中發揮了重要作用。1945 年初，郭沫若、陽翰笙、杜國庠、馮乃超等文工會骨幹人物在王若飛的建議下，起草了《文化界時局進言》即「民主宣言」。經過文工會成員的奔走努力，該宣言得到了三百多位文人學者的簽名，幾乎囊括了國統區有代表性的文化名流，並於 2 月 22 日在《新華日報》《新蜀報》等報刊上發表，在輿論界引起極大的震動。當局經過追查，得知此次運動的發起者和組織者是文工會，於是惱怒不已，在 3 月 30 日解散了文工會〔註48〕。

　　無論第三廳還是文工會，都是國民黨當局在抗戰期間主動設立、最後又親手扼殺的。自從 1920 年代末以來，國民黨在與左翼文化的對抗中就一直落下風，到了抗戰期間，對於如何處理與中共既聯合又對抗的複雜關係，他們難免會感到更加撓頭。第三廳、文工會的設立，可以說都是國民政府試圖籠絡、控制左翼文化人士的手段，然而正如前文分析過的，這些手段的作用並不明顯，反倒是中共巧妙而充分地利用了第三廳、文工會以及「文協」等機構或組織，在與國民政府的鬥爭中大展身手、遊刃有餘，最終逼得當局只能動用改組、解散這樣的行政手段來挽回文化鬥爭的失利。

第三節　「文章下鄉」與「文章入伍」

　　一般認為，「文章下鄉，文章入伍」是「文協」成立之際提出的口號。這種看法不無根據，老舍在《記「文協」成立大會》中就提到，「文協」成立當

〔註48〕同上。

天，禮堂裏懸掛著幾條白布標語，其中最醒目的一條就是「文章下鄉文章入伍」〔註49〕。不過這一口號的提出者究竟是誰，似乎很少有人關注，實際上，老舍對此早就給出過明確的答案，他在為老向（王向辰）的《抗日三字經》所作序言中稱：「老向先生有文章下鄉，與文章入伍的主張，意在以通俗文藝扶導激勵民眾與軍士……」〔註50〕《抗日三字經》初版於 1938 年 3 月，而「文協」是在 3 月 27 日成立的，因此基本可以斷定，「文協」成立之前老向即已提出這一口號，只不過借著「文協」成立的契機，它才獲得了廣泛的流傳。儘管老向究竟於何時何處最早提出「文章下鄉，文章入伍」的口號尚需進一步考證，但毋庸置疑的是，它在抗戰期間有著無與倫比的號召力。這主要體現在兩方面：

其一是文藝通俗化受到了前所未有的重視。早在 30 年代初，國共兩黨就都已經認識到了通俗文藝的重要性，「左聯」成立伊始就把文藝大眾化作為自身的核心任務之一，下設大眾工作委員會，通過組織工人文藝小組、夜校等方式吸引了大批工人農民，使得文學成為了組織、發動群眾的重要手段；國民黨方面的文藝官員受此刺激，也馬上作出反應，1932 年 8 月 25 日，國民黨第四屆中央執行委員會第 35 次常務會議通過了由國民黨中央宣傳委員會制定的《通俗文藝運動計劃書》，聲稱「要剷除根深蒂固的封建思想及遏止共產黨之惡化宣傳，而使民眾意識有一種正確的傾向——三民主義的傾向」〔註51〕。然而這份計劃書後來的貫徹執行情況並不理想，各省市黨部要麼敷衍了事，要麼採取強制手段宣傳黨義反而引起民間藝人和受眾的反感，最終基本沒有達到「通俗文藝運動」發起者的意圖〔註52〕。抗戰爆發後，利用文藝為抗戰服務的現實需要使得文藝的通俗化、大眾化問題重新進入了人們的視線，一時間大批通俗文藝刊物紛紛湧現，其中最有代表性的就是 1938 年 1 月創刊於武漢的《抗到底》。該刊是在馮玉祥的支持下創辦的，其先後兩任主編老向和何容，都是和國民政府關係比較密切的文人，另外老舍也參與了刊物的編輯工作。創刊之初，它本是一份綜合性刊物，「既有政論，又有文藝，既有新小說，又有大鼓

〔註49〕 老舍：《記「文協」成立大會》，《宇宙風》第 68 期，1938 年 5 月。

〔註50〕 老舍：《〈抗日三字經〉序》，收入老向：《抗日三字經》，三戶圖書印刷社 1938 年 3 月印行。

〔註51〕 《國民黨中央宣傳委員會制定之〈通俗文藝運動計劃書〉》，《中華民國史檔案資料彙編‧第五輯第一編‧文化（一）》，第 321 頁。

〔註52〕 關於抗戰爆發前國民黨推行通俗文藝運動的情況，參見倪偉：《「民族」想像與國家統制——1928～1948 年南京政府的文藝政策及文學運動》，第 198～218 頁。

詞」〔註53〕。為了「顧及宣傳的普遍性」，刊物編者曾經嘗試到難民區、傷兵醫院等地組稿，並在第三期和第五期分別推出「抗日負傷將士作品專號」和「抗日通俗文專號」，此後，刊物越來越偏重通俗文藝。1938 年 7 月 25 日出至第13、14 期合刊後因武漢遭受日軍轟炸而被迫停刊，同年 9 月 25 日遷往重慶復刊，復刊後依然秉持之前的立場，「最大的努力處還是在通俗文藝上」〔註54〕。

《抗到底》對於通俗文藝的貢獻，主要體現在它登載了大量京劇、大鼓詞、小調、通俗故事、章回小說、抗戰歌曲等通俗作品，其中有些作品還產生了較大影響。比如前文提到的老向的《抗日三字經》，最早就是於 1938 年 3 月 1 日刊登在「抗日通俗文專號」上的，此後迅速流傳開來，並在當月出版了單行本，出版不到一個月就售出了兩萬多冊，成為整個抗戰期間影響最大的通俗讀物之一。

《抗到底》除了刊登通俗作品外，也頗熱心於關於通俗文藝的理論探討。像何容的《怎樣使文章下鄉》（第 10 期）、盧生的《我們對於舊瓶裝新酒的看法》（第 13、14 期合刊）、蘇子涵的《新型通俗文學的創造》（第 15 期）、佗陵的《也談「文章下鄉」》（第 16 期）、沙雁的《通俗文藝論》（第 19 期）、老舍的《通俗文藝的技巧》（第 25 期）等等，話題涉及了通俗文藝創作的方方面面。然而對於這些熱心的通俗文藝倡導者而言，最大的困難並不在於創作這一環節，而是在於傳播，老舍在回顧《抗到底》創刊半年以來的工作時，就為此大吐苦水：

> 對軍隊，還有些辦法，因為軍隊既有組織，找到軍部或長官便可以交涉。鄉間可困難多了，書局不代往鄉間發行，我們又無從親自去贈送或推銷，簡直想不出主意。我們希望能將刊過的通俗文字彙編起來，另印小冊，送到軍隊與民間去。自然我們沒有夠用的金錢去實現這理想，我們只希望有錢的人能幫忙，使我們如願以償。〔註55〕

推廣通俗文藝並不是少數作家和刊物的個別行為，它也得到了國民政府的支持，當然國民政府領導通俗文藝的主要途徑還是通過與各種民眾團體的合作。比如由顧頡剛創辦於 1934 年的通俗讀物編刊社，在戰前就致力於通俗讀物的出版，並和國民政府建立了聯繫，教育部和中山文化教育館均按月予以

〔註53〕老舍：《本刊半年來的回顧》，《抗到底》第 15 期，1938 年 9 月 25 日。
〔註54〕同上。
〔註55〕同上。

補助〔註 56〕。抗戰爆發後，該社與國民政府的關係更為密切，除了繼續受教育部領導外，還為國民黨軍委會後勤政治部服務，協助其從事書畫宣傳工作。該社副社長之一段繩武，1938 年被任命為後勤政治部中將主任，主管全國傷兵工作，他任職的三年中，編刊社成為他在宣傳教育工作中的得力助手〔註 57〕。

當然，國民政府的抗戰宣傳最為倚重的民眾團體還是「文協」，在推進通俗文藝運動方面也不例外。「文協」的機關刊物《抗戰文藝》的發刊詞中就明確宣布：「我們要把整個的文藝運動，作為文藝的大眾化的運動，使文藝的影響突破過去的狹窄的知識分子的圈子，深入於廣大的抗戰大眾中去！」〔註 58〕《抗戰文藝》確實為了推動文藝「深入大眾」做過許多努力，除此之外，「文協」總會還和成都分會聯合創辦了一份小型刊物《通俗文藝》，專門發表鼓詞、歌謠、民間故事、連環畫等通俗或民間形式的文藝作品。《通俗文藝》封面上用這樣一段話表明了刊物的旨趣：「讀者諸君：請念本刊文章給不識字的人聽，請將本刊貼在人多的地方或送給前線將士。」和《抗到底》一樣，《通俗文藝》也是抗戰期間致力於文藝大眾化的刊物中影響最大者之一。除了創辦刊物以外，「文協」對於通俗文藝的推動還體現在許多方面。會務報告顯示，「文協」成立一個多月內，就組織會員寫出了十來種民眾讀物，並設法印出，送往前方〔註 59〕；緊接著又由胡紹軒、老向、何容、老舍四人編成街頭劇、大鼓詞、兒童讀物、通俗小說、軍歌民歌各一種，並送給中宣部，由其負責印發〔註 60〕；後又受中宣部委託，由宋之的、葛一虹、何容與老舍合編一本為民間宣傳使用的遊藝材料，包括歌曲、戲劇、鼓詞等六部分〔註 61〕；開辦通俗文藝講習會，並與通俗讀物編刊社合作；將文協會員創作的通俗文藝作品交給藝人試唱，讓作者與表演者共同研究改善，並擬聘請藝人到會指導，以便切實把握通俗文藝技巧，增強宣傳效力，等等〔註 62〕。1939 年召開的第一次年會上，由出版部所作的出版狀況報告中稱，在「文協」成立大會的時候就有會員提議編印通俗

〔註 56〕 郭敬：《通俗讀物編刊社簡史（1934～1940）》，《北京出版史志資料選輯·第一輯》，北京出版社 1990 年版，第 40 頁。

〔註 57〕 郭敬：《通俗讀物編刊社簡史（1934～1940）》，《北京出版史志資料選輯·第一輯》，第 43 頁。

〔註 58〕 《〈抗戰文藝〉發刊詞》，《抗戰文藝》第 1 卷第 1 期，1938 年 5 月 4 日。

〔註 59〕 《會務報告（總務部）》，《抗戰文藝》第 1 卷第 3 期，1938 年 5 月 10 日。

〔註 60〕 《會務報告（總務部）》，《抗戰文藝》第 1 卷第 11 期，1938 年 7 月 2 日。

〔註 61〕 《會務報告（總務部）》，《抗戰文藝》第 2 卷第 6 期，1938 年 10 月 15 日。

〔註 62〕 《會務報告（總務部）》，《抗戰文藝》第 2 卷第 8 期，1938 年 10 月 29 日。

文藝讀物一百種，以取代「那些充滿毒素的舊有的小唱本，和七俠五義，彭公案一類的說部」，遷渝後這一目標已經實現了大部分。另外教育部教移渝後設立了通俗讀物組，編輯出版的民眾文藝讀物中大半為「文協」會員所作；政治部編印的「抗戰小叢書」，也是委託「文協」出版部編製的，由葉以群、歐陽山、草明、梅林等人擔任，約有四十種〔註63〕。

「文章下鄉，文章入伍」口號的另一種體現，是許多官方或者半官方的抗敵演劇隊、宣傳隊的成立，他們深入作戰部隊前線，對於抗戰官兵起到了極大的激勵作用。1938年3月召開的全國政工會議上，議決了每一師處應組織隨軍抗敵劇團一案，次月國民政府軍委會政治部還為此頒布訓令〔註64〕，但是各部隊往往由於缺乏經費和演劇人才，而未能較好地落實這一決議，因此政治部第三廳便擔當起了統籌安排這項工作的任務。郭沫若1938年6月6日給陳誠的一份簽呈中稱：

> 茲查各師處有已成立者，有因駐紮後方，停發事業費不克組織者，亦有函請介紹人才及索取劇本者，本廳職司宣傳，擬請部令各軍師旅政訓處將各該師抗敵劇團組織工作情形及不克成立原因詳細呈報，以便統籌策劃，庶該各劇團工作得有改進。其未成立之各師旅處，亦應設法由各關係廳處研究辦法，務求普遍成立。〔註65〕

在第三廳的領導下，隸屬於政治部的宣傳工作團隊深入各戰區作戰前線，使「文章入伍」真正變成了現實。據軍委會政治部檔案資料，自1938年8月至11月，政治部共派遣了抗敵宣傳隊四隊（歸第三廳第五處管轄）、抗敵演劇隊十隊（歸第三廳第六處管轄）、特約新安旅行團和孩子劇團各一支（分別歸第五、六處管轄）〔註66〕。

表面上，這些軍委會政治部轄下的宣傳團隊實行的是較為嚴格的軍事化管理，比如1938年9月15日頒布的《抗敵宣傳隊服務規則》中，就有「隊員入隊後須服從本部命令，遵守各種規定，不得自由行動」「隊員在工作時期內，不

〔註63〕《出版狀況報告（出版部）》，《抗戰文藝》第4卷第1期，1939年4月10日。
〔註64〕《軍委會政治部關於組建隨軍抗敵劇團的訓令》，《中華民國史檔案資料彙編·第五輯第一編·文化（一）》，第87頁。
〔註65〕《郭沫若關於各師旅政訓處設立隨軍抗敵劇團辦法的簽呈》，《中華民國史檔案資料彙編·第五輯第一編·文化（一）》，第87～88頁。
〔註66〕《軍委會政治部所屬宣傳團隊一覽表》，《中華民國史檔案資料彙編·第五輯第一編·文化（一）》，第119～120頁。

得請求離隊」「隊員除有特別事故或疾病，確不能工作者外不得請假」〔註67〕等
規定。但實際上，由於這些團隊均被派往各大戰區服務，第三廳對它們的管理
經常顯得鞭長莫及，因此陳誠很快在 1938 年 11 月下令對其進行重新整編，具
體整編措施是將這些團隊劃歸其所服務的各戰區政治部直接管轄〔註68〕。但
是此舉遭到了強烈的反彈，因此洪深、郭沫若等人多次對各宣傳團隊隊長致電
安撫，稱這次整編「為整軍建軍計劃之一部」，政治部附屬的八百多個團隊、
單位均在整編範圍之內，並非僅僅針對演劇隊（對照陳誠的手令，這顯然只是
一種說辭），並解釋說整編以後僅僅是管理考績歸於各戰區政治部，但最終的
人事考核與任免權仍歸本部〔註69〕。然而各團隊成員對於這種解釋並不滿意，
整編令下達以後，包括抗敵演劇一隊隊長徐韜在內的大量骨幹人員選擇離開
〔註70〕，令這些宣傳團隊元氣大傷。此後各團隊的命運大相徑庭，有的與所在
戰區政治部關係尚好，諸事尚能維持，但若與戰區政治部關係緊張，則難免舉
步維艱。而且這次整編的過程本身也並不順利，1939 年 9 月，郭沫若在給陳
誠的一份簽呈中說：「查本部各直屬抗演隊、抗宣隊自按照本部政工會議議決
撥歸各行營戰區政治部接收後，因未頒發接收實施辦法，致各政治部對於接收
各該隊之辦法極不一致，且有將各該隊番號名稱更改之事件發生。」〔註71〕

　　儘管這些宣傳團隊在成立初期遭遇了種種波折，但是抗戰期間它們仍然
在抗敵宣傳方面做出了極大貢獻。其中表現尤為突出的是抗敵演劇一隊和二
隊，它們最早的前身是上海業餘實驗劇團，該團集中了應雲衛、鄭君里、陳鯉
庭、瞿白音等大量戲劇人才，因此一、二隊在各宣傳團隊中屬於藝術功底較好
的。八一三抗戰爆發後，上海的電影戲劇工作者成立了「上海戲劇界救亡協
會」，為了集中一切戲劇力量從事救亡工作，將上海的戲劇團體編為 13 個救亡
演劇隊，業餘實驗劇團被編為三隊和四隊，總隊長為應雲衛。1937 年 8 月下

〔註67〕 《抗敵宣傳隊服務規則》，《中華民國史檔案資料彙編・第五輯第一編・文化
　　　　（一）》，第 116 頁。
〔註68〕 《陳誠令統一整編所屬宣傳團隊手令》，《中華民國史檔案資料彙編・第五輯
　　　　第一編・文化（一）》，第 121 頁。
〔註69〕 《郭沫若、洪深為部屬宣傳團隊奉令改編事致各抗敵演劇隊電》，《中華民國
　　　　史檔案資料彙編・第五輯第一編・文化（一）》，第 121 頁。
〔註70〕 田漢：《關於抗戰戲劇改進的報告》，《田漢文集》第 15 卷，中國戲劇出版社
　　　　1983 年版，第 141 頁。
〔註71〕 《郭沫若簽呈》，《中華民國史檔案資料彙編・第五輯第一編・文化（一）》，第
　　　　122 頁。

旬至 9 月初，兩隊先後離滬，沿京滬線赴蘇州、常州、揚州、鎮江等地演出，著名的「好一計鞭子」（即《三江好》《最後一計》《放下你的鞭子》三部劇作的合稱）就是他們此時慣演的劇目。後來在軍委會政訓處（即政治部前身）鄧文儀的勸說下，兩隊又合編為政訓處抗敵劇團（政治部成立後隨之改名為政治部抗敵劇團），先是開赴南京編隊受訓，後又開赴蕪湖、安慶、九江等地工作，直至武漢。1938 年 9 月起，政治部卜屬的十個抗敵演劇隊先後成立，政治部抗敵劇團成為了抗敵演劇一隊和二隊的骨幹，另外由洪深率領的原上海救亡演劇隊第二隊成員，也被改編入抗敵演劇隊一、二隊。此後一隊被派往第二兵團所在的大冶、陽新兩地，為給部隊籌集棉衣，他們舉行募捐公演，捐助棉衣或現金者贈戲券一枚，演出劇目為《血祭九一八》，效果甚佳，既達到了向民眾宣傳的效果，又解決了部隊的實際需要；在鐵山地方演劇時，觀眾甚少，演劇隊得知這是由於當地瘧疾流行，遂趕寫劇本《瘧》，告訴民眾防治方法，同時將所帶奎寧丸分送患者，獲得了民眾的信任；由於大冶是軍事要道，當地部隊往往有拉伕之舉，為此演劇隊出面將健康農民組織成運輸隊，規定服務期限、待遇，軍民兩便；又根據實際情形寫出劇本《捉漢奸》；後來大冶危迫、全隊撤退之時，民眾不捨，鄉長竟至放鞭炮歡送。一隊離開大冶後輾轉來到長沙，是時長沙遭遇大火，他們便參與到了救災、賑濟災民的工作中。

軍委會政治部將各演劇隊劃歸戰區政治部指揮的命令下達後，一隊改稱「第四戰區抗敵藝術宣傳隊」，雖然有隊長徐韜等七人離隊，但由於新任隊長趙如琳與第四戰區政治部關係不錯，工作仍能正常進行。此後他們曾在柳州、桂林與第九隊合作演出《包德行》，被認為實現了「宣傳戲」與「藝術戲」的統一，這同時也是演劇隊第一次在後方大都會展現出成績；1940 年 12 月第一、第九隊被派往剛剛克復的南寧，面對當地「義民」（日寇佔領時勇敢反抗、始終與敵周旋者）與「順民」（從敵苟安者）之間的矛盾，他們創作並演出《一家人》，教育民眾消滅仇隙、共同禦敵；在南寧組織了青年座談會、婦女識字班、兒童歌詠隊等民眾組織，還幫助縣政府舉辦政治訓練班；感於地方文化的低落，他們又開辦了圖書館；看到南寧豐富的民歌資源，他們經過搜羅和研究，利用民歌小調創作出許多歌曲〔註72〕，如此等等，不一而足。

從抗敵演劇一隊的例子可以看出，雖然他們的「主業」仍然是演劇，但是除此之外，他們其實已經承擔起了通過文化教育來動員民眾、移易民俗的任

〔註72〕田漢：《關於抗戰戲劇改進的報告》，《田漢文集》第 15 卷，第 128～145 頁。

務，甚至對鄉村乃至縣一級的基層政權也產生了較大影響。正如倪偉所指出
的：

> 抗戰爆發後，隨著整個國家的政治、經濟、軍事和文化重心由
> 東部沿海城市向內地傾移，一些長久以來掉落在國家的現代化進程
> 之外的內陸鄉村也被捲進了戰爭之中，從而有機會接受到現代文化
> 的薰染。由此，我們分明可以看到「文章入伍，文章下鄉」在客觀
> 上起到了這樣一種作用，即對傳統的鄉村社會結構造成了衝擊，並
> 通過對社會基層組織的組建，在一定程度上把內陸鄉村社會納入到
> 現代國家的政治文化生活之中，使得全民抗戰成為可能。〔註73〕

〔註73〕倪偉：《「民族」想像與國家統制──1928～1948 年南京政府的文藝政策及文
學運動》，第 249～250 頁。

第六章 重提「三民主義文學」的背景

第一節 當局對民眾文藝團體的戒懼

上一章提到過，像第三廳和「文協」這樣的官方、半官方文化機構或組織，是怎樣一步步脫離國民政府的掌控的。可想而知，抗戰期間那些為數更多的民眾文藝團體，就更是成了當局的心頭大患。當然，國民黨也曾嘗試抓住對於這些團體的控制權，比如 1938 年國民黨五屆四中全會之後成立的中央社會部，就把管理各類民眾團體（包括文化團體）視為自己的重要任務。然而社會部在行使監管職能的時候，主要依據的是 1930 年通過的《文化團體組織大綱》和 1930 年通過的《文化團體組織大綱實施細則》，該大綱的基本精神即是對文化團體加以嚴厲的管制，令其不得從事於三民主義及法律規定範圍以外的政治活動〔註1〕，因此社會部會以什麼樣的手段「管理」文化團體。也就可想而知了。

一個典型的例子就是社會部對於「文協」章程的刪改。1938 年 9 月，「文協」將組織章程、會員名冊等材料報呈社會部，其中協會簡章第二條為「本會以聯合全國文藝作家共同反對日本帝國主義的侵略，完成中華民族自由解放，建設中華民族革命的文藝，並保障作家權益為宗旨」，第四條為「本會得設置編輯委員會及印刷所，編印文藝刊物、圖書，並辦理作家之權益保障事宜」，

〔註1〕《國民黨第三屆中執會第 67 次常務會議通過的文化團體組織大綱》《國民黨中央執行委員會頒發〈文化團體組織大綱實施細則令〉》，《中華民國史檔案資料彙編·第五輯第一編·文化（二）》，第 726～728 頁。

而社會部的「批答」則明確指令：「章程第二條：……並保障作家權益七字刪去；章程第四條：並辦理作家之權益保障事宜刪去」〔註2〕。社會部的用意顯而易見：抗戰期間政府實施嚴格的圖書雜誌審查制度，如果強調「保障作家權益」恐怕難免與此牴牾。然而對於任何一個文藝組織而言，將「保障作家權益」列為宗旨之一都是天經地義的事情，社會部在這一點上竟然也疑慮重重，可見其對於文藝團體（哪怕是「文協」這樣的半官方團體）的戒懼之深。可是社會部的這種做法，無疑只能增加作家對當局的反感。

除社會部以外，中統局也在監視進步團體與文化人方面出力甚多，不過社會部的人員中多少還有幾個是文化人出身（比如張道藩），而中統的特務們則根本不瞭解文藝界，所以他們在做「文化情報」方面的工作時，往往比社會部更加草木皆兵，甚至屢屢鬧出笑話。比如 1939 年 8 月中統發布了一份關於重慶進步文化團體活動情況的通報，其中稱：

> 查共產黨在渝之活動對象係專門注意吸收青年學生及工人，本市沙坪壩因中央大學、重慶大學、南開大學等均設於此，儼然成為文化區，故學聯會在此設有分會，擔任吸收青年之任務。青年職業互助社亦由城內遷化龍橋工作，白沙因設有大學先修班，江津因川東師範、重慶女師在此，故均有共黨秘密活動。民族劇團自出發合川、遂寧等地流動公演，共黨之宣傳亦隨而伸入各地，至一般尚留市內之團體，以人員分散不易召集，故一切活動較為困難，惟富於宣傳與煽動性之壁報，則普及市內，並有利用電力廠汽車帶至郊外張貼，吸收鄉民。另外更積極煽惑青年印刷工人，如重慶各印刷業及各報社排字工人，其思想左傾者占大多數。在文化界則由《新華日報》領導，利用生活書店、戰時書報供應所等外圍團體從事活動，大量售賣赤色書籍，以麻醉青年，在政治上則利用周恩來、郭沫若、鄒韜奮，柳湜等之政治關係，與人民陣線派及武漢華北宣傳隊、華北同學工作隊等，以救亡名義相號召，吸收一般徘徊歧路之青年，在言論上則曲解主義，謬放厥詞，如對三民主義及國民精神總動員之解釋，左傾刊物上每多作歪曲之理論……此外並常派人加入我三

〔註 2〕《中華全國文藝界抗敵協會補報組織章程及會員名冊工作計劃等備案呈及社會部批答》，《中華民國史檔案資料彙編‧第五輯第二編‧文化（一）》，第 189～208 頁。

民主義青年團各機關活動。〔註3〕

這裡提到的生活書店、戰時書報供應所等進步文化組織，被稱為中國共產黨領導下的「外圍團體」並不為過，然而該通報還指責民族劇團配合「共黨之宣傳」，就有些匪夷所思了。民族劇團是一個社會部直接領導下的文藝團體，在 1939 年召開的國民黨五屆六中全會上，社會部所作的報告中還特地提到該劇團，並表揚了它在邊疆文化建設方面的貢獻：

> 民族劇團頗具苦幹精神，經本部按月給予津貼，並商請中央宣傳部、教育部予以補助，並指導其工作。該團已自重慶出發，歷經合川、潼南、遂寧、樂至、簡陽等縣，進抵成都，擬向川康邊境西進。復指示該團工作應注意調查邊民生活狀況及民情風習，尤須促進漢族與各種族間感情。〔註4〕

然而就是這樣一個社會部、中宣部、教育部三大部門共同支持下的劇團，到了中統那裏竟然也被看做「左傾」團體，可見其神經過敏到了什麼程度。更可笑的是這份通報最後還有一段簡短的「附記」：

> 查中國文藝協會重要分子舒舍予(老舍)、宋之的、陳紀瀅、羅蓀、趙清閣均為著名左翼作家，最近老舍等數十人組織文藝協會慰勞團已赴北戰場勞軍，彼輩此行恐與延安中共中央發生其他作用。〔註5〕

這裡提到的幾個作家中，其實只有宋之的、孔羅蓀是真正的左翼作家，趙清閣雖然與不少左翼文人有過交往，但把她列為「著名左翼作家」似乎比較牽強；而老舍當時無疑是一個比較中立的作家，正是由於這一點，他才被選為「文協」的負責人，儘管他在主持文協工作時一直小心翼翼地維護各方面的關係，卻還是讓中統如此的不放心；至於陳紀瀅，雖然早年與東北作家群有過交集，但是彼時已經成為國民參政會參政員，後來更是在 1948 年當選為第一屆「立法委員」，並成為國民黨敗退臺灣後「反共文學」的先鋒。把這樣的人當成左翼作家，是無論如何也說不過去的。更何況，這裡提到的「文協」慰勞團赴陝北勞軍一事，其組織者和主要參與者不僅有老舍等人，還有當時身兼社會部次

〔註3〕《中統局關於重慶文化救國團體及共產黨人活動情況的通報》，《中華民國史檔案資料彙編‧第五輯第二編‧文化（二）》，第 208～209 頁。

〔註4〕《中央社會部工作報告（五屆六中全會）》，收入秦孝儀主編：《抗戰建國史料——社會建設（三）》（《革命文獻》第 98 輯），中國國民黨中央委員會黨史委員會編，1984 年，第 52 頁。

〔註5〕《中統局關於重慶文化救國團體及共產黨人活動情況的通報》，《中華民國史檔案資料彙編‧第五輯第二編‧文化（二）》，第 213 頁。

長、教育部常務次長等多項要職的張道藩，中統的通報裏沒有提到他的名字大概是礙於面子，然而如果連張道藩都不可信，那國民黨還能相信誰呢？〔註6〕

對於自己眼皮底下的重慶的文化團體，國民黨當局尚且如此恐懼，至於其他地區的文化活動，就更是讓他們頭痛了。比如1939年月社會部轉抄的中統局一份關於湖南省社會文化團體的調查報告中，就列舉了許多讓他們不放心的團體，比如《新華日報》湘省讀者座談會、學餘戲劇研究會、明日社、螳螂讀書會、中華平民教育促進會長沙總辦事處、世界語協會、湖南戰時書報供應所、《新華日報》郴縣讀書會等等，在中統眼中，這些組織不是「多站在共黨立場發言」，就是「成員思想左傾」，或者「拉攏思想動搖分子」，總之「大多屬於異黨外圍組織，自未便聽其自然發展，應請擬具應付辦法，分飭遵行，俾資防止，而弭隱患」〔註7〕。再如1939年8月，茅盾、沙公略、張仲實等左翼人士應新疆當局之約，前往新疆工作，先是成立了新疆文化協會，茅盾任正主任，張仲實任副主任，後又由沙公略任《新疆日報》總編輯，同時三人均擔任新疆學院講師，這也引起了行政院的恐慌，認為「該省文化前途應予深切注意」〔註8〕。

而在戰時被稱為「文化城」的桂林，則更是國民政府的心頭大患。1938年月廣州淪陷後，夏衍帶領著一眾左翼文化人士輾轉來到了桂林，並於次年月日復刊了原由郭沫若創辦的《救亡日報》〔註9〕。關於《救亡日報》能在桂林復刊的原因，夏衍雖然強調周恩來等人對桂系的「統戰」工作，但他也承認這與國民黨內的派系鬥爭有關，尤其是李宗仁、白崇禧等地方實力派和重慶的暗中較勁。比如夏衍提到，他剛到桂林不久就拜訪了廣西文化教育界元老李任仁（據說此人曾是白崇禧的老師），李對他說：孫科想在廣西插手，話講得很漂亮，實際上他和CC關係很密切，因此李、白對他採取了「敬遠」的態度，將來你們在桂林辦報，我看他們也會對你們採取同樣的態度的〔註10〕。《救亡日

〔註6〕張道藩在1941年成為文化運動委員會主任委員以後，國民黨內確實有人懷疑他受到了共產黨的影響，參見趙友培：《文壇先進張道藩》，臺北重光出版社，1975年，第165頁。
〔註7〕《國民黨中央社會部抄轉中統局關於湖南省社會文化團體狀況調查報告令湘省黨部擬具應付辦法密函》，《中華民國史檔案資料彙編·第五輯第二編·文化（二）》，第218～223頁。
〔註8〕《行政院請教育部注意茅盾沙公略等在新疆組織文協案的通知單》，《中華民國史檔案資料彙編·第五輯第二編·文化（二）》，第223～224頁。
〔註9〕夏衍：《懶尋舊夢錄》，三聯書店，1985年，第423～428頁。
〔註10〕同上，第424頁。

報》出版後的情形也果然如李任仁所料，廣西當局基本對其採取了放任的態度。雖然當時的桂林也有兩個不受桂系控制的機構，即中央社廣西分社和新聞檢查所，二者都由 CC 系掌控，但是由於與地方當局互相掣肘，它們很難對夏衍等人的活動產生實質性的影響。

　　當然李、白之所以放任左翼文化人士的活動，除了含有與國民黨中央對抗的意圖外，也是為了顯示自身的開明，比如張道藩就曾回憶說，李宗仁為了體現禮賢下士，很慷慨地奉養了一大批著名的文化人士，對他們特別優待，其實是將他們視為自己的政治資本〔註11〕。當時先後在桂林落腳的文化人，不僅有茅盾、胡風、周立波、田漢、洪深等著名左翼文人，還有豐子愷、葉淺予、張曙、賀綠汀等藝術界人士，他們受到了李宗仁、白崇禧的有意收攏，整個廣西文化界的氛圍比較自由。據夏衍回憶，當時桂林的左翼文化團體除《救亡日報》社以外，還有《新華日報》發行所，胡愈之、范長江等辦的「國際新聞社」「中國青年記者協會」，劉季平辦的「生活教育社」；文學方面，有司馬文森主編的《文藝生活》，聶紺弩、孟超、秦似、宋雲彬等主編的《野草》，《廣西日報》闢了一個文藝增刊《漓水》，由艾青主編〔註12〕。更有意思的一個組織是「廣西建設研究會」，它表面上是一個學術研究團體，會長是李宗仁、副會長是白崇禧、黃旭初，常務主任李任仁，委員中包括了李四光、李達、胡愈之、歐陽予倩等知名人士，夏衍也曾擔任委員。這個組織表面上不搞什麼政治活動，但它實際不僅是桂系和各方政治勢力聯繫的紐帶，而且是李、白、黃的一個最有力的智囊集體。這個組織的實際主持者，在國民黨看來都是不折不扣的李、白「嫡系」，因此正如夏衍所說：「只要蔣桂不正式撕破臉，CC 也好，軍統也好，要對這些人下毒手是不可能的。同時，在一定的範圍之內，李、白集團通過這個機構支持了當時從外省遷來的進步組織和個人；必要時，也可以通過這個機構，和中共及其外圍保持聯繫。」〔註13〕這樣的一個組織，已經成為中共在廣西活動的絕佳掩護。

　　中統對於桂林的文化情形一直憂心忡忡，他們曾以致社會部公函的形式，抄送了一份關於桂林文化團體的調查報告，內稱：

　　　　共黨在桂林之活動，以發展文化界工作最為積極，其中心人物

〔註11〕趙友培：《文壇先進張道藩》，第 212 頁。
〔註12〕夏衍：《懶尋舊夢錄》，第 435～436 頁。
〔註13〕同上，第 434～435 頁。

為曾任共黨廣東省委、現任《救亡日報》總編輯之夏衍及共黨文化
名人胡愈之等。彼輩除組織各種文化團體，以為誘引青年、宣傳左
傾思想之工具外，最近又聯絡李任仁發起組織文化供應社，企圖操
縱桂省整個文化界盡作左傾宣傳。並藉李之關係，接近桂省上層人
物，以為彼輩活動之掩護。〔註14〕

該報告頗為詳細地敘述了一些被認為「左傾」的文化團體的情形，比如國
際新聞社、中國農村經濟研究會、文藝界抗敵協會桂林分會、中國青年記者學
會桂林分會、桂林文化供應股份有限公司等等。可笑的是，這份大概凝聚了中
統特務們不少心血的報告被送到社會部後，只得到了社會部長谷正綱短短一
句話的批示：「函桂省黨部，對此類左傾文化團體應加注意，並設法限制其活
動。」然而正如前文所述，左翼文化人士在桂林的活躍，恰恰是地方實力派有
意放任的結果，所以最終這份報告能夠起到多大作用，也就不言而喻了。

第二節　江西的三民主義文化運動與王集叢的三民主義文學理論

就在重慶、桂林、長沙等地的民眾文化團體紛紛被左翼文化人士掌控的同
時，江西卻搞起了熱鬧一時的「三民主義文化運動」。這一運動的始作俑者，
是 1930 年至 1941 年間一直擔任江西省主席的熊式輝，他是一個異常頑固的
反共老手，當年紅軍第五次反「圍剿」失敗，他就是罪魁禍首。熊式輝主政江
西期間，頗為徹底地貫徹了蔣介石提出的所謂「三分軍事，七分政治」的戰略
思想，且比較成功地實施了「管、教、養、衛」的統治手段，強化省主席的黨
政軍一元化領導體系，一直深得蔣介石的信任和倚重，1938 年 1 月，蔣介石
甚至把蔣經國派到了江西，讓他做熊式輝的「學徒」〔註15〕。從 1940 年末到
次年年初，熊式輝幾次三番地在各種場合倡導三民主義文化運動，並最終於
1941 年 2 月 19 日正式成立了「三民主義文化運動委員會」，熊式輝自任主委，
梁棟、楊亮功、葉青（任卓宣）、蔣經國、鄧文儀等 28 人任委員，下設六個專
門委員會，分掌研究、講演、繪畫、電影、播音、文學、戲劇、樂歌、圖書、
出版、新聞、期刊、印刷、供應等事，後又增設第七專門委員會，掌管工業農

〔註14〕《中統局抄送桂林「左傾」文化團體調查報告致社會部公函》，《中華民國史檔
　　　案資料彙編‧第五輯第二編‧文化（二）》，第 233～234 頁。
〔註15〕熊式輝：《海桑集》，星克爾出版（香港）有限公司，2010 年，序言第 14 頁。

業及自然科學等事項〔註16〕。

熊式輝在 1940 年 12 月 21 日的江西省戰時文化座談會上，作了題為《三民主義文化運動之意義及其實施》的講演，集中闡釋了其關於三民主義文化的觀點。他把三民主義譽為「現代中國民族之偉大的創造」，稱其是中國文化的復興、中國國民創造力的復活之標誌，而文化的復興和創造力的復活是一個民族的生存基礎，因此「我們今日發起三民主義文化運動，就是為的要普遍深入的來實踐這一任務，使三民主義的抗戰建國底偉大事業，不僅發揮出我不可侮的軍事力量，同時也能確立其政治的、經濟的，以及文化的基礎」〔註17〕。這場運動的目標有四個，即三民主義的思想化、行動化、學術化、制度化，為此在文化方面急需進行的事業有十二項，分別為研究、講演、圖書出版、文學、戲劇、雕刻繪畫、樂歌、廣播、新聞、期刊、印刷、推銷。最後熊式輝還強調，這場運動既然是一個「革命運動」，就必須要有相應的政策，他提出的五項政策是：獎勵三民主義文化的建設者，扶植贊助三民主義文化的同情者，爭取個人自由主義的中立者，轉變騎牆的動搖者，肅清頑固的反動者，「本著這五項政策，嚴格地執行文化領域中的思想鬥爭，學術批判，制度檢討，行動清算，使一切的文化事業，無保留地，無例外地納入到三民主義的革命正軌中。」〔註18〕

很顯然，按照熊式輝的設想，所謂三民主義文化運動已經不僅是一場文化運動，更是一場政治運動，其根本目的就在於樹立三民主義意識形態在思想領域的權威地位，同時掃除一切「異端」思想。熊式輝在江西的絕對統治地位保證了這場運動的推行，當地的官方報刊如《民國日報》《時代思潮》《大路月刊》《正氣月刊》《三民主義研究通訊》《尖兵》等，都加入了鼓吹三民主義文化運動的行列。同時利用江西省物價較低、印刷成本不高的優勢，「三民主義文化運動委員會」還出版了大量書籍，除在省內廣為傳播外，據說還設法銷往衡陽、曲江、桂林等處〔註19〕。

此外，就在「三民主義文化運動委員會」開始籌備之前不久，由熊式輝發起的國立中正大學（即今江西師範大學的前身）於 1940 年 10 月 31 日正式創

〔註16〕 同上，第 132～135 頁。
〔註17〕 熊式輝：《三民主義文化運動之意義及其實施》。此講演作為附錄收入《海桑集》，見該書第 171 頁。
〔註18〕 熊式輝：《海桑集》，第 176～177 頁。
〔註19〕 《贛區指三民主義文化形成主流，書籍刊物大量出版，運銷各地廣為流傳》，1943 年 3 月 6 日《中央報・掃蕩報聯合版》。

立。這個以「發揚三民主義之學術思想，實驗政教合作之計劃教育，建立民族復興之精神堡壘」〔註20〕為宗旨的大學，公開宣稱自身不同於其他大學的「多偏重於純粹學術研究，以為學術可以中立，定個人絕對自由，而不注重國家當前急切之需要」，所以要改弦更張，「應使教育計劃與政治計劃相呼應，使學校為政府之研究部，政府為學校之實驗場」〔註21〕。在三民主義文化運動中，該校發揮了舉足輕重的作用，很多三民主義文化運動委員會的委員都在該校任教職。比如任卓宣，此人早年赴法留學並加入中國共產黨，曾是中共旅歐總支部負責人之一，但是 1928 年被捕後叛變，到了抗戰期間已經成了著名的「三民主義理論家」，1940 年應熊式輝之邀到江西之後，不但在中正大學講授三民主義課程，還將其在重慶創辦的《時代思潮》也帶到了江西，該刊物鼓吹三民主義文化運動甚力，不少中正大學的學生也在刊物上發表文章。而任卓宣對三民主義文化運動的另外一大貢獻，就是他邀請王集叢來到了中正大學，此人成為抗戰期間第一個系統闡釋「三民主義文學」的「文學理論家」。

本來，在熊式輝的三民主義文化構想中，文學的地位未必比其他各項內容更加突出。比如在他所列舉的三民主義文化運動的十二項事業中，關於文學與戲劇的論述分別是：

> （四）文學——現在社會上的一般文學作品，大多是因襲或抄襲，尤以所謂「普羅文學」的流毒，傳染為最烈，直接間接地或明或暗地在推行反三民主義的「文藝政策」，若干作者編者讀者，有意無意地為人利用，這是大家的恥辱，也是我國文學界的不幸，我們應該積極矗立起三民主義的革命文學底大旗，有計劃地組織並獎勵一般文藝作家，發揮我民族的文化底優越性，大量創造三民主義的文藝作品，尤其要創造有裨於抗戰建國的文學作品，這是每個文學家急需負起的神聖任務。

> （五）戲劇——文字或口頭的宣傳教育，多數民眾還不十分容易接受，演戲卻大家都能懂，而又願意踴躍來看的，民眾學校有教員上課，而很少學生進門，戲院裏每場都是爭先恐後的出錢買票來上學，但沒有教員去上課，這就足以表現我們的文化教育工作底笨

〔註20〕熊式輝：《國立中正大學創立之意義及今後的希望》，作為附錄收入《海桑集》，見該書第 166～167 頁。
〔註21〕同上，第 165 頁。

拙。舊的平劇多是封建時代產品，如《三司會審》等劇本，這和三
民主義抗戰建國有甚麼相干？現在在江西的也不乏對戲劇有興趣，
有天才的人士，盡可請他們聯絡起來，改良舊劇也好，編排新劇也
好，只要做得一般民眾願看，看了又可以收到宣傳教育的效果就行。
我們可以按照劇本的長短從優給予報酬，還讓他保留著作權，以資
鼓勵。原有的舊劇，可加以嚴格的審查，像《風波亭》之類，仍有
相當價值和作用，可酌加修改後繼續上演，其他過時的，反革命的，
沒有意義的戲劇，應加取締。我們只要有三五十齣合乎三民主義革
命原則，表現三民主義的意識形態底新劇或舊劇，就可以訓練演員，
組織劇團，創設或改良各地戲院，長期或巡迴公演，可給予民眾以
長期普遍的正當娛樂。〔註22〕

很顯然這裡所說的「戲劇」並非指新文學門類之一的話劇，而是指傳統戲
曲。熊氏講文學問題的篇幅僅有戲曲問題的一半，這或許是因為在他看來文學
畢竟屬於「文字的宣傳教育」，在民眾中普及的效果不如大家喜聞樂見的戲曲。
另外文學作品傳達意識形態的方式也沒有那麼直接，所以對於熊式輝來說，它
的重要性恐怕也遠遠不如研究（三民主義的學術化）、講演（直接向民眾宣傳
三民主義思想）、圖書出版（出版「先烈遺著」、國民黨的宣言文告等）諸項內
容。只不過熊式輝也意識到了「普羅文學」在當時所具有的廣泛而深刻的影響
力，為了與之對抗，在其關於三民主義文化的宏大構想中，文學才不能不佔有
一席之地。

可是王集叢來到江西後，卻幾乎憑藉一己之力，使得三民主義文學在「理
論化」方面比其他各項事業走得都遠——至少在表面上是如此。王集叢後來回
憶說，他當時痛感左翼文學作品多、讀者眾、影響力大，已經成為了「三民主
義學術化」（這正是熊式輝所提出的三民主義文化運動的「四化」目標之一）
和建設三民主義文學的一大阻力，因而「我本此認識與責任感，即在『三民主
義學術化』的原則下，努力文藝評論工作，『破』『立』並行，一面批評『左翼
作家』的作品，一面研究三民主義的文藝理論。」〔註23〕王集叢被任卓宣邀請
到江西後，負責主編《民國日報·文藝建設》副刊以及《大路月刊》，並於1940

〔註22〕熊式輝：《三民主義文化運動之意義及其實施》，見《海桑集》第174頁。
〔註23〕王集叢：《洞庭無波長沙無恙》，《抗戰時期文學回憶錄》，臺灣文訊月刊雜誌社
　　　　1987年版，第61頁。

年到 1942 年連續在《時代思潮》《大路月刊》《認識半月刊》《三民主義研究通訊》等刊物上發表大量探討三民主義文學理論的文章，後結集成兩本著作，即《怎樣建設三民主義文學》（國民圖書出版社 1942 年 7 月出版）和《三民主義文學論》（時代思潮社 1943 年 2 月出版）。此外他還主編了《三民主義文學論文選》（時代思潮社約 1942 年出版，原書無版權頁，序言末尾署「編者一九四二、二、一八於泰和」），共包括五輯 3 篇論文，其作者除了王集叢本人外，還有趙友培、劉鎮濤、白楓、李殿黃、陸曦、鄭學稼、許欽文等人〔註24〕。

王集叢的三民主義文學理論頗為系統，涉及到了理論根據、時代背景、內容與形式、文學創作、文學批評等方方面面，舉其要者如下：

第一，提倡三民主義文學，首先面臨的一個問題便是如何證明這種文學的必要性與可能性。王集叢在《三民主義文學的理論根據和時代背景》〔註25〕一文中，根據三民主義的理論、文學的本身、中國的社會情形和目前的時代特徵，推導出了「文學的發展，除走三民主義道路，與三民主義相結合以外，實在別無他途」的結論。在《走向三民主義的中國文學》〔註26〕中，他又回顧了中國的新文學從「五四」一直到抗戰時期的發展歷程，認為無論是「西化」的主張、「整理國故」的傾向還是「階級文學」的提倡，在中國都走不通。但他同時又認為，在新文學的歷史中已經包含了「走向三民主義文學」的「必然」傾向，如早在文學革命初期，陳獨秀提出的國民文學、寫實文學、社會文學三大主義，其實已經暗合了民族、民權、民生的三民主義；至於左聯後期提出的「國防文學」和當下的「抗戰文學」，也被認為是一種進步，因為它們畢竟脫離了「不合國情的階級思想」，但是仍不完善，因為一方面它們片面強調「抗戰」而忽略了「建國」，另一方面無論講國防還是抗戰，都要遵循一定的原則，所以按照《抗戰建國綱領》中所說「確定三民主義暨總理遺教，為一般抗戰行動及建國之最高準繩」，文學既然要為國防、為抗戰服務，自然也應該以此「最高準繩」為原則，因此「國防文學」和「抗戰文學」應該更加鮮明其立場，改為三民主義文學。

第二，關於三民主義文學究竟是一種什麼樣的文學，王集叢在《三民主義

〔註24〕該選集所收論文並不限於江西一地，而是發表在《滿地紅》《革命理論》《文藝青年》《文藝建設》《廣東青年》等遍布全國各地的刊物上。

〔註25〕先後發表於 1941 年《三民主義研究通訊》第 24 期和 1942 年《時代思潮》第 45、46 期合刊。

〔註26〕發表於 1941 年《大路月刊》第 6 卷第 1 期。

文學》〔註27〕一文中，試圖以文學的內容與形式為中心問題，來加以探討。他認為，文學的內容並不僅僅指題材，而是「題材、主題、思想和感情構成的」整體；形式則是作品的外形，即表現內容的方法手段。具體到三民主義文學，其內容應該有如下幾個特點：革命精神、科學精神、全民精神和創造精神；而其形式上的特點，則應該是有力的、寫實的、通俗的、時新的。能夠將這樣的內容與形式相結合的文學，即是三民主義文學。另外在《三民主義文學的本質——三民主義文學是表現三民主義思想的革命文學》〔註28〕中，王集叢又從三民主義思想是怎樣的思想、文學是什麼、三民主義文學怎樣表現三民主義思想、何以三民主義主義文學是革命文學四個方面，說明「三民主義文學就是表現三民主義思想的革命文學」。

　　第三，怎樣建設三民主義文學，這是王集叢關注的重中之重。他的兩部專著之一，即以此為題。這部著作共分七章，實即七篇論文，大部分都在刊物上單獨發表過，分別為：第一章《從研究學習中建設三民主義文學》，指出要研究三民主義、研究和學習文學、研究其他相關的學問；第二章《從實際行動中建設三民主義文學》，即以文學手段去描寫和歌詠實際行動，宣傳行動的意義，鼓勵行動的精神，以助行動的開展和成功，同時通過實際行動，使研究三民主義與學習文學的知識得到實驗和印證，力求三民主義理論、文學知識和客觀實情的統一；第三章《從接受遺產中建設三民主義文學》，論述接受文學遺產的重要性，包括中國和世界的文學遺產；第四章《從批判工作中建設三民主義文學》，所要「批判」的對象包括殘餘的封建文學、五四文學革命產生的個人主義文學、「普羅文學運動」以來的「左翼文學」三種；第五章《從學校教育中建設三民主義文學》，強調學校教育並不只是要開設三民主義課程，而是要把三民主義的原則，貫穿到各個學科中；第六章《從社會教育中建設三民主義文學》，這裡的「社會教育」主要是指文藝教育，強調要把三民主義的思想與民眾的實際生活深切地聯繫起來，由此構成社會文藝教育的具體內容；第七章《從政治領導中建設三民主義文學》則明確呼籲制定「正確的三民主義文藝政策」，稱中國國民黨既是「三民主義革命的總司令部」，而建設三民主義文學又是實行三民主義的一個手段，因此必然需要國民黨「政治的組織領導」〔註29〕。

〔註27〕發表於 1942 年《大路月刊》第 7 卷第 2、3 期合刊。
〔註28〕發表於 1941 年《時代思潮》第 31、32 期合刊。
〔註29〕王集叢：《怎樣建設三民主義文學》，國民圖書出版社 1942 年 7 月出版。

　　總的來看，王集叢的一系列著述其實並沒有太多新意，他的「文學理論」多半要麼是老生常談、要麼是空話廢話。然而無論如何，他對「三民主義文學」的理論探討，確實是抗戰期間乃至整個國民黨統治大陸時期關於國民黨官方文學最成系統的論述。從某些文章也可以看出，王集叢的確具備一定的文學理論功底，遠非二三十年代的許性初以及前鋒社諸人可比。另外，不同於此前那些國民黨官方文學之鼓吹者的慣於空喊口號，王集叢還頗為認真地探討起了三民主義文學究竟應該「怎樣建設」的問題，雖然他提出的那些建議，其可操作性往往頗值得質疑，但是和其他國民黨官方文人比較起來，這已經算是難能可貴了。

　　尤其值得注意的是，就在江西的三民主義文化運動風生水起、王集叢的三民主義文學理論探討也正熱鬧的時候，中央文化運動委員會的兩個機關刊物《文化先鋒》《文藝先鋒》先後於1942年9月和10月在重慶創刊，在《文化先鋒》的創刊號上，登載了署名張道藩的長文《我們所需要的文藝政策》，旗幟鮮明地提出了「三民主義文藝政策」。我們雖然找不到證據能證明這與王集叢呼籲的「從政治領導中建設三民主義文學」有直接關係，但是熊式輝發起的三民主義文化運動引起了蔣介石和國民黨中央的注意，卻是有據可查的事實：1941年3月，熊式輝赴渝參加國民黨五屆八中全會，會後他於4月4日受到了蔣介石的接見，熊式輝的回憶錄中記載了他向蔣介石提出的建議：

　　　　余曰：中央一般幹部意志並未集中，思想並未一致，管子云：
　　「久而不親，親而不固，危道也」，乃陳述亟宜為集中意志下工夫，
　　便將「三民主義文化運動」之四化目標詳細陳說，頗蒙嘉許，令即
　　草擬辦法呈閱。〔註30〕

　　4月6日又記：「總裁命將昨日〔註31〕飭擬之『三民主義文化運動』速即呈閱，以備明早講演。」〔註32〕可見蔣介石對此問題確實相當重視。另外熊式輝在此次會議期間，還多次向與會者宣講他的三民主義文化運動，並得到了一些響應。熊式輝在給蔣介石的呈文中特別指出，此時剛剛成立不久的中央文化運動委員會不必因為國共合作的關係而特意避開「三民主義」四字，把自己變成外圍組織，而應該以此為號召，如此才能使三民主義文化運動作為抗戰建國

〔註30〕熊式輝：《海桑集》，第137頁。
〔註31〕前文說作者受到蔣介石接見是在4月4日，此處應為筆誤。
〔註32〕熊式輝：《海桑集》，第138頁。

的前驅，使國民意志、黨員思想、幹部行動都統一在三民主義之下〔註33〕。考慮到當時國民黨在第三廳、文協等官方半官方文藝機構運作上的失敗，以及對於民眾團體的失控，江西作為幾乎唯一一個在推展官方文化運動方面頗有「成就」的地區，其經驗大概讓國民黨中央不能視而不見。因此我們有理由推測：熊式輝發起的三民主義文化運動，以及王集叢為配合此運動而建立的三民主義文學理論，與後來張道藩在《文化先鋒》上提出的「三民主義文藝政策」有密切的關係，後者甚至可以視為前者的成功經驗在全國範圍內的推廣，不過這種推廣能否同樣成功，就是後話了。

〔註33〕《熊式輝呈三民主義文化運動重要性及目標並以確立文化政策統一文化等》，藏於臺灣「國史館」「蔣中正總統檔案」，轉引自吳怡萍：《抗戰時期中國國民黨的文藝政策及其運作》，臺灣政治大學博士論文，2009年。

第七章 「三民主義文藝政策」及相關論爭

第一節 中央文化運動委員會與《文化先鋒》《文藝先鋒》的創辦

幾乎與熊式輝在江西創立「三民主義文化運動委員會」同時，國民黨中央文化運動委員會也在重慶成立。該委員會於 1940 年 12 月籌組，次年 2 月正式成立，起初隸屬於國民黨中宣部，1943 年 9 月擴大編制，並改為直屬中央，1949 年夏又併入國民黨中宣部。不同於第三廳及其後的文工會，中央文化運動委員會倒是一直被國民黨牢牢控制著，其創辦者和領導者，是曾一度出任國民黨中宣部長的張道藩。

不過在其成立之初的一年多時間裏，這個以「綜合各部門的文化工作，集中各部門的文化人才，並由中央主管文化事業各機關一致參加，共同領導，以全力謀克服各種文化事業的困難，充實各種文化工作的內容，並統一全國文化運動的步驟與方針」[註1]為宗旨的機構，並沒有太多積極的行動，它的「成績」遠遠不及國民黨的另外兩個「文化機構」：隸屬於行政院的中央圖書雜誌審查委員會和隸屬於軍委會的戰時新聞檢查局。當然，僅靠消極的查禁書刊、壓制反對派的言論來鞏固自身的文化領導權，這是遠遠不夠的，在共產黨的宣

〔註 1〕《國民黨中央宣傳部文化運動委員會工作綱領》，中國第二歷史檔案館編：《中華民國史檔案資料彙編·第五輯第二編·文化（一）》，第 11 頁。

傳攻勢面前，國民黨的文化部門仍然缺乏有成效的應對措施。尤其是在 1941 年初皖南事變（國民黨方面稱之為「新四軍事件」，它恰好發生在中央文化運動委員會從籌備到成立的那段時間之內）發生後，國共兩黨之間表面上的團結變得越發難以維持，國內的政治鬥爭日趨激烈，中國共產黨藉此機會對國民政府展開了猛烈的宣傳攻勢，而國民黨中宣部雖然為此專門擬定了所謂《特種宣傳綱要》，試圖把製造摩擦、破壞團結的責任完全推給中共一方，但從實際效果看，國民黨在爭取人心方面顯然略遜一籌。一個明顯的例證是：在皖南事變之後的一兩個月之內，共產黨的機關報《新華日報》在國統區的發行量已超過一萬五千份，其影響力直逼《大公報》，竟讓國民黨軍委會辦公廳和中宣部手足無措〔註2〕。

國民政府當然不會甘心在文化宣傳方面一直處於劣勢。1942 年 5 月 1 日，軍委會在致教育部的一封密電中，明確提出要推動「民族文化」的建設，反對自由主義和共產主義的文化〔註3〕，這可以看作是要加強對文化領域的控制的一個信號。此後不久，又發生了一件頗令國民黨的文化部門頭痛的事，那就是毛澤東《在延安文藝座談會上的講話》在國統區的傳佈。《講話》作於 1942 年 5 月，雖然直至 1943 年 10 月 19 日才在《新華日報》上正式發表，但它流佈到了國統區的時間卻要早得多，目前有據可查的、最早向國統區介紹《講話》的文章，是刊登在 1942 年 6 月 12 日《新華日報》上的蕭軍的《對於當前文藝諸問題底我見》，該文介紹了延安文藝座談會第一次會議的情況，並通過「立場、態度、給誰看、寫什麼、如何搜集材料、學習、補充幾個問題」等幾個小標題，基本完整地復述了毛澤東在《講話》引言部分中提出的基本思想。這篇文章在國統區的見報，距離延安文藝座談會結束僅僅二十天，由此可見共產黨在意識形態鬥爭方面的動作之迅速。國民黨方面對此自然不能視而不見，作為應對，他們必須設法提升其官方意識形態的影響力，並制定出相應的文化政策，而由張道藩領導的、已經成立了一年有餘的中央文化運動委員會，此時也不能不拿出一些實際的動作來。《文化先鋒》、《文藝先鋒》就是在這樣的背景下先後創辦的〔註4〕。

〔註 2〕《軍委會辦公廳關於抵制〈新華日報〉發行量猛增辦法與國民黨中央宣傳部往來函電》，《中華民國史檔案資料彙編·第五輯第二編·文化（一）》，第 530 頁。
〔註 3〕《軍委會關於實施當前之文化政策與宣傳原則致教育部密代電》，《中華民國史檔案資料彙編·第五輯第二編·文化（一）》，第 14～19 頁。
〔註 4〕倪偉稱「張道藩依據蔣介石的有關訓示創辦《文化先鋒》」（《「民族」想像與國

　　《文化先鋒》1942年9月1日創刊於重慶，初為週刊，從第1卷第18期（1943年1月1日）起改為旬刊；從第4卷第21、22期合刊（約1945年3月）起，或不署日期，或日期混亂，常有前後兩期日期相同、甚至時間倒錯的現象，疑為不定期出版；從第5卷第12期（1945年11月15日）起所署日期始恢復正常，並固定為半月刊；從1946年第6卷第1、2期合刊起遷往南京出版；1948年9月30日出至第9卷第5、6期合刊（總第205、206期）後終刊。刊物發行人為張道藩，初由李辰冬主編，第1卷第14期起徐文珊參與編輯；自第5卷第2期起僅署「文化先鋒社」編輯；第6卷第9、10期合刊起又改署華仲麐主編，不過第6卷第7期上已出現署名「麐」的社論，故華仲麐實際接編該刊的時間或許稍早。

　　《文藝先鋒》1942年10月10日創刊於重慶，初為半月刊，從第2卷第1期（1943年1月20日）起固定為月刊，從1946年第8卷第5、6期合刊起遷往南京出版；1948年10月出至第13卷第4期（總第76期）停刊。刊物發行人為張道藩，初由王進珊主編，第2卷第2期起改由徐霞村、李辰冬主編，丁伯騮編輯；第3卷第3期起改為李辰冬主編，丁伯騮編輯；第5卷第1、2期合刊起改為趙友培主編；第5卷第5期起編務由徐文珊代理，但仍署趙友培主編；第7卷第1期起僅署「文藝先鋒社」編輯，編務由刁汝鈞代理；第9卷第2期起改署「中央文化運動委員會文藝先鋒社」編輯，主編仍為趙友培。

　　《文化先鋒》、《文藝先鋒》很顯然是一對姊妹刊物，它們不但創刊終刊時間基本一致、發行人均為張道藩，而且實際參與編輯的人員亦有重合，甚至為了爭取訂戶，還規定訂閱過其中之一的讀者，在訂閱另一份刊物時可享受五折優惠。從內容上看，雖然原則上《文化先鋒》為綜合性刊物而《文藝先鋒》為文藝刊物，但實際上二者往往彼此配合、相互呼應，關於「文藝政策」的論爭最初即發生在《文化先鋒》上，這就是一個明顯的例子，只是後來由於和此次論爭相關的文章數量太多，二者才有了一定的分工，即《文藝先鋒》主要登載文藝方面的文章，而《文化先鋒》則「專發表一般學術論文」〔註5〕，不過自此之後《文化先鋒》上仍不時刊載一些文學作品和文藝批評，二者的分工並不像編者所說那樣明確，至多只是各有側重而已。這兩個刊物可以算是中央文化

　　　家統制——1928～1948年南京政府的文藝政策及文學運動》第283頁），但未
　　　注明依據。筆者並沒有發現其他一手資料表明《文化先鋒》與蔣介石有直接關
　　　係，暫且存疑。
〔註5〕李辰冬：《編後記》，《文藝先鋒》第2卷第2期，1943年2月20日。

運動委員會的機關刊物，其中《文化先鋒》自創刊起就標明發行單位為「中央文化運動委員會文化先鋒社」，《文藝先鋒》最初並沒有打出中央文化運動委員會的招牌，直到 1946 年下半年才將「中央文化運動委員會」字樣冠於發行單位「文藝先鋒社」之前，但是刊物各個時期的主要編輯人員如王進珊、李辰冬等均係該委員會中人。儘管《文化先鋒》《文藝先鋒》是一對姊妹刊物，但在創刊之初，這兩個刊物似乎故意要呈現出不同的面貌，前者一上來就大張旗鼓地宣揚「三民主義文化」，而後者則要低調得多，如果不是注意到它的官方背景、以及不時出現的關於「文藝政策」的討論，而僅就刊物上登載的文學作品來看的話，甚至很難看出《文藝先鋒》與其他文學刊物的區別。只要揣摩一下二者的發刊詞中的不同表述，我們就能發現這種耐人尋味的對照。

《文化先鋒》的發刊詞題為《我們的態度》，未署作者姓名，按常理推測可能出於該刊主編李辰冬之手。該文一上來先從「空間性」（「某一民族所處的地理環境」）與「時間性」（「某一民族所處的時代潮流」）兩方面來定義「文化」，緊接著就說自鴉片戰爭以來，舊有的生活方式和傳統的思想體系已經無法適應時代潮流，因而必須做出改變，並列舉了從洋務運動到五四新文化運動、乃至「中國本位文化建設」等種種「新的文化運動」，繼而又追述了「三民主義的國民革命」〔註6〕的偉大業績，然後才說出了「我們的看法」：「三民主義的國民革命……實實在在是一種包含一切，發動一切的中國新文化運動。所謂政治，所謂經濟，所謂社會，乃至人類一切精神的物質的活動，本來都是在文化續業範圍之內的東西。我們站在文化的觀點上看，三民主義的國民革命就是一種最大的新文化運動。」〔註7〕這種對於三民主義的解釋雖然新穎，卻也頗令人困惑：誠然，原則上最廣義的文化可以指人類一切物質和精神產品的總和，但一般而言人們在提到「文化」的時候主要指的還是精神領域，而不會將其內涵無限擴大；如果真的要從「人類一切活動都屬文化範圍」這一角度出發，來說明三民主義的國民革命是文化運動，這實際上毫無意義，因為按此邏輯，我們也可以說任何人發起的任何活動都屬於「文化運動」。更何況，這篇發刊詞的實際目的也不只是要辨明「文化」概念，它還擔負著替即將被建構出來的「三民主義文化」鳴鑼開道的任務，為了讓「三民主義文化」有一個比較清晰

〔註 6〕從該文中所謂「蔣委員長所繼承領導的國民革命運動」云云，可看出此處的「國民革命」似乎是對辛亥革命以來孫中山及其後繼者領導的歷次「革命」的統稱。
〔註 7〕《我們的態度》（未署作者），《文化先鋒》第 1 卷第 1 期，1942 年 9 月 1 日。下文引用同一篇文章時不再注明。

的面目，這裡似乎應該為「文化」劃定一個大致的範圍才對，但是該文卻偏偏以一種最大而無當的方式來理解文化，這不能不讓人感到奇怪。其實可以看得出來，這篇發刊詞《我們的態度》似乎是有意要把「三民主義」和「文化」二者勾連起來，但是它所採用的手段無疑過於簡單化了，甚至有偷懶的嫌疑，這就使得「三民主義文化」亮相伊始便顯得面貌模糊。

更為詭異的，是上面一段引文中對「新文化運動」一詞的「僭用」。在 40 年代，「新文化運動」已經是一個專有名詞，其含義與今天並無不同，即指胡適、陳獨秀等人發起的旨在宣揚以科學和民主為核心的新文化，反對傳統文化的運動。這篇發刊詞的作者顯然也是認同這一點的，因此才會把從洋務運動到「中國本位文化建設」的種種變革，小心翼翼地統稱為「新的文化運動」。可是既然如此，他還要把以三民主義為號召的革命稱為「最大的新文化運動」，這就很耐人尋味了。如前所述，孫中山對於新文化運動本是持反對態度的，他並不認為文化上的「新」比「舊」具有更高的價值，更不可能認同「傳統的思想體系無法適應時代潮流」這樣的判斷，倘若孫中山地下有知，他對《我們的態度》一文作者將他的三民主義和「新文化運動」生拉硬拽在一起的做法，定會感到啼笑皆非。很難揣測《文化先鋒》的編者做出這樣的闡釋是出於何種目的，這或許是為了借助早已獲得合法性的新文化運動來為「三民主義文化」張目，也可能是由於該刊編者中的多數人本身就受過新文化運動的洗禮，因此即便在從事政黨的文化建設時也不能忘情於「新文化運動」的緣故。關於「三民主義文化」之新與舊，後文將有專章論述，故此處僅述其大略。

在拋出了一個無所不包的「文化」概念以後，接下去怎樣來說明建設「三民主義文化」的方法，就成了一個難題。該文先是以浮誇的口氣說：「集中一切的意志與力量以求三民主義的文化之建設，這是何等偉大的工程啊！這個偉大的新文化運動決不是幾個人或幾十個人甚而幾百幾千個人的力量所能勝任；這個重任，全國的哲人學者，以及各科專家當仁不讓，應該共同努力擔負起來。」緊接著就一腳把皮球踢了出去：「我們既有一致的國策，一致的信仰，那麼，全國文化界各部門的哲人學者專家就應該從新考慮一下自己所專長的學科，所從事的工作，今後應當怎樣研究，怎樣進行，庶幾可以達到建設三民主義文化的共同目標。」作為三民主義文化的主要陣地，《文化先鋒》理應就如何建設三民主義文化提出一些實質性的建議，但是這篇發刊詞卻如此輕易地把問題推給了全國的「哲人學者專家」，其「態度」未免有些不負責任。到

頭來，刊物自身的任務只剩下了「供給各位哲人學者專家發揮議論的園地……只要是不背於中華民國建國最高準繩——三民主義的主張言論，本刊無不歡迎」。從高調呼籲建設三民主義文化，馬上滑落到只要「不違背三民主義」即可，這中間難免有偷樑換柱之嫌。實際上，我們若說《文化先鋒》的編者自己對於「三民主義文化」究竟為何物也不甚了然，恐怕不算過苛。

無論如何，《文化先鋒》的發刊詞至少明確地打出了「三民主義文化」的大旗，而相比之下，《文藝先鋒》的發刊詞《敬致作家與讀者——本刊的使命與期望》則顯得態度更為中立。雖然該文和一個多月前發表在《文化先鋒》創刊號上的《我們所需要的文藝政策》同樣署名張道藩，但它遠不像後者那樣有一副官方面孔。該文將創辦《文藝先鋒》的意義歸結為「填補了出版界的空虛，增加了文藝界的貢獻。雖然不能說，這就是沙漠中的綠洲，深谷裏的鶯囀，但至少也該是戰地上的一朵鮮葩，黎明前的幾聲雞唱」〔註8〕，這可謂是十足的文藝腔；當然，作者並沒有忘記提及抗戰建國的時代使命：「我國當前不乏抱負偉大的作家，寫作態度更多真摯，大家都為著國家民族的獨立自由，為著世界人類的正義和平，為著文學藝術的無限前途，振奮著戰鬥精神，艱苦撐持，奔赴理想的鵠的」，雖然這段話裏濃烈的文學工具論色彩似乎和前面表現出來的文藝範兒不大合拍，但它至多也不過是以「國家民族」為號召，而並沒有摻雜什麼黨派意識形態。此外還特意說明《文藝先鋒》願意成為廣大作家「聯絡工作與交換意見的園地」，這似乎又是在呼應《文化先鋒》發刊詞中的論調。

《敬致作家與讀者——本刊的使命與期望》一文中僅有一次出現了「三民主義文藝」字樣，還是在作者重申徵稿啟事中的「四點意見」的時候：「一、加強全國文藝界總動員；二、補充全國讀者精神食糧；三、供給全國作家發表作品；四、促進三民主義文藝建設」。除去第四點外，前三點意見都沒有體現出什麼政治立場，我們僅能從「全國」、「總動員」這類字眼中看出一點官方色彩。而按道理來說，作為中央文化運動委員會的機關刊物之一，《文藝先鋒》本應以宣揚三民主義文藝為最高「使命」，但在這四點意見中，「促進三民主義文藝建設」竟然僅僅是忝陪末座，這也顯得有些不同尋常。

從刊物的實際情形來看，這篇發刊詞有意淡化黨派意識形態色彩，似乎也未必是故作姿態。在《文藝先鋒》創刊一週年之際，時任主編的李辰冬就對於

〔註8〕張道藩：《敬致作家與讀者——本刊的使命與期望》，《文藝先鋒》第1卷第1期，1942年10月10日。下文引用同一篇文章時不再注明。

刊物的開放性表現出了充分的自信：「別的不談，只以『加強全國文藝界總動員』一項而論，已是本刊的一種特色。查查我們刊物史，大多數的刊物都是某一黨，某一派或某一群作家的園地，他們或囿於政策，或囿於偏見，或囿於某種文藝上的主義，不能容納全國的作家於一堂為民族文藝而努力。我們的腦海裏從沒有左傾右傾的觀念，所以也絕不以這些標準來取捨文章。」〔註9〕當然，沒有人會相信《文藝先鋒》真的毫無政治傾向性，因為就在同一篇文章裏，李辰冬還寫道：「建立民族文藝這已是全國作家的一致理想，然不無居心叵測者流在那裏阻礙或破壞，我們為使這些妖怪的形象畢露計，自二卷二期起又增闢『短論』一欄。這一欄就是照妖鏡，我們絕不放鬆一切的怪論與怪事。據說，這些短評頗使某些人頭痛，我們將使他們繼續頭痛下去。」這段話的針對性是不言而喻的，不過也應該看到：正是因為有「短論」一欄集中承擔了意識形態鬥爭的任務，《文藝先鋒》的其他欄目便可以相對超然一些，而不至於過多地受到意識形態的束縛。

　　毫無疑問，《文化先鋒》、《文藝先鋒》承擔著共同的使命，即建設三民主義的文化／文學，然而究竟是什麼原因，使得二者的面貌看起來如此迥異呢？要回答這一問題，恐怕要聯繫到張道藩等人的「身份」上〔註10〕。作為文化官員，張道藩和他的下屬不得不擔當起為官方文化搖旗吶喊的角色，儘管他們可能會有些力不從心；同時作為文人，他們又不可能認識不到文藝創作有其自身的規律，而無法完全聽命於政治。所以，當他們鼓吹三民主義文化——「文化」在他們的理解中可以囊括政治、經濟、法律乃至自然科學等各個領域——的時候，他們的言說就算再含混不清、漏洞百出，至少在態度上還是很坦然的；但是當他們要用官方意識形態來規範文學的時候，卻會變得吞吞吐吐，「猶抱琵琶半遮面」。更有趣的是，有時張道藩會真心以為他的文藝追求和政治理想是可以並行不悖的：「這位既熱愛文藝又堅持反共的官員，把消除共產意識形態和左傾思想看作是文藝自由實現的前提」〔註11〕，他似乎認為，正是由於共產黨將文藝用於宣傳目的，才使得文藝受到了束縛，而他的政治身份恰恰可以讓

〔註9〕冬：《本刊一年》，《文藝先鋒》第3卷第4期，1943年10月20日。
〔註10〕張道藩雖是國民黨文化大員，但也創作過不少新文學作品。另外刊物的主要編輯人員中，王進珊在當時是小有名氣的劇作家、詩人；徐文珊曾在燕京大學師從顧頡剛、胡適等人，畢業後在北京大學等校從事中國歷史的教學和研究。
〔註11〕計璧瑞：《張道藩與國民黨的文藝政策》，《中國現代文學研究叢刊》2012年第1期。

他把文藝從共產意識形態的束縛之下「解放」出來。只不過，三民主義的政治信仰所要求於張道藩的，絕不僅僅是給文藝以「自由」而已，而是還要讓其為我所用，成為另一種宣傳工具。張道藩不得不屈從於這一要求，所以他才會寫出《我們所需要的文藝政策》那樣的文章，但是，從他在兩個刊物上不同的言說姿態中，我們仍能看出其思想的明顯裂隙。這種裂隙，張道藩終其一生都沒能彌合——實際上也無法彌合。

另外，如果考慮到《文藝先鋒》與《文藝月刊》之間明顯存在的繼承關係，其「中立」姿態就更加不難理解了。前文提到，《文藝月刊》的主辦者中國文藝社 1938 年初遷往武漢，並在「文協」的成立過程中發揮了重要作用。同年 8 月，該社又遷往重慶，繼續出版《文藝月刊》的「戰時特刊」。但是由於時局的影響，「戰時特刊」已經完全無法延續全面抗戰爆發之前刊物的輝煌了，王晶的博士論文《〈文藝月刊〉（1930～1941 年）研究》全面描述了此時刊物的困境：首先是篇幅上的變化，「《戰時特刊》的艱難，最明顯的是刊物在規模和內容上的萎縮薄弱，與前期動輒每冊十多萬字的內涵相比，《戰時特刊》的篇幅要貧薄得多……《戰時特刊》的內容含量剛過前期鼎盛時期的一成，約超創業期的三成。」其次是作者隊伍，「《文藝月刊》一直都有作者人數眾多，派別龐雜的持點，抗戰以後，由於全國文藝界的大聯合更是大方容納了左翼的撰稿者，顯出一片團結的大好景象；但實質上，戰爭使得文藝工作者們顛沛流離，忙於生計，創作都失去了安定的狀態，因此《戰時特刊》的作者雖不少，但大都來去匆匆零星疏散……導致刊物整體創作質量有限」，此外還有發行情況，「以前依託官方的正中書局營銷網絡有得天獨厚的優勢和便利，1938 年 1 月移至武漢後就與正中書局雜誌推廣所總代售解約，從此主要集中在重慶及其附近地區銷售」〔註12〕。除了這些客觀上的困難以外，《文藝月刊》編者內部也出現了問題，「戰時特刊」編委會的主要成員是王平陵、徐仲年、王進珊三人，其中王平陵在「文協」成立後即擔任組織部主任，工作重心放在了「文協」上面，而剩下的兩個人也不和睦。胡正強在《王進珊文藝報刊編輯故事摭拾》一文中說：「（徐仲年）工作繁忙且社會活動頻仍，無暇將注意力集中在刊物上。張道藩私下對徐仲年的編輯工作很不滿意，但礙於情面，不便發作，故他找到王進珊，讓他與徐仲年合編《文藝月刊》，並說：『徐是大少爺，大而化之，你

〔註12〕王晶：《〈文藝月刊〉（1930～1941 年）研究》，華東師範大學博士論文，2013 年，第 44～45 頁。

去多做些實際工作。」王進珊參加《文藝月刊》的編輯工作後，徐仲年也就樂得做個拿薪而不做事的『甩手掌櫃』，對刊物不聞不問，一切放手由王進珊處理。」〔註13〕而王晶則對此事有另一番描述：「主要編輯王平陵、徐仲年、王進珊都代表了不同的利益背景和文藝觀念，而由張道藩親自安排來的王進珊應該具備較大話事權，因為重慶階段也正是張道藩逐步接管國民黨文化宣傳部門的實權時期，所以徐仲年才會感喟『然後時過境遷，人事已不如南京那樣單純』，終於徐、王兩人逐步『脫離』了該刊該社。」〔註14〕或許是由於採信了不同當事人的回憶，研究者的結論似乎略有出入，但所述事實則基本一致：更受張道藩信任的王進珊取代了徐仲年，成為《文藝月刊》「不具名的主編」。

不過作為一份官方文藝刊物，《文藝月刊》所受到的最嚴重的打擊，還不是上面所羅列的諸多「內憂外患」，而是它失去了國民政府的眷顧：「由於黨國的文藝宣傳重地已經轉移，從 1938 年至 1941 年間，國民政府基本上是依託政治部第三廳和『文協』來開展文藝工作，中國文藝社的《戰時特刊》相形之下已經無足輕重，到 1941 年，中國文藝社被新成立的中央文化運動委員會全盤收編。」〔註15〕被「收編」之後不久，《文藝月刊》便於 1941 年 11 月停刊。但如前文所述，無論是「文協」還是第三廳，最終都不同程度地脫離了國民政府的掌控，《文藝月刊》停刊以後，國民黨實際上已經沒有真正意義上的、完全掌握在自己手中的文藝宣傳陣地了。在國共之間的意識形態鬥爭異常激烈的背景下，這種情形自然是當局所不願意看到的，所以《文藝月刊》終刊後不到一年，《文化先鋒》《文藝先鋒》即先後創刊。考慮到當初收編中國文藝社的，恰恰是後來以《文化先鋒》《文藝先鋒》為機關刊物的中央文化運動委員會，我們基本可以做出結論：作為國民黨的官辦文藝刊物，《文藝先鋒》的前身正是《文藝月刊》。更何況《文藝先鋒》的首任主編，就是《文藝月刊》後期的真正負責人王進珊，而且在《文藝先鋒》的創刊號上，除張道藩的發刊詞外，第一篇文章就是王平陵的《救治革命文學的貧血症》，王平陵和此前《文藝月刊》的另一位主要編輯徐仲年在《文藝先鋒》上亮相的頻率都相當高，此外就作者隊伍而言，《文藝先鋒》也與《文藝月刊》有相當一部分重合。所以，這兩個刊物之間的繼承關係，是一目了然的。

〔註13〕胡正強：《王進珊文藝報刊編輯故事摭拾》，《編輯學刊》1997 年第 5 期。
〔註14〕王晶：《〈文藝月刊〉（1930～1941 年）研究》，華東師範大學博士論文，2013 年，第 45 頁。
〔註15〕同上，第 46 頁。

　　可以說，《文藝先鋒》不僅繼承了《文藝月刊》的編者和作者隊伍，也繼承了其相對溫和的姿態。但是研究者往往因為王進珊和王平陵、徐仲年等人的人事糾葛，而把他們的立場也想像成互相對立的，比如胡正強說：「王進珊在編輯工作中，逐漸改變了該刊（指《文藝月刊》——引者）原來國民黨右翼文藝刊物的性質，刊登了一些具有進步傾向的文學作品」〔註16〕，而王晶的敘述則正好相反：「國民黨強勢把中國文藝社併入體制內，該社就從一個官方控制下的知識分子公共活動空間，徹底轉化為政府宣傳部口的一個機構，各類骨幹成員紛紛離去，生命力大減，最終刊物社團依次消亡。」〔註17〕很顯然，這種截然對立的表述背後其實是同樣的邏輯：研究者在面對特定的研究對象時，往往會注意到其自身的複雜性，而不至於僅僅因為該對象屬於國民黨官方文藝陣營就將其判為「反動」；但是在評論同一陣營中的其他人或事的時候，卻仍然難免囿於成見。實際上，從《文藝月刊》到《文藝先鋒》，國民黨官方文藝刊物由於種種原因所呈現的溫和姿態，是一以貫之的。

第二節　猶豫不決的「文藝政策」

　　在《文化先鋒》的創刊號上，登載了署名張道藩〔註18〕的長文《我們所需要的文藝政策》（下文簡稱《文藝政策》）。這是1949年以前正面闡揚國民黨文藝政策的最重要文字之一，其歷史價值不言而喻，而其中隨處可見的含混、矛盾、猶豫不決，又十分耐人尋味。因此，該文近幾年來引起了許多研究者的關注，李怡、姜飛等先生都曾著專文探討過這篇文章以及由它引起的爭論。儘管研究者對《文藝政策》的開掘已相當深入，但是鑒於該文的特殊重要性，筆者仍將在借鑒已有研究成果的基礎上，對其做進一步的分析。

　　這篇文章的第一個引人注目之處在於，儘管題為「文藝政策」，但是「政

〔註16〕胡正強：《王進珊文藝報刊編輯故事掇拾》，《編輯學刊》1997年第5期。

〔註17〕王晶：《〈文藝月刊〉（1930～1941年）研究》，華東師範大學博士論文，2013年，第47頁。

〔註18〕按李辰冬的說法，該文實際是由他起草的，並經過了張道藩等人的討論、修訂（李辰冬：《抗戰時期文藝政策的訂立》，原載《中央月刊》第11卷第9期，見李瑞騰編：《抗戰文學概說》，臺北文訊月刊雜誌社1987年版）。不過即便此說屬實，既然該文由張道藩署名，且他也參與了修改討論，就必然會體現他本人的意見。退一步說，無論作者是誰，該文作為宣揚官方文藝政策的文本之屬性都不會改變。

策」制定者本應具有的權威在文中卻鮮有體現，相反，我們看到的往往是商量、讓步乃至自我辯解的口吻。在正面闡釋三民主義文藝之前，作者首先說：

> 本來文藝一向都在自由的環境下發展，雖然它無時無刻不反映政治，無時無刻不受政治的束縛，但始終是不自覺，無意識的，今將三民主義與文藝政策「相提並論」，一定使許多人驚異，以為無稽之談，或投機之論……封建社會、資本社會、共產社會都有它們獨特的文藝，那麼，較之它們更為完美的三民主義社會既是另一樣社會意識的形態，為什麼不能建立自己的文藝呢？封建、資本、共產社會都利用文藝作為組織民眾，統一民眾意識的工具，那麼，我們為什麼不能也拿文藝為建國的推動力呢？〔註19〕

將三民主義理解為與封建、資本、共產社會相併列的「意識形態」，這似乎略顯古怪，正如李怡先生所指出的，一個重視「民族」、「民權」與「民生」問題的民國社會未必是世界與歷史上的獨特創造，封建主義、資本主義、共產主義的社會也有各自的「民族」、「民權」與「民生」設計〔註20〕。不過這裡體現出的作者為三民主義文藝尋求合法性的艱難探索，卻是顯而易見的。緊接著，作者又對幾種可能的反對意見一一作了解釋，如「有人要問，文藝作品是用意象來表現，政治理論是用觀念來顯示，那麼，觀念怎能變成意象，而意象又包含觀念呢？意象與觀念是兩種判然殊異的東西，怎能並為一談呢？」，「又有人要問，文藝作品的效果在美感，政治理論的效用在行動，那麼，行動怎能變成美感，而美感中又怎能產生行動呢？美感與行動又是兩種判然殊異的結果，怎能並為一起呢？」等等。作者如何對這些問題進行解釋並不重要，重要的是其態度本身：「文藝政策」本應是政黨進行思想控制的手段，它必然具有某種不容置辯的權威性乃至獨斷性，但是該文這種不斷的自我辯解，實際上已經構成了對所謂「政策」的消解，而更像是一個文藝界中人在與同仁進行探討。

在提出「文藝政策」之前，作者的態度已顯得猶豫不決，而其提出的政策本身，也是模棱兩可、含糊其辭。作者首先列舉了三民主義「與文藝有關的四條基本原則」：第一，三民主義是圖全國人民的生存，所以我們的文藝要以全民為對象；第二，事實定解決問題的方法；第三，仁愛為民生的重心；第四，

〔註19〕 張道藩：《我們所需要的文藝政策》，《文化先鋒》第 1 卷第 1 期，1942 年 9 月 1 日。下文引用同一篇文章時不再注明。

〔註20〕 李怡：《含混的「政策」與矛盾的「需要」——從張道藩〈我們所需要的文藝政策〉看文學的民國機制》，《中山大學學報（社會科學版）》2010 年第 5 期。

民族至上。由此，作者推論出新的文藝政策，即所謂的「六不」和「五要」：不專寫社會的黑暗，不挑撥階級的仇恨，不帶悲觀的色彩，不表現浪漫的情調，不寫無意義的作品，不表現不正確的意識；要創造我們的民族文藝，要為最受苦痛的平民而寫作，要以民族的立場來寫作，要從理智裏產作品，要用現實的形式。這其中的種種矛盾是顯而易見的，例如作者雖強調「事實定解決問題的方法」，但又認為「總理已經將事實的材料擺在我們面前，我們從事文藝者只要在他的遺教裏汲引材料，解決問題就夠了」；在「六不」裏有「不專寫社會的黑暗」、「不挑撥階級的仇恨」，但「五要」中又出現了「要為最受苦痛的平民而寫作」，如此等等。對於這些矛盾，無論是當時與張道藩進行論爭的梁實秋，還是今天的研究者，都從各種角度做過論述與分析，故本文不再贅述〔註21〕。

如前所述，《文化先鋒》的創刊有一個重要背景，即毛澤東《在延安文藝座談會上的講話》在國統區的廣泛傳佈。而張道藩的《文藝政策》，則帶有明顯的與《講話》唱對臺戲的意味，只不過沒有講明而已。其原因按照張道藩後來的說法，是「那時正是『國共合作』期間，共產黨雖然蓄意自毀諾言，我們不能不顧全大局；許多話都不便明說，只能從字裏行間來暗示」〔註22〕。不過雖然同為「文藝政策」〔註23〕，這兩個文本卻呈現出了截然不同的面貌，它們之間的反差是饒有意味的。

儘管政治立場相反，但是《講話》與《文藝政策》所關注的問題其實非常相似。首先，二者都談到了文藝與政治的關係，只不過不同於《文藝政策》的猶豫不決、底氣不足，《講話》在此問題上的態度則是斬釘截鐵，其引言部分就指出：「我們今天開會，就是要使文藝很好地成為整個革命機器的一個組成部分」，結論部分又說：「無產階級的文學藝術是無產階級整個革命事業的一部

〔註21〕 關於梁實秋的觀點，後文分析「文藝政策」論爭時還將提及。近幾年來研究者對此問題的論述，參見李怡：《含混的「政策」與矛盾的「需要」——從張道藩〈我們所需要的文藝政策〉看文學的民國機制》，《中山大學學報（社會科學版）》2010 年第 5 期；姜飛：《文藝與政治的合縱連橫——關於抗戰時期「文藝政策」的論戰及其他》，《現代中國文化與文學》第九輯，巴蜀書社，2011 年；計璧瑞：《張道藩與國民黨的文藝政策》，《中國現代文學研究叢刊》2012 年第 1 期。

〔註22〕 趙友培：《文壇先進張道藩》，重光出版社 1975 年版，第 194 頁。

〔註23〕 關於《講話》的性質，研究者往往將其理解為毛澤東的文藝思想、文藝理論，而袁盛勇先生則令人信服地指出：它其實是共產黨的「文藝政策」，如何實現「黨的文學」才是它要處理的核心問題。參見袁盛勇：《〈講話〉的邊界和核心》，《文藝爭鳴》2012 年第 5 期。

分，如同列寧所說，是整個革命機器中的『齒輪和螺絲釘』，因此，黨的文藝工作，在黨的整個革命工作中的位置，是確定了的，擺好了的。」〔註24〕顯而易見，在毛澤東那裏，文藝從屬於政治甚至從屬於政黨，這是理所當然、絕對不容商量的，而張道藩卻毫無這樣的氣魄。

其次，「為什麼人的問題」也是《講話》與《文藝政策》共同關注的，《講話》中的表述是：文藝是為著「人民大眾」的，亦即據說占人口總數百分之九十以上的「工人、農民、兵士和城市小資產階級」。《文藝政策》則與此針鋒相對：「我們創造三民主義文藝的對象是那些呢？是『全民眾』。以往的作家都多少帶點階級性，我們要絕對泯滅階級的痕跡而創造全民性的文藝。」如此肯定的語氣，在整篇《文藝政策》中幾乎是絕無僅有的，這自然是因為，強調階級性還是民族性，是國共兩黨之分歧的最重要焦點，所以張道藩無論在什麼地方讓步，也不能在此處讓步。如果說張道藩關於文藝與政治關係的「答辯」，可以看做是以自由主義作家為假想中的對手的話，那麼在文藝的對象問題上，他則是與共產黨直接對壘，所以他必須拿出儘量強硬的姿態來。

再次，與「為什麼人的問題」密切相關的，是作家的創作方法與創作態度的問題，這在《講話》與《文藝政策》中也都有各自的表述。二者都對那種「為藝術而藝術」的態度進行了嚴厲的批判，《文藝政策》一上來就說：「抗戰後我國文藝界起了變化，走出象牙之塔而趨向社會，趨向大眾。文藝已不是有閒階級的唯美主義者們在貧乏的內容上玩弄文學的東西，而變成了抗戰的生力軍。它負起了喚起民眾，組織民眾的積極責任。它擺脫掉專門學者，美學家，以及超然派的文藝家們的羈絆，而跳到從事社會工作者的懷裏，與抗戰建國發生關係。唯智主義的美學原理，文藝原理……與現實社會脫節，而不夠作文藝創作的指導。」《講話》中關於普及與提高關係的論述、對所謂「陽春白雪」的諷刺等等，都體現了與之類似的觀點，但《講話》顯然走得更遠，它所要求於作家的並不只是「喚起民眾，組織民眾」——這在毛澤東看來仍然過於高蹈——而是要「和群眾打成一片」，甚至在「群眾」面前認識到自身的罪惡：「拿未曾改造的知識分子和工人農民比較，就覺得知識分子不乾淨了，最乾淨的還是工人農民，儘管他們手是黑的，腳上有牛屎，還是比資產階級和小資產階級知識分子都乾淨。」這裡所說的已經不是創作態度，而是階級意識了，如此居高臨

〔註24〕 毛澤東：《在延安文藝座談會上的講話》，《解放日報》1943 年 10 月 19 日。下文引用同一篇文章均出自此版本，不再注明。

下的對於知識分子的審判，可謂非政治家的大手筆莫辦。張道藩固然可以抨擊「有閒階級的唯美主義者」，但他絕不敢向整個知識分子階層宣戰。

另外，《講話》與《文藝政策》還會不約而同地提到一些具體的創作問題，其中最突出的便是「歌頌與暴露」問題。《講話》批判了各種由於「缺乏基本的政治常識」而引起的「糊塗觀念」，其中大部分都與此問題有關，如「從來的文藝作品都是寫光明和黑暗並重」、「從來文藝的任務就在於暴露」、「還是雜文時代，還要魯迅筆法」、「我是不歌功頌德的，歌頌光明者其作品未必偉大，刻畫黑暗者其作品未必渺小」等等，如此不厭其煩的列舉，表明了毛澤東對於「歌頌與暴露」問題的重視程度。無獨有偶，《文藝政策》中提出的「六不」之第一條，就是「不專寫社會的黑暗」。不過在兩篇文章相似的表述背後，卻存在著完全不同的邏輯：張道藩首先是承認黑暗的存在的，他在文章中會提到「軍閥的跋扈，內戰的頻仍，政治的黑暗，官僚的貪污，社會的紊亂，民生的痛苦，教育的失軌，青年的墮落」等等，他只不過要指出，文藝的任務並不僅僅是反映社會現實，還要用理想去「改造現實、發展社會、美化生活」，所以他批評「一般人對三民主義的理想社會還無深刻的認識」，強調作家對社會要有「整個的認識，整個的理想，整個的改造辦法」。不過即便是講改造現實，那也要首先認清現實中的缺點，所以在張道藩的邏輯中，「暴露黑暗」並沒有被完全否定，他只是強調不能「專寫」黑暗而已。至於《講話》，則將「歌頌與暴露」問題直接與作家的階級立場捆綁在了一起：「你是資產階級文藝家，你就不歌頌無產階級而歌頌資產階級；你是無產階級文藝家，你就不歌頌資產階級而歌頌無產階級和勞動人民：二者必居其一。歌頌資產階級光明者其作品未必偉大，刻畫資產階級黑暗者其作品未必渺小，歌頌無產階級光明者其作品未必不偉大，刻畫無產階級所謂『黑暗』者其作品必定渺小。」這種二元對立的表述是何等的簡捷明快，在此邏輯之下，歌頌與暴露的對象被做了嚴格的規定，如若違反，那就不是文藝問題，而是政治立場問題。毛澤東也不是完全否認革命隊伍內部存在缺點和不足，但是寫工作中的不足「只能成為整個光明的陪襯」，而人民大眾的缺點只能「用人民內部的批評和自我批評來克服」。如此一來，「歌頌與暴露」的問題就被解決得乾淨徹底，而絕不像《文藝政策》那樣拖泥帶水。

總的來看，作為「文藝政策」的《講話》確實遠比《文藝政策》更加貨真價實。《講話》將政黨對文藝的要求闡釋得明晰而系統，從方方面面為作家的

創作提供了指針，而相形之下《文藝政策》則顯得有幾分曖昧，不是欲說還休、遮遮掩掩，就是模棱兩可、甚至自相矛盾。難怪後來臺灣的文學史家在回顧這段歷史時會說，「這一篇文字，嚴格的說來，算不上文藝政策，只是張道藩對於文學創作的討論。」〔註25〕在這場「文藝政策」的對壘中，國民黨一方的失敗是顯而易見的，不過這並不能歸咎於張道藩（或許還包括李辰冬等人）的無能，而是因為：此次對陣的雙方根本就不在一個層次、一個級別上。毛澤東作為政治領袖，他和他的政黨不僅在其統治區域內擁有充分的控制力，而且在全國範圍內都具有相當的影響力和感召力，所以毛澤東在制定文藝政策時，可以集政治上的權威性和道德上的優越感於一身，他並且可以有充足的自信，確信其文藝政策將得到堅定不移地貫徹和執行，所以在他的發言姿態中，我們看不到絲毫的猶豫。而張道藩等人則恰恰相反，他們只是國民黨的文化官員，而且自身也具有文人身份，所以他們一方面缺乏高屋建瓴的氣勢，對於制定「文藝政策」一事本來就未必有多少自信，另一方面，他們又不能忘記文藝創作有其自身的規律，無法完全被政治所規約，這樣一來，他們在發言時就只能採取商量的口氣，而且有時難免陷入進退失據、左右為難的窘境。

有論者認為，由於張道藩等「文藝政策」推行者自身的身份矛盾，「最終為中國文學的民國官方控制留下了諸多的漏洞和破綻，當然，也就為文學的發展騰挪出了可觀的自由空間。」〔註26〕如果單從《文藝政策》這一文本來看，上述結論無疑是成立的，不過需要指出的是，「文藝政策」絕不是國民黨用來控制文藝的唯一手段，消極的審查、禁燬書刊與積極的制定文藝政策，在國民政府的文化部門看來應該是相輔相成的，而且前者的作用有時甚至更加重要。1938 年 7 月，國民政府頒布了抗戰期間的圖書雜誌審查標準，其中開列了種種應該加以禁止的「不當言論」，我們不妨摘錄數條如下：

（甲）謬誤言論：

三、立論態度完全以派系私利為立場，足以妨礙民族利益高於一切之前提者；

四、其鼓吹之主張不合抗戰要求，足以阻礙抗戰情緒，影響抗戰前途者；

〔註25〕周錦：《中國新文學史》，長歌出版社 1976 年版，第 554 頁。
〔註26〕李怡：《含混的「政策」與矛盾的「需要」──從張道藩〈我們所需要的文藝政策〉看文學的民國機制》，《中山大學學報（社會科學版）》2010 年第 5 期。

　　五、故作悲觀消極論調，或誇大敵人，足以削減抗戰必勝之之
信念者；

　　（乙）反動言論：

　　五、鼓吹偏激思想，強調階級對立，足以破壞集中力量抗戰建
國之神聖使命者。〔註 27〕

　　如果將張道藩在《文藝政策》中列舉的所謂「六不」與上述禁令做一番對
比，我們不難發現其間存在的頗令人尷尬的聯繫。張道藩等人的文人身份會影
響到其制定的文藝政策、使其出現裂隙，這固然是事實，但他們的文化官僚身
份在此至少也是同等重要的，所以儘管他們的言論有時會顯出幾分溫和，但我
們不能因此而忘記站在他們背後的是一個推行嚴厲的文化專制的政府。總之，
面對《文藝政策》這樣一個相當複雜的文本，我們一方面要注意到其內在的矛
盾與裂隙，另一方面也不能將這種裂隙過分誇大，尤其是，當我們通過作為文
本的「文藝政策」來考察特定歷史社會條件下的文學空間的實際樣態時，更應
格外小心。

第三節　詭譎的「合縱連橫」：《文藝政策》引發的論爭

　　《文藝政策》發表後，不久即引起了熱烈的討論，其中既有國民黨內人士
的助陣與捧場，亦有自由主義者的詰難和質疑，更有共產黨的辯駁與反擊。在
論爭期間，《文化先鋒》第 1 卷第 8、20、21 期先後三次推出特輯，而《文藝
先鋒》第 2 卷第 1、4 期也刊發了相關的討論文章，此外一些其他的國民黨報
刊以及共產黨的《新華日報》也參與了論戰，一時形成了頗為浩大的聲勢。耐
人尋味的是，在這場三方混戰中，誰與誰為敵、誰與誰為友，往往會變得很難
分辨：有的時候，某一方會採取把相互為敵的另外兩方扯到一起的論辯策略，
也有的時候，某一方甚至會引用本應是其論敵的另一方觀點，來作為例證反駁
第三方。有論者將此情形喻為「合縱連橫」〔註 28〕，是再恰切不過的。

　　首先出來對《文藝政策》發表意見的是梁實秋。他在《關於「文藝政策」》
一文中，一上來就說：「文藝而有政策，從前大概是沒有的，有之蓋始於蘇

〔註 27〕《國民黨修正抗戰期間圖書雜誌審查標準》，《中華民國史檔案資料彙編・第
　　　　　五輯第二編・文化（一）》，第 552～553 頁。
〔註 28〕姜飛:《文藝與政治的合縱連橫——關於抗戰時期「文藝政策」的論戰及其他》，
　　　　　《現代中國文化與文學》第九輯，巴蜀書社 2011 年版。

聯。」〔註29〕接著回顧了魯迅以及左聯從蘇聯引入「文藝政策」的舊事，並譏之為「奉命開場，奉命收場」。他認為「站在文藝的立場上來看，現今世界各國只有兩個類型，一個是由著文藝自由發展，一個是用鮮明的政策統制著文藝的活動。前者如英美是，後者如蘇聯德義是。」顯然，對於國民政府而言，「蘇聯德義」（或者還包括國內的左翼）要麼是意識形態上的敵人，要麼是軍事陣線上的敵人，所以梁實秋有意將文藝政策說成是他們所特有，似乎是想說，國民黨不該學其對手的樣，而應該像英美等「民主國家」那樣讓文藝自由發展。不過梁實秋反對文藝政策的態度並不堅決，他在同一篇文章中還說：「如果我們把文藝當做達到某種政治經濟的目的的工具（用普羅的術語說則是『武器』），而且政府想來用這個工具，則文藝政策的建立是有其必要的。」他甚至還就推行文藝政策的具體辦法（即「獎勵與取締」）提出了一些意見，如要解決優秀作家的生活困難，以及文藝審查標準的不容易確立等等，這些意見似乎很難分清到底是拆臺還是補臺。總的來看，《關於「文藝政策」》一文的態度頗有些游移不定。

其實，這並不是梁實秋第一次對「文藝政策」發表意見。早在 1929 年，他就針對當時國民黨宣傳會議通過的「確定本黨之文藝政策案」，而提出：「以任何文學批評上的主義來統一文藝，都是不可能的，何況是政治上的一種主義？由統一中國統一思想到統一文藝了，文藝這件東西恐怕不大容易統一罷？……據我看，文學這樣東西，如其是有價值的文學，不一定是三民主義的，也不一定是反三民主義的，我看還是讓它自由的發展去罷！」〔註30〕次年他又針對魯迅翻譯的蘇聯《文藝政策》評價道：「『文藝』而可以有『政策』，這本身就是一個名辭上的矛盾。俄國共產黨頒布的文藝政策，裏面並沒有什麼理論的根據，只是幾種卑下的心理之顯明的表現而已：一種是暴虐，以政治的手段來剝削作者的思想自由；一種是愚蠢，以政治的手段來求文藝的清一色。」〔註31〕把梁實秋批評左右兩方的「文藝政策」的言論對比來看，其態度或許不無可指謫之處：他對政治上處於被壓迫地位的左翼，顯然比對處於統治地位的國民黨更為嚴厲而苛刻。不過我們沒必要做那種「誅心之論」，實際上，儘管作為一個自由主義者，梁實秋對國共雙方的「文藝政策」都不可能認同，但梁實秋同時還是白璧德的中國門人、新人文主義的忠實信徒，所以他必然對共產黨提倡

〔註29〕 梁實秋：《關於「文藝政策」》，《文化先鋒》第 1 卷第 8 期，1942 年 10 月 20 日。下文引用同一篇文章時不再注明。
〔註30〕 梁實秋：《論思想統一》，《新月》第 2 卷第 3 期，1929 年 5 月 10 日。
〔註31〕 梁實秋：《所謂「文藝政策」者》，《新月》第 3 卷第 3 期（未標明出版日期）。

的階級鬥爭、暴力革命更加反感，而對於三民主義提倡的「仁愛」等傳統道德則可能產生某種共鳴。在《關於「文藝政策」》中，他就對張道藩基於「民生」觀點提出的「文藝要以全民為對象」表示了贊同：「『文藝要以全民為對象』，這個主張我認為是很合理的。強調文藝的階級性，那乃是共產主義者的一種策略。文藝所描寫的對象，真正講來，是『人性』，亦即是人類所同有的基本感情與普遍性格。」由此出發，他又指出了張道藩強調要為「勞工勞農」寫作是自相矛盾。顯而易見，梁實秋借著對張道藩《文藝政策》的評價，彈的還是其古典主義文藝觀的老調。

對於這種出自文化名人之手的相對溫和的批評，張道藩自然是樂於回應的，他的答辯文章就與梁實秋的文章發表在同一期的《文化先鋒》上。這篇《關於文藝政策的答辯》採取的策略是亦攻亦守、有進有退，它把這次論戰的複雜性進一步凸顯了出來。張道藩首先指出：「三民主義不是獨裁主義，也不是勞工勞農的專制主義，所以我們不希望以三民主義的文藝政策與日，蘇，德，義的文藝政策相提並論。」〔註32〕當然，撇清三民主義與獨裁、專制的關係，絕不意味著張道藩會認同梁實秋的自由主義觀點，針對梁實秋批評在蘇聯等國「文藝作家是一種戰士，受嚴格的紀律」，張道藩直截了當地說：「我們現在在抗戰，在建國，實際上，『文藝作家是一種戰士』，（這是文藝界同仁公共承認的），而戰士得步調一致，得『受嚴格的紀律』。」正是因為「文藝的紀律至今尚未定出」，所以他才說出自己的觀點，以拋磚引玉。他甚至讚揚蘇聯的文藝政策「因為合於蘇聯國情合於蘇聯的現實需要而在蘇聯得到了成功」，在他看來中國左翼文學的「失敗」並不表明文藝不能有政策，只是由於左翼從蘇聯照搬的文藝政策不適合中國國情，所以才要建立「適合我國現實需要」的三民主義文藝政策。由此看來，梁實秋借「蘇聯德義」來否認張道藩之文藝政策的意圖不僅沒有實現，反倒正中其下懷，這對天真的梁實秋無疑是一個莫大的諷刺。

如果說「順勢」肯定蘇聯的文藝政策，表現了張道藩答辯中的強硬一面的話，那麼他對文藝政策之開放性的強調，則又可以看做是一種退讓：「乾脆講，我們提出的文藝政策並沒有要政府施行統治文藝的意思，而是赤誠地向我國文藝界建議一點怎樣可以達到創造適合國情的作品的管見。使志同道合的文藝界同仁有一個共同努力的方向」，「所以我們並未稱為『政府的文藝政策』或

〔註32〕 張道藩：《關於文藝政策的答辯》，《文化先鋒》第 1 卷第 8 期，1942 年 10 月 20 日。下文引用同一篇文章時不再注明。

『中國的文藝政策』，而只稱為『我們所需要的文藝政策』，這裡含蓄著盼全國的文藝界來批評，補充。以求一全國一致同意的文藝政策。」張道藩的上述辯解實在有些讓人莫名其妙：既云「政策」，那自然應該理解為國家或政黨為實現某種目的而制定的、強制民眾遵守的行為準則，可是他卻說「文藝政策」與國家、政府無關，而要由「全國的文藝界」來共同制定，那這還算什麼「政策」？張道藩的這番答辯，不但沒能澄清《文藝政策》一文中的曖昧之處，反而讓「文藝政策」的面目更加模糊不清。

《關於文藝政策的答辯》還有一個很有趣的特點，就是它在為文藝政策辯護的時候，似乎要刻意避免激怒共產黨。本來，梁實秋的文章中多有向左翼挑釁的言辭，如左聯「奉命開場，奉命收場」、拿不出「貨色」，在蘇聯「不合於某一種『意德沃洛基』的作品是不能刊行的，有時還連累作者遭受迫害，不能在本國安居，或根本喪失性命」等等，另外對左翼文學界的旗幟性人物魯迅，也幾次三番加以嘲諷。而張道藩在回應梁實秋的時候，則只是說在中國並沒有迫害作家的事實、提出文藝政策並非「奉命開場」等等，至於梁實秋對左翼和蘇聯的那些評價，他則基本上不置可否，對於梁實秋屢次提及的魯迅，他也完全繞開。這自然不是因為張道藩對共產黨的反感程度不如梁實秋，而只是因為在抗戰期間國共合作的背景下，他不得不做出「顧全大局」的姿態而已，至於梁實秋，則因為並無明顯的黨派立場，所以說起話來反倒可以無所顧忌。張道藩在《關於文藝政策的答辯》的結尾處說：「因為梁先生的辯論態度是太可敬可愛了，我們不覺地寫出了一些答辯，至於當否？仍乞指教！」讓張道藩感到「可敬可愛」的，恐怕除了梁實秋的坦誠以外，還在於他實際上說出了自己想說而又不方便說出的話吧？

當然，張道藩遇到的批評並不都那麼「可敬可愛」，沈從文的《「文藝政策」探討》就會讓他很不舒服。這篇文章雖然題為「探討」，但是似乎無意與張道藩進行正面的討論，而是拉拉雜雜地對國民政府十餘年來的各種文藝政策，從頭到尾奚落了一遍。該文首先簡要回顧了從晚清直至五四時期的各種文學工具論主張，並肯定了其對「社會重造」、「國家重造」的積極意義，但緊接著就一轉：「然而到國家注意及這方面，想把它當成一種政策來好好運用時，作來似乎總不見得十分順手。」〔註33〕在他看來，其原因一是「工具的誤用與濫

〔註33〕沈從文：《「文藝政策」探討》，《文藝先鋒》第 2 卷第 1 期，1943 年 1 月 20 日。下文引用同一篇文章時不再注明。

用」，即文學自五四以來多被用於破壞否定方面，由此造成的惡果影響至今；二是政府文化部門的主事者「對文學『是』什麼『能』什麼認識不大清楚」，所以從沒把作者當專家看待，而只把他們當成「副官」、「庶務」、「秘書」一類人。因此他認為：

> 文藝政策原是個空洞名辭，歷來就不大認真。採用的方法居多是消極的，防禦的。或用收容制度消耗他們的能力，使用之於無意義方面去，或用審查制度限制他們的發展，使有能力的亦無從好好使用。負責人對這件事儘管好像有個理想，在培養作家來實現它，事實上就只有一句話，「請莫搗亂」。

對於抗戰以來國民政府設立的第三廳、文藝獎助金管理委員會、婦女文學作品獎金、教育部學術獎金等等，沈從文也逐一進行了評價，其間多有尖刻的嘲謔之辭，如提到第三廳成立之初號稱每月經費百萬、但實際可用的不足十分之一時，說「倘若只在表面上裝點一下，出幾個刊物，辦兩份報紙，插一下老朋友小夥計，那麼每月百萬元自覺太多，有三五萬元也很夠點綴場面，敷衍敷衍某某人或某某方面了。」他還上溯到了30年代的「民族主義文學」運動，提到《文藝月刊》每月耗費不足兩千元時，評價同樣刻薄：「古人說：『豚蹄祝年豐』，借喻為所費者小所望則太奢。然而若把它來用作國家文藝政策所費數額比較，鄉下人許願，就不免還算是近於浪費了。因為兩千元是個多小的數目，『民族主義文學』又是個多大的題目！」「如果這個政策當時的用意，本不在培養作家鼓勵優秀偉大作品的產生，倒側重在抵制那些投機分子的活動，並爭取幾個無所屬的作家，來幫忙點綴點綴政治場面，增加首都一點兒文化空氣，我們還得承認，這是北伐成功後國家花錢最少而成功最大的一件工作。」不過，沈從文絕不是反對政府制定文藝政策，在該文的結尾，他明確指出：許多中國人都在「實際主義」的漩渦裏打轉，而失去了信仰與忠誠，在此情況下，為了培養國民對「主義」和「黨」的感情，從而重塑民族的熱情與理性，「我們還得承認文學作品實在是唯一工具，善用文藝政策，又正是唯一培養文學作品的方法！」他所批評的，只是以往及現有文藝政策的不妥當、不完善而已。

儘管沈從文的《「文藝政策」探討》可謂尖銳有餘，但是除此之外，它實在乏善可陳。沈從文把國民黨的文藝政策概括為「請莫搗亂」一句話，這固然在某種程度上擊中了要害，但他自己對文藝政策的意見，則用一個字就可概括：「錢」。他的那些冷嘲熱諷，說來說去無外乎兩件事，一是捨不得花錢，一

是不會花錢。在文章後半部分，他提出了確立新的文藝政策的兩個原則，一是「看法不同」，即把作家看成「專家」而非公務員，一是「辦法不同」，即文藝政策的主事者應為一個或一群專家，而不是那些官僚。但說到具體落實這兩個原則的方案，他強調的仍然是如何設立獎金獎勵作家、如何資助作品出版流通等等。當然，經費問題確實是文藝政策中的一個重要方面，但未必是最重要的，如果認為政府只要會花錢、花了足夠的錢就能建立起有效的文藝政策，那未免有些淺薄。而且，沈從文的設想根本就是不切實際的，他提出，要政府撥出鉅資（「從各國退還庚款提出五百萬到一千萬塊錢」）作為基金以獎勵作家，但又不要求文學來點綴時局，而是「把它當成一種『學術』，於一種廣泛限度內，超越普通功利得失，聽這種作者在自由思索自由批評方式下作各種發展。」如此一來，所費要比以往高出百十倍，又不能立即見效，但它的影響「必然將延續到三五十年後」。設想固然美好，但是遍尋古今中外，恐怕我們也找不到如此「開明」的政府，而在國難當頭的抗戰時期，政府更不可能有金錢和精力來做這種文化上的慢工夫。

　　進一步講，文學究竟有何特殊之處，而值得在社會文化各部門中，獨獨受到如此優厚的待遇？沈從文對此有相當樂觀的認識：「私意還以為明日的中國，不僅僅是一群指導者，設計者，對於民族前途的憧憬，能善於運用文學作工具，來幫助政治，實現政治家的理想為了事。尚有許多未來政治家與專家，就還比任何人更需要受偉大的文學作品所表示的人生優美原則與人性淵博知識所指導，來運用政治作工具，追求並實現文學作品所表現的理想，政治也才會有它更深更遠的意義！」一般而言，自由主義作家往往被認為是反對工具論、功利主義的，但是沈從文此處對文學功用的強調，恐怕不比中國近代以來的任何一種功利主義文學觀遜色，所不同的，只是沈從文提倡的是一種「超功利的功利」，用他自己的話說，則是要讓文學作品「成為明日指導者的指導」。看來，沈從文就差沒有學柏拉圖主張統治者應是哲學家那樣，主張政治家自身也應成為文學家了。這種文學觀，恐怕無論放到什麼時代都會顯得過於天真。

　　實際上，與梁實秋相比，沈從文更加明確地表示了對於政府制定文藝政策的支持，只不過他的文章裏除了不留情面的冷嘲熱諷，就是不切實際的要求與建議，所以它雖然被登在了《文藝先鋒》第二卷第 1 期的卷首，但是無論張道藩還是其他國民黨文人，對此都沒有半句回應。更令人尷尬的是，此次「文藝政策」論爭結束後，張道藩親自編輯了一部《文藝論戰》（正中書局，1944 年

出版），裏面收入了論爭中的幾乎所有重要文章，卻獨獨遺漏了沈從文的《「文藝政策」探討》。因此，這篇文章就成了這次熱鬧的論爭中最為寂寞的聲音。

左翼陣營在這場論爭中也沒有袖手旁觀，在《文藝政策》發表後不到一個月，《新華日報》上就出現了一篇題為《鴕鳥》的短文，不過該文並沒有對張道藩的文章進行全面的批評，而只是攻其一點，即「近來嚷嚷得頗為熱鬧的『不描寫黑暗』」。該文將「不描寫黑暗」的論調譏為「鴕鳥主義」：「他們不敢正視現實的黑暗，於是索性任其擴展陰影，而自己則以引領於未來的光明幻覺為滿足！自身固終不免仍為漆黑一團，卻先置文藝於死境。」〔註34〕這種批評顯然是不得要領的，因為張道藩的原話明明是「不專寫社會的黑暗」。《文藝先鋒》第2卷第2期上的短論《開天窗的手法》就對此進行了還擊，說有人故意漏看一個字，用「開天窗的手法」歪曲張道藩的觀點，讓人懷疑其實際用意乃是贊成「專描寫黑暗」〔註35〕。緊接著的一期《文藝先鋒》上又出現了一篇《現實只有黑暗嗎？》，強調「在全民族爭生存的決鬥中」，不能只看到一點缺點就「灰心喪志」〔註36〕。對此左翼陣營並沒有繼續回應。可以說在這一回合的較量中，左翼陣營沒占到什麼便宜。

耐人尋味的是，無論是左翼批評張道藩的文章還是《文藝先鋒》上的反擊文章，雖然針對性相當明顯，但雙方都沒有指名道姓，似乎是有意為對方留些面子。而且左翼陣營對張道藩的批評更像是虛晃一槍，隨後他們就把更多的火力集中到了梁實秋的身上，其主要針對的，則是梁實秋對蘇聯的文藝政策以及中國左翼文學的攻擊。先是歐陽凡海化名吳往，發表了《關於「文藝政策」與「文藝武器論」》。該文一上來就使出了出人意料的一招，即引用張道藩的話來為己方論點撐腰：「張道藩先生說得好，蘇聯的文藝政策是正確的。」但其實歐陽凡海在這裡做了一點手腳，因為張道藩的文章裏只說蘇聯的文藝政策是「成功」的、合乎「蘇聯的國情」的，他在引用時偷偷更換了一下措辭，就在情感和程度上都產生了微妙的差別。隨後，他分別為蘇聯的文藝政策和中國的左翼文學進行了辯護，關於前者，他認為：「蘇聯的文藝政策並不是單純的『政令』。蘇聯任何關於文藝運動的決議和措置，都是民主的作風，集全國作家於

〔註34〕蘇黎：《鴕鳥》，原載《新華日報》1942年9月27日，引自蘇光文編：《國統區抗戰文學研究叢書·文學理論史料選》，四川教育出版社1988年版，第401～402頁。

〔註35〕明：《開天窗的手法》，《文藝先鋒》第2卷第2期，1943年2月20日。

〔註36〕谷：《現實只有黑暗嗎？》，《文藝先鋒》第2卷第3期，1943年3月20日。

一堂,由作家們根據當時的社會客觀趨勢作縝密研究,由全國作家們自己作出決議,然後才以此為根據來作決定。」他甚至還說:「蘇聯從來沒有用文藝以外的高壓力對付過文藝,蘇聯對文藝出版物向來不檢查,對忠實地從事著作的作家也想來沒有迫害事情。」關於後者,他分辯道:「梁先生『拿出貨色』的善意的鞭策,中國新文藝不是老早就誠懇地接受,十餘年來,都是向著這一目標埋頭苦幹麼?⋯⋯中國新文藝,自從有了武器論以後,立刻就同時發展了反對政治傳聲筒的鬥爭,和口號主義、尾巴主義作過繼續不斷的搏鬥,這和把文藝當作單純的政治工具的態度是完全不同的。」〔註37〕

另外以群也化名楊華,連續撰文反駁梁實秋。他的觀點與歐陽凡海基本上大同小異,只是語氣上更加不客氣,如針對梁實秋重提左翼文學「拿不出貨色」的舊話,他說:「一九二八年以後的左翼文藝運動是否確如梁實秋先生所說『始終沒有拿出貨色給我們看』呢?我想,這只要是一個略看過十幾年來的新文學作品而不存心抹殺事實的人,都會作否定的回答的。」針對梁實秋「奉命歌業」的諷刺,他回應道:「抗戰統一了作家底行動,卻並非劃一了作家底觀念。一切思想不同的作家們,在抗戰中放棄了過去派別的成見,共同地為抗戰服務,卻並非解除了各人的思想武裝,而渾渾噩噩,聚於一堂。」〔註38〕這一表態不卑不亢,稱得上是左翼陣營在此次論爭中發出的最強音。不過在蘇聯問題上,以群也和歐陽凡海一樣極力粉飾,他指責梁實秋認為蘇聯與德意在文藝政策上「異曲而同工」的說法,「如果不是對於蘇聯實情的無知,就是對於蘇聯有意的誣衊。」他還舉出一些例子,試圖證明蘇聯的文藝政策是對文藝的扶持,而與德意的迫害文藝不同。最後他總結道:「僅僅將世界各國的文藝劃分為『自由』和『統制』兩種類型是不必要的,而將蘇聯和德、意混為一談,更是有意的混淆黑白。真正的區別,只有以政治力量扶助文藝或壓殺文藝的兩種。」〔註39〕

〔註37〕 吳往:《關於「文藝政策」與「文藝武器論」》,原載《新華日報》1943年1月4日,引自蘇光文編:《國統區抗戰文學研究叢書・文學理論史料選》,第403～405頁。

〔註38〕 楊華:《「拿貨色來看」和「文學貧困」論——文學時論之五》,原載《新華日報》1943年2月27日,引自蔡儀主編:《中國抗日戰爭時期大後方文學書系・第二編:理論・論爭(第一集)》,重慶出版社1989年版,第169～171頁。

〔註39〕 楊華:《文藝的「自由」和「統制」——文學時論之六》,原載《新華日報》1943年3月19日,引自蘇光文編:《國統區抗戰文學研究叢書・文學理論史料選》,第406～410頁。

以群和歐陽凡海為中國左翼文學所做的辯護，雖然不無遮掩，但還是有一定的說服力，不過他們關於蘇聯文藝政策的闡釋，卻很難令人信服。這一方面是因為，梁實秋指出的那些存在於蘇聯文藝界的現象，其實並非空穴來風，完全對其視而不見，自然不是正當的辦法；另一方面，什麼樣的政策是「壓殺」文藝、什麼樣的政策是「扶助」文藝，其實很難區分，不可能有哪種文藝政策是「扶助」或「壓殺」所有文藝的，所以通過這種區分來為某種文藝政策辯護，是站不住腳的。倪偉一針見血地指出：

> 張道藩們當然也會認為自己所提出的一套文藝政策是在「扶持」文藝，而不是在「壓殺」文藝，區別只在於雙方在應該「扶持」何種文藝、「壓殺」何種文藝的認識上是背道而馳的，張道藩們所要「扶持」的正是楊華們意欲「壓殺」的。所以楊華所謂的「真正的區別」其實是虛假的……他們與張道藩們其實並無區別，一旦他們掌權，必然會馬上搖身一變，變成「楊道藩」或是「吳道藩」。在這點上，雙方實在沒有大的分歧，國民黨對蘇聯的那一套文藝政策其實也早已心嚮往之，只是苦於無法實現而已。〔註40〕

由此，我們就可以理解左翼陣營為何只是例行公事地批判了一下張道藩，而齊把槍口對準梁實秋了。這並不是什麼「不打老虎打蒼蠅」的策略，而是因為，如果他們真的與張道藩進行正面交鋒，那就難免會有「投鼠忌器」之虞：要是否認政府有權對文藝施以統制、否認文藝有服從於政治的義務，那麼同樣剛剛制定的、共產黨自己的「文藝政策」也會面臨合法性危機。所以左翼根本不可能大張旗鼓地討伐張道藩，而只能在「不描寫黑暗」這樣並非核心的問題上打一打擦邊球，然後就集中力量與梁實秋爭論蘇聯文藝政策的優劣問題——顯然，蘇聯的文藝政策在很大程度上可以看做是中共文藝政策的模板，所以在毛澤東的《講話》尚未公開發表的情況下，左翼陣營捍衛蘇聯的文藝政策，其實也就是捍衛自己。而這樣一來，梁實秋就不知不覺地在此次論爭中扮演了一個尷尬的角色：他成了相互對立的國共雙方共同的對手。

當然，除了來自自由主義者和左翼陣營的反對聲音以外，在這場論爭中還出現了相當多的國民黨文人的捧場文章，僅發表在《文化先鋒》、《文藝先鋒》兩個刊物上的，就有丁伯騮的《從建國的理論說到「文藝政策」》（《文化先鋒》

〔註40〕倪偉：《「民族」想像與國家統制——1928～1948 年南京政府的文藝政策及文學運動》，第 291～292 頁。

第 1 卷第 8 期)、趙友培的《我們需要文藝政策——兼評張梁兩先生關於本問題的意見》、夏貫中的《讀張先生〈文藝政策〉後》、署名「本社」的《關於文藝政策的再答辯》(《文化先鋒》第 1 卷第 20 期)、王夢鷗的《戴老光眼鏡讀文藝政策》、常任俠的《關於「文藝政策」的補充》、丁伯騮翻譯的福斯特《社會對於藝術家的責任》、李辰冬的《推行文藝政策的一種辦法》(《文化先鋒》第 1 卷第 21 期)、易君左的《我們所需要的文藝原則綱要》、翁大草的《論情感與理智》(《文藝先鋒》第 2 卷第 4 期) 等,此外,王平陵、王集叢等人也在其他國民黨刊物上發表了許多同類文章,甚至著名佛教界人士太虛法師也寫了一篇《對於文藝政策之管見》(《文藝先鋒》第 2 卷第 4 期) 來捧場。這些文章的論調大同小異,基本都是從不同方面論證「文藝政策」的必要性與合理性,至多只是在某些細枝末節的問題上與張道藩進行一點「商榷」。而在贊同張道藩的各種聲音中,最值得注意的一種卻來自國民黨外的「戰國策」派文人陳銓。他一秉其「戰國策」派的觀點,認為世界政治思想有兩大潮流,即亞里士多德的「個體主義」和柏拉圖的「集團主義」,在 20 世紀的「戰國時代」,「個體主義」已經沒落而「集團主義」正在風行,尤其是在民族衝突到了生死存亡的關頭,已經談不上個人自由不自由,而一切都要以是否有利於集團、有利於民族生存為標準,因此他認為:「文藝方面,是否需要政策,這完全要看民族生存的大前提下,是否需要,假如需要,是沒有多少討論的餘地的。」〔註41〕陳銓的觀點,如果僅就其反對個人主義的堅定程度而論,實在遠遠超過了任何一位國民黨文人,而直追《講話》。只不過左翼和「戰國策」派所秉持的立場,一為「階級」一為「民族」,所以這兩種中國 20 世紀 40 年代最為徹底的文學工具論主張,才成了最不共戴天的敵人。

　　儘管這一場論戰所圍繞的中心,是張道藩提出的「三民主義文藝政策」,但是論戰的各方大多把目光集中在了「文藝政策」之合法性上,而鮮有人注意到「三民主義」本身究竟能否與文藝發生關係、可能發生怎樣的關係等問題。只有個別的國民黨文人是例外,比如易君左,他把張道藩提出的「六不」「五要」諸原則擴展為 24 條,並分門別類,將其分為民族、民權、民生三類原則,每類原則之下又有「積極的」與「消極的」之分。雖然他所做的分類表面看似煞有介事,但實際上卻相當隨意,比如把「不表現浪漫的情調」歸入「民族」

〔註41〕陳銓:《柏拉圖的文藝政策》,《文化先鋒》第 1 卷第 20 期,1943 年 1 月 20 日。

原則，把「要以國家的立場來寫作」、「不專寫社會的黑暗」、「不挑撥階級的仇恨」等歸入「民權」原則，把「要提倡國防科學之建設」、「不做尾巴主義」、「不裝活死人」等歸入「民生」原則〔註42〕，都有些讓人莫名其妙。更何況，如此龐雜的分類，恐怕再「聽話」的作家也難以記住並在創作中嚴格遵守。實際上，我們今天透過這場論爭所能看到的，只是「三民主義文學」發生的背景以及各方面對它的態度，至於「三民主義文學」的真正面貌究竟如何，則只有通過分析具體的文學作品才能發現。

〔註42〕易君左：《我們所需要的文藝原則綱要》，《文藝先鋒》第 2 卷第 4 期，1943 年
4 月 20 日。

第八章 「三民主義文藝政策」下的 創作實踐

第一節 新與舊：三民主義「新文學」的悖論

　　現代文學中的新舊之爭，自新文化運動起就幾乎從未中斷過，而且這些爭論從來就不是單純的語言、文體等形式問題，而總是同思想文化上的激進與保守、西方影響與本國傳統等更為複雜的問題纏繞在一起。因此，「新與舊」的關係便是一個常辯常新的話題，每一個時代的新舊之爭，都會體現出其獨特的視角和問題意識。在抗戰期間，新舊之爭的最突出特點則是它與「民族」問題的密切關係，在關於「民族形式」、「民族文藝」等問題的討論中，如何看待中國的傳統文化與文學往往會成為論爭的焦點。以《文化先鋒》、《文藝先鋒》為核心陣地的三民主義文化／文學，同樣需要面臨處理新舊文化之關係的問題，而且由於三民主義理論自身的保守性，這一問題更是會變得十分棘手。

　　張道藩在《我們所需要的文藝政策》中提出的「五要」之第一條，就是「要創造我們的民族文藝」：「民族精神是支撐抗戰的主要力量，同樣，民族意識也是創造新文藝的主要內容。建樹獨立的自由的民族文藝是我們當前的急務。」〔註1〕值得注意的是，他特別指出「民族文藝」不同於「三民主義中一種的民族主義文藝」，這一點對我們理解「民族文藝」至關重要：孫中山的民族主義，

〔註 1〕張道藩：《我們所需要的文藝政策》，《文化先鋒》第 1 卷第 1 期，1942 年 9 月 1 日。

先是圍繞排滿、繼而是圍繞建設現代民族國家的問題而展開的，它主要的關注點在於政治維度，這個意義上的「民族主義」在抗戰時期的「三民主義文學」作品中也有明顯的體現，但主要是體現在作品的題材上，即表現侵略者的壓迫和中華民族的抗爭等等（這是本章第三節將要集中討論的），而張道藩所倡導的「民族文藝」，則側重於所謂「民族意識」，即孫中山也曾提倡過的忠孝仁愛信義和平這「八德」。張道藩不無誇張地說：「我們閉眼想一想我國舊文藝裏所表現的意識是不是這八個字？是不是這八個字的精神使我國文藝在世界放著光彩？……自資產社會和工業社會產生後，意識異常複雜，好像這八個字不能包括，其實一切意識形態不外這八個字的正面或反面組合而成。」

如果僅從張道藩對「八德」的提倡來看，似乎他的「民族文藝」觀是比較守舊的，但說到「民族文藝」的形式時，他卻表現出了更為複雜的態度：一方面，他痛陳中國新文藝所受到的「西洋文藝的束縛」，但另一方面，他又極力反對那種把「民族文藝」等同於「舊詩詞的復活」或者「民族形式」之利用的觀點：「自從民族文藝這個名詞流行後舊詩詞好像極為時髦，一般提倡新詩文的老將，現在也來平平仄仄平，似乎非如此，不足以表現時代精神」，「民族意識決定我們新文藝的特徵，如能把握住民族意識，那民族文藝，民族形式即附有嶄新的生命。否則，舊詩詞的模擬必為死路一條，民族形式也不過是空洞的口號。」如此看來，張道藩的主張似乎可以概括為「新瓶裝舊酒」，即用新文藝的形式表現傳統的倫理道德。針對這種主張可能引起的質疑，張道藩解釋道：「忠孝仁愛信義和平八德為我國數千年來的舊意識，舊意識怎能產生新文藝呢？意識不分新舊，只視其合於現實需要與否……況且人類的物質文明儘管日新月異，而精神文化始終有一致的道理統治著。這種忠孝八德就是統治精神文化的一致的道理。如果將這種道理用新的材料再現出來，即為新文藝。」不過這種解釋並不能自圓其說，因為在反駁「民族形式」論者的時候，張道藩自己明明說：「要知道，『內容決定形式』，內容如果改變，形式哪能獨留！即令內容不甚改變，然與西洋文藝交流後，也不能不改變形式。」這是明顯的自相矛盾，既然「內容決定形式」，那麼倘若果真如他所說，「忠孝八德」作為「統治精神文化的一致的道理」從未改變，他反對舊詩詞、提倡「新文藝」的依據又在哪裏？除非他把「內容」單純理解為題材，而把文學中的「意識」理解為超出內容與形式範疇以外的東西，那樣他的觀點或許還勉強說得通，即要用新形式（「新文藝」）、新內容（「新的材料」）來表現「不分新舊」的意識。

然而，在新舊兩種思潮已經交鋒了數十年、而且新文化早已取得壓倒性勝利的 1940 年代，主張忠孝等倫理道德「不分新舊」，這樣的論調又能有多大的市場呢？

實際上，無論對於張道藩個人還是三民主義文藝本身來說，上述矛盾都是具有必然性的。孫中山的文化觀本來就相當保守，而且這種保守性在蔣介石等國民黨人那裏被繼承並愈演愈烈，到了抗戰時期，振拔民族自信心的需要，又使得宣揚傳統文化具有了特殊的意義甚至某種必然性。1938 年 3 月，在國民黨臨時全國代表會議上通過的一項關於文化建設的提案中，就寫明要「以忠孝仁愛信義和平為國民道德之項目，禮義廉恥為國民生活之規律」〔註2〕，1942年 5 月，在軍委會致教育部的一封密電中，又強調要「激發思想界對於中國固有文化之景仰，而一變百年來積漸而成之信外媚外傾向」，並指責新文化運動，認為「民族之自信心則受其斲喪」〔註3〕。在此情況下，張道藩主張文藝要反映代表著「民族意識」的忠孝八德，是順理成章的事情。只不過，中國的思想界和文藝界在經歷了新文化運動大潮的沖刷、并與外國思潮長期接觸後，再想要回到「五四」以前的狀態幾乎是不可能的，所以張道藩提倡傳統道德的時候，也必須守住一個邊界，那就是整體上對新文學的肯定。否則的話，不僅有開倒車之嫌，而且從張道藩本人的立場來說，徹底否定新文藝也絕不是他這樣一個（至少是曾經的）新文化陣營中人所能接受的。因此「民族文藝」就成了一種折衷的主張，即文藝作品要表現傳統的意識，卻必須採取新文藝的形式。

如果將「民族文藝」的主張，與同樣發生於抗戰期間的左翼文人關於「民族形式」的論爭做一下對比，可能有助於我們對「新文藝」之合法性問題的認識。毛澤東 1938 年在《中國共產黨在民族戰爭中的地位》一文中提出，要把「國際主義的內容和民族形式」結合起來，以創造「新鮮活潑的，為中國老百姓所喜聞樂見的中國作風和中國氣派」〔註4〕，由此引發關於「民族形式」的討論。在討論中，根據地的文人多把「民族形式」理解為民間形式，而國統區的左翼文人則出現了分歧：雖然向林冰等也主張「民間形式為民族形式的中心

〔註2〕《國民黨臨時全國代表會議通過陳果夫等關於確定文化建設原則綱要的提案》，《中華民國史檔案資料彙編・第五輯第二編・文化（一）》，第 1 頁。
〔註3〕《軍委會關於實施當前之文化政策與宣傳原則致教育部密代電》，《中華民國史檔案資料彙編・第五輯第二編・文化（一）》，第 16 頁。
〔註4〕毛澤東：《中國共產黨在民族戰爭中的地位》，《毛澤東選集》第二卷，人民出版社 1991 年版，第 534 頁。

源泉」〔註5〕，並抨擊五四以來的新文學不能適應大眾的欣賞水平，但他的觀點卻受到了激烈的反對，葛一虹等人堅定地站出來捍衛新文學的傳統，甚至判定「舊形式將必歸於死亡」〔註6〕，「民族形式」只能以新文藝為基礎而建立。後來郭沫若、茅盾等人也相繼發表文章，雖然其論點更為持中，但都對新文學表示了明確的肯定〔註7〕。其實，考察毛澤東的本意，他提出所謂「民族形式」主要針對的可能確實是五四以來的新文化過於歐化、脫離大眾的缺點，這從他對「洋八股」的批評，以及後來《講話》中的有關論述上都可以得到證明。不過國統區的左翼文人在討論中卻有意無意地偏離了毛澤東的出發點，而更多地表現出了對於新文化的認同。

嚴格來說，儘管「民族形式」與「民族文藝」兩種主張都打出了「民族」的旗號，但是二者所關注的問題並不相同，如果說「民族文藝」主要處理的是文藝上新與舊之關係的話，那麼「民族形式」的著眼點則是「雅與俗」（當然，在討論中也有論者將民間形式稱為「舊形式」），而且張道藩「新瓶裝舊酒」式的主張也與左翼大相徑庭。然而有趣的是，對於五四以來的新文學，國共兩黨的文人一個嫌其不夠民族化、一個嫌其不夠大眾化，都從不同角度提出了批評，但二者最終都沒有主張拋棄新文學，反而各自以新文化運動的繼承者自居，至多只是宣稱要對其加以改造。這裡體現的其實是自從中國步入現代化進程以後，「新」作為一種價值標尺（而非單純的時間概念）所秉有的理所當然的合法性。儘管各種政治與文化勢力都試圖對於何謂「新」做出有利於己方的解釋，但在要追求「新」這一點上卻基本能夠達成共識。《文化先鋒》發刊詞將國民黨領導的革命稱為「新文化運動」，毛澤東對「新／舊民主主義」的命名，都是這一邏輯的體現。不過，宣揚「八德四維」的國民黨顯然在求「新」的競爭中處於劣勢，所以張道藩只能做出一些「倫理道德不分新舊」之類的無力辯解，至多不過是通過批評一下舊詩詞來彰顯自己屬於「新」的陣營。

無論「民族文藝」的主張如何矛盾重重，它畢竟站到了新文學一邊，這得

〔註5〕向林冰：《論「民族形式」的中心源泉》，原載《大公報》（重慶）1940 年 3 月 24 日，見蘇光文編：《國統區抗戰文學研究叢書・文學理論史料選》，第 155～159 頁。

〔註6〕葛一虹：《民族形式的中心源泉是在所謂「民間形式」嗎？》，原載《新蜀報》1940 年 4 月 10 日，見蘇光文編：《國統區抗戰文學研究叢書・文學理論史料選》，第 160～167 頁。

〔註7〕如郭沫若：《「民族形式」商兌》、茅盾：《舊形式・民間形式・與民族形式》等，均見蘇光文編：《國統區抗戰文學研究叢書・文學理論史料選》。

到了一部分作者的歡迎，比如常任俠就說《文藝政策》中「對於提倡舊詩者的攻擊，言人所不敢言，這一點使我們愛好新體詩，愛以詩的形式，來為最受痛苦的平民而寫作的，得到有力的援助」〔註8〕，然而對於張道藩在同一篇文章裏提倡的「民族意識」，他卻沒有做出評論。常任俠的態度頗有一種象徵意味：從《文化先鋒》、《文藝先鋒》上的具體作品來看，屬於新文學的作品確實無論在數量還是質量上都佔據了壓倒性優勢，但是「民族文藝」的倡導者所欲張揚的「八德四維」，卻基本上落了空。

以詩歌為例，抗戰爆發以後，舊體詩詞迎來了一個創作高潮，這在某種意義上是有必然性的：「因為一則這種人們熟稔的文體易於傳達感情和敘寫社會，二則古老的文體具有民族傳統的感召力。」〔註9〕然而或許是與張道藩的態度有關，《文藝先鋒》上卻極少發表舊體詩詞，在整個抗戰期間發表舊詩的次數屈指可數。其中較突出的是梁宗岱的組詞《蘆笛風》，共包括 39 首詞，連載於《文藝先鋒》第 3 卷第 3 至 5 期，這是該刊絕無僅有的一次大規模刊發舊體詩詞，而且這些詞作的藝術水準也的確可謂出類拔萃。但是它似乎並不特別受編輯歡迎。這些詞共分三次連載，其中第一次 12 首，占三頁篇幅，第二次 8 首，占兩頁篇幅，而第三次則用明顯小了幾號的字體、較密的排版，刊載了其餘 19 首，雖然數量與前兩次相加差不多，但僅占三頁篇幅。這種編排方式似乎暗示著編者頗有些不耐煩，而且後來結集出版的《蘆笛風》其實共有詞 51 首，《文藝先鋒》並未連載全，對此編者的解釋是：「宗岱先生的《蘆笛風》，本來還有幾首《鵲踏枝》，因已在《民族文學》上發表，不再刊載，讀者請參看《民族文學》創刊號可也。」〔註10〕這究竟是由於梁宗岱本人一稿多投還是《文藝先鋒》的編者把稿子轉給了別人，我們無從猜測，不過按常理來講，既然同一部詩集已開始在《文藝先鋒》上連載，梁宗岱似乎沒有道理中途再把稿子投往別處，所以更大的可能是編輯對這些詞作漸漸失去了興趣。至於其原因，一部分可能是這些卿卿我我的情詞與「抗戰建國」的時代需求太不合拍，不過該刊上的那些新詩也有好多是「與抗戰無關」的，所以更主要的原因，恐怕還是與張道藩等人對於舊體詩詞的「偏見」有關。

〔註 8〕常任俠：《關於「文藝政策」的補充》，《文化先鋒》第 1 卷第 21 期，1943 年 2 月 1 日。
〔註 9〕秦弓：《「五四」時期文壇上的新與舊》，《文藝爭鳴》2007 年第 5 期。
〔註10〕《編後記》，《文藝先鋒》第 3 卷第 5 期，1943 年 11 月 20 日。

　　《蘆笛風》受到的待遇尚且如此，那些藝術價值略遜一籌的舊體詩詞在刊物上的地位也就可想而知了。它們的內容，既有頌揚抗日戰士、鼓舞民族精神的，也有一些抒寫個人情懷之作。除個別情況外，這些詩作所佔的篇幅總是被壓縮得可憐，往往被放到版面的邊邊角角，甚至乾脆歸入「遺珠錄」〔註11〕裏。

　　耐人尋味的是，儘管舊體詩詞的創作在《文藝先鋒》上備受冷落，但是在該刊的「論著」一欄裏，卻發表了大量研究古典文藝的文章，而且這些文章的作者中還不乏名家大家。僅在前六卷就發表了陸侃如、馮沅君的《樂府的起源和分類》（第 1 卷第 4 期）、鄭臨川的《讀〈九辯〉》（第 2 卷第 2 期）、成惕軒的《詩經中的兵與農》（第 2 卷第 4 期、第 5、6 期合刊連載）、王夢鷗的《鄭聲新按》（第 4 卷第 4 期）、羅根澤的《南朝樂府的故事與作者》（第 4 卷第 4、5 期連載）、李長之的《司馬遷之體驗與創作》、穆芷的《國殤今譯》（第 5 卷第 3 期）、成惕軒的《白樂天及其新樂府》（第 5 卷第 5 期）、黃芝岡的《屈原遠遊與曹植遊仙詩》（第 6 卷第 1 期）、郭銀田的《陶潛在文藝上的造詣》、羅根澤的《葉適及其他永嘉學派文章批評》（第 6 卷第 4、5 期合刊）等等。可以說，《文藝先鋒》上舊文藝的創作和批評明顯地不成比例，對此，刊物的編者或許也意識到了，有一則題為《新舊之爭》的短論就寫道：

　　　　社會上對於文藝的批評，大概有「喜新厭舊」的趨勢；而對於
　　文藝的欣賞，則又有「緬懷往古」的幽情……文藝形式本身的價值
　　有兩種：一種是屬於表現的，與技術相融合，一種是屬於欣賞的，
　　與內容相融合；屬於欣賞的價值，固可超時空而永新，但屬於表現
　　的價值，僅能為某一特定的時空所運用。〔註12〕

　　這段話中的論點並不高明，有些話甚至讓人莫名奇妙，但是論者的意圖我們還是可以大致揣測的：他或許是要為舊文藝劃出一條界線，即可以把它作為「欣賞」、研究的對象，而要「表現」當前的時代，則需採取新的形式，而不能一味擬古。實際上，這種「內容」可以「超時空而永新」，而「技術」則「僅能為某一特定的時空所運用」的看法，與張道藩「新瓶裝舊酒」式的主張體現的是同一種邏輯，它只不過是後者的延伸而已。從中我們可以看出《文藝先鋒》編者對於舊文藝的複雜態度：一方面，他們肯定古典文學的價值，而且可能還

────────────

〔註11〕 「遺珠錄」是從第 5 卷第 1、2 期合刊起增設的一個欄目，專門摘登那些雖不能用，但又有「片段一節之長」的稿件。不過有些整首的舊體詩詞也被放入此欄。

〔註12〕 培：《新舊之爭》（短論），《文藝先鋒》第 2 卷第 4 期，1943 年 4 月 20 日。

希望借助對傳統文化之精華部分的宣揚來建立民族自信，另一方面，求新的欲望又讓他們不願看到舊文藝在當下的「復活」。不過這兩方面絕不是對等的，這則短論最後的結論是「只要我們能夠：正確地認識時代，忠誠地服膺真理……那麼，中國的文壇，自然會有新的『收穫』和新的『開展』，不再走舊路，算舊賬，彈舊調！」這再清楚不過地表明了《文藝先鋒》在新舊之間的選擇。

與舊詩的情形相反，《文藝先鋒》上的新詩創作不可謂不繁榮（至少從數量上看是如此），自創刊起每一期都至少要發表兩三首新詩，還常常闢出「詩頁」、「詩園地」等欄目集中發表新詩，而且就藝術水準而言，這些新詩中質量上乘者也不在少數。然而，這仍不能讓國民黨的官方文人感到滿意，連載於《文藝先鋒》第3卷第2至6期的易君左的長篇論文《如何創建新民族詩》，就對當時的詩歌創作提出了非常嚴厲的批評。易君左批評的對象兼及新詩和舊詩，對於舊詩，他認為其最大缺點是沒有時代性：「儘管已到了二十世紀……還是用著幾百年前甚至幾千年前的思想、風格、韻律、詞彙，一點捨不得變化」；對於新詩，他的批評更加苛刻：「新體詩是企圖代舊體詩而興的，然而有些是貧乏、幼稚得可憐。從白話詩轉遞到時下流行的語體詩，很少看見有精粹的作品。新體詩也有一個最大的缺憾就是沒有歷史性，極力摹仿外國的作風……老實說：簡直不像是一個中國人做的詩。」這種指控其實沒什麼道理，中國新詩受到了西方影響是事實，但若說它不像是中國人做的詩，就難免太言過其實了。易君左在批評舊詩時可以舉例說，在早就實現「五族一家」的民國三十幾年，一些反映抗日的舊詩還在用「胡塵」等陳詞濫調，但是關於新詩他卻舉不出同樣有說服力的例證，而只能想當然地泛泛而論。況且他一會兒強調時代性一會兒強調歷史性，亦有自相矛盾之嫌。實際上，易君左對當時的新詩與舊詩各打五十大板，真正用意不過是為他提倡的所謂「革命的新民族詩」鳴鑼開道。關於這種據說兼具歷史性與時代性的「新民族詩」，易君左從思想、性質、情感、風格、形象、價值、體制、題材八個方面，進行了不厭其煩地論述，然而這篇洋洋三萬餘言的大文，對於詩歌創作基本沒有提出什麼具體而有價值的意見，只是滿紙浮辭叫囂，如：

> 我們最慚愧的，最負罪的，是我們的巍巍的中華民國建立三十
> 餘年了，殺身成仁捨生取義的志士烈士用他們的頭顱鮮血闢開了一
> 個無比光輝的「政治」的新領域，而我們一直到最近不但沒有開闢

而且還沒有發現一個「文藝」的新領域，我們在這三十餘年中間簡
直是一具僵屍！我們的慚愧，負罪，還不止此。神聖的抗戰已踏入
第七年代，前線浴血戰鬥的健兒壯士用他們的血，後方廣大農村的
農民用他們的汗，我們的領袖用他的心，也已經開闢了一個無比光
輝的「政治」的新領域，而我們一直到最近不但沒有新的開闢，連
我們原有的「文藝」的舊領域與「政治」的新領域恰成一反比例，
墮落，凋敝，萎靡，荒蕪了……這是我們一個無比的恥辱！〔註13〕

　　這樣的文字只能算標語口號，如果把它當成詩論，則實在讓人不忍卒讀，
所以，它自然沒有像作者希望的那樣引起「廣大的共鳴」。後來易君左又寫了
一篇《新民族詩的音節和符號》，雖然討論的問題更加具體了，但仍沒提出什
麼高明的觀點，有的主張甚至讓人啼笑皆非，比如他講到把現代語言、新式標
點融入舊詩時，舉了自己詩中的幾個例子，像「月華如水明萬里，夜半嗚嗚警
報起」等，解釋說他把其中的象聲詞寫成「嗚嗚」，來表示空襲警報；另一首
詩中寫成「嗚！嗚！」，就表示緊急警報；還有一首詩寫成「嗚──」則表示
警報解除……這與其說是所謂「革命的新民族詩」，還不如說是新不新舊不舊
的怪胎，然而作者竟還大言不慚地說：「千載以下，使此詩流傳，還可以考證
我們這一時代放警報的情態，豈不甚好。這是不是一個大膽的嘗試，一個革命
的企圖呢？」〔註14〕

　　雖然易君左的主張在今天看來幾乎就是笑料，但這恰恰是三民主義文學
的主張者掙扎在新舊之間的姿態之最真實的反映，且看「革命的新民族詩」這
個口號中的三個定語：「新」與「民族」的並列表明了作者既不願被目為守舊、
又要繼承傳統，而「革命」則表示這種詩歌是要為政治服務的，這裡的政治，
便是易君左所論列的八大問題之首，即三民主義的思想。所以從某種意義上
說，張道藩等國民黨文化官員心目中理想的三民主義文學，也同樣可以概括為
「革命的新民族文學」，易君左的主張不過是整個三民主義文學的具體而微
者，只可惜他並沒有提供一個成功的範例。

　　不幸或者幸運的是，《文藝先鋒》上的絕大多數新詩都沒有受到易君左主
張的影響。從形式上看，這些新詩以自由詩為主，但也有林庚等人的形式較為

〔註13〕 易君左：《如何創建新民族詩》，《文藝先鋒》第 3 卷第 2 期，1943 年 8 月 20
　　　　日。
〔註14〕 易君左：《新民族詩的音節和符號》，《文藝先鋒》第 4 卷第 6 期，1944 年 6 月
　　　　20 日。

整齊的作品，只不過林庚是在新詩的內部進行格律的實驗，他的詩無論內容還是情感都是屬於現代的，至多在格律方面對舊體詩有所借鑒，這自然與易君左式的新舊雜糅的「新民族詩」大異其趣。總的來說，《文藝先鋒》上的新詩雖然水平參差不齊，但優秀之作的絕對數量還是不少的，可以說詩歌創作呈現了繁榮的局面。然而這種繁榮卻難以掩蓋我們對於「三民主義文藝」的困惑：就形式而言，不用說這些詩作都是「新」的，而就思想意識而言，恐怕也很難指認它們和所謂「忠孝八德」有任何關係，雖然有的詩歌反映的是抗戰，體現出了一些民族主義因素，但這種民族主義是那個時代的普遍特徵，而與傳統的「民族意識」絕不能等同。因此，張道藩「新瓶裝舊酒」式的主張基本沒有得到落實，我們也很難說《文藝先鋒》上的新詩究竟在何種意義上體現出了三民主義。唯一的例外可能就是易君左提出的關於「革命的新民族詩」的主張，但是他自己創作的「革命的新民族詩」的樣板卻又實在乏善可陳，這恐怕只能證明新舊雜糅的三民主義「新文學」在實踐上的困難性——甚至是不可能性。

第二節　左與右：意識形態宣傳的困局

　　作為國民黨的官辦刊物，《文藝先鋒》、《文化先鋒》不可避免地要承擔起宣揚官方意識形態的任務。但是，一方面由於抗戰期間統一戰線的存在，另一方面也可能是出於擴大刊物影響力的考慮，它們的作者隊伍並不僅僅局限於右翼文人，許多中間派的文人學者、乃至左翼作家的身影也經常出現在兩個刊物上。這雖然不至於從根本上改變刊物的性質，但也會使得其政治色彩不那麼「單純」。在《文藝先鋒》、《文化先鋒》上發表過作品或論著的左翼作家有：茅盾、陳白塵、馮雪峰、任鈞、洪深、陽翰笙、以群、沈起予等，另外還有更多被稱為「進步作家」的、不同程度傾向於左翼的無黨派作家也曾在刊物上出現，如臧克家、老舍、姚雪垠、田仲濟等。一般來講，那些左翼作家在發言時往往會比較注意分寸，至少不會直接把矛頭指向國民政府，但他們也不會過於隱藏自己的立場，而是時常通過各種方式顯出鋒芒。因此，如何對這些左翼作家既拉攏又防備，恐怕對於《文藝先鋒》、《文化先鋒》的編者而言是個撓頭的問題。

　　除了要處理頗為棘手的同左翼陣營的關係外，《文化先鋒》、《文藝先鋒》在建構三民主義文學時，還要面對另一種來自「內部」的困難，那就是三民主

義理論本身的曖昧性，尤其是其中關於「民生主義」的表述。「民生主義」是三民主義相當重要的一個組成部分，某些國民黨內的理論家甚至試圖把「民生史觀」闡釋為孫中山哲學思想的核心，所以建構三民主義文學注定無法繞開「民生」問題。然而孫中山在其著作中反覆強調民生主義就是社會主義、就是共產主義，而且這種強調並不僅僅是為與共產黨合作而採取的權宜之計，孫中山的思想確確實實受到了社會主義相當大的影響，這就無異於為他的繼承者挖下了一個陷阱，他們在討論「民生」問題時必須小心翼翼，否則的話，將很容易不知不覺地靠近其對手——即中國共產黨——的立場。

在張道藩的《我們所需要的文藝政策》中，我們就能看到那種既要為民生主義留下位置、又要嚴防自己的主張與左翼相混淆的尷尬姿態：他明明主張「不專寫社會的黑暗」、「不挑撥階級的仇恨」，卻又強調「要為最受苦痛的平民而寫作」，為了不讓他的表述自相矛盾得過於明顯，張道藩對於如何「為最受苦痛的平民而寫作」做了嚴格的規定：

> 我們寫作的對象應該：一是暴虐的統治者，二是自私自利的大
> 資本家，及大地主，三是勞苦的農工，四是良善的被統治者。寫作
> 的範圍是要將勞工勞農的苦痛、悲憤，生活情形，心理狀況以及所
> 受暴虐的統治者的蹂躪，大資本家的剝削，與大地主的壓迫等等表
> 現出來，一方面使勞工勞農認清自己的實況，自己的地位，自己的
> 前途而自動地來參加國民革命，另一方面使統治者大資本家大地主
> 知道自己的錯誤，自己的墮落，自己的罪過而幡然悔改，自動地為
> 勞工勞農謀利益⋯⋯我們固然也寫暴虐統治者的蹂躪，大資本家的
> 剝削與大地主的壓迫，但不是站在勞工勞農的立場要憎恨他們，報
> 復他們，而是使他們瞭解現實，良心地自動地起來改造他們所造成
> 的悲慘世界。〔註15〕

如果單看這段話的前半段，它幾乎與左翼的論調無二，而後面把解決問題的希望寄於統治階級的「悔改」而不是被統治階級的「報復」，則暴露了論者自身的立場——即便認識到了現實的黑暗，他畢竟還是一個現存秩序的維護者。只不過，認為積重難返的社會問題單靠作惡者的「良心發現」就能夠解決，這樣的觀點簡直天真得近乎淺薄。或許張道藩自己也覺得如此說法難以服人，

〔註15〕張道藩：《我們所需要的文藝政策》，《文化先鋒》第 1 卷第 1 期，1942 年 9 月
1 日。

所以他進一步說：「或許有人要講，要想大資本家，大地主與統治者自動地為勞苦大眾而革命，這簡直是不可能。事實上，這不是不可能的問題，而是知不知的問題，如果他們真正覺悟了他們所製造的悲慘世界，加以仁愛的本性，沒有不自動革命的。試問歷來從事革命事業的志士與自命為提倡普羅文學的人們，有幾位是從勞苦民眾出身的？」這裡講的革命者的出身問題或許是事實，但是把國共兩黨中出身上層的革命者加在一起，恐怕也只能占全部「大資本家大地主」的極少數，以這些有限的個例推論到全體，仍然缺乏足夠的說服力。況且，說作惡的統治者之所以不「覺悟」，竟然是因為他們對自己所造成的「悲慘世界」全然無知，則更是荒謬至極。

然而這樣的論調並非只屬於張道藩一人，在隨後的關於「文藝政策」的討論中，類似的觀點反覆出現在國民黨文人的筆下，如易君左在《我們所需要的文藝原則綱要》中就對張道藩的觀點「補充」道：

> 我們寫平民的苦痛，用意和動機不是暴露罪惡，而是指示真理。比如寫暴虐的統治者的蹂躪，大資本家的剝削，大地主的壓迫，我們寫作的目的，不是在表達苦痛，悲慘，而是指示一般人以統治者不應該暴虐，資本家不應該剝削，地主不應該壓迫……所以為最受苦痛的平民而寫作，目的不是表達平民的苦痛，而是在指示如何才能解除平民的苦痛。〔註16〕

很顯然，與張道藩的文章相比，易君左並沒有提出什麼實質性的新東西，只不過他的說法更令人費解：難道在他看來，如果沒有文藝作品的「指示」，那麼「一般人」都會認為統治者應該暴虐、資本家應該剝削、地主應該壓迫嗎？而且左翼作家的描寫底層，自然也並非僅僅是為了「表達平民的苦痛」，而也是要探索「如何才能解除平民的苦痛」，只不過其途徑與國民黨截然相反而已。

表面看來，張道藩、易君左等人既要提出「為最受苦痛的平民而寫作」，又要對其做出勉為其難的、甚至未免有些拙劣的解釋與限定，這似乎是在自找麻煩，但實際上，這一條「原則」的提出實在是不得已而為之，因為這本來就是「民生主義」的題中應有之義。張道藩在「五要」之「要為最受苦痛的平民而寫作」一節的開頭，就開宗明義地寫道：「我們革命的目的是要解決民生問題，而民生問題急待解決的為最大多數最受苦痛的平民，所以我們革命的對象

〔註16〕易君左：《我們所需要的文藝原則綱要》，《文藝先鋒》第2卷第4期，1943年4月20日。

也就是為解決最大多數最受苦痛的平民的生存問題。」因此，提倡三民主義文學，是注定無法避開底層民眾這一題材的，張道藩等人只能夠儘量小心地在自己的主張與左翼文學之間劃出一條界線。

　　同樣地，《文藝先鋒》上那些表現「最受苦痛的平民」的文學作品，也必須想方設法避開「民生主義」潛在的陷阱。比如謝冰瑩的兩篇小說《女客》和《炭礦夫》，就都是表現底層生活的，其中前者的主人公是一個鄉下的老婦人，她年輕時曾上過幾年學，後來嫁到鄉間，丈夫很早就死了，她一人撫養著三個孩子，並把大兒子送進了抗日隊伍，但是大兒子走後，她的生活越發難以維持，最後只能把兩個未成年的孩子寄養在親戚家，並變賣全部家產湊足路費來到長沙，找到她已經當了小學校長的老同學，試圖謀到一個教職。然而她憑二十年前讀的那點古書，完全無法勝任當時的教育工作，更何況她的一口方言學生們根本不可能聽懂，她的一雙小腳也會成為孩子們的嘲笑對象，所以老同學只能勸她回到鄉下。這是一個讓人備感心酸的故事，但是故事的第一人稱敘述者（即主人公的同學）卻對主人公讚歎備至：「一個寡婦，為了愛國，情願把沒有父親的兒子送到火線上去，光只這種精神就已經叫人欽佩得五體投地了，何況她是這麼能夠吃苦耐勞，有思想，有志氣，她絕對不倚賴國家，不一天到晚等著政府來救濟抗屬，她究竟是個受過教育的女子，她知道獨立，知道如何從艱苦的環境裏奮鬥出來，『全靠自己救自己』，她瞭解這簡單的人生哲學。」〔註17〕所謂「絕對不倚賴國家」的論調，聽起來似乎官方色彩十足，但是小說的主人公在生活中幾乎被逼上了絕路，對於她回到鄉下後何以為生，恐怕連作者都會感到絕望，所以這種實際情形與那一大段讚美之詞之間，便形成了某種張力。

　　而《炭礦夫》所講述的故事則更加悲慘：由於戰爭的需要，政府命令某煤礦必須在十天之內生產出二十萬斤上等煤塊，並負責運送到藍田車站，但這是一個僅有十餘位工人、每天最多只能出產五千斤煤的小煤礦，那樣的任務根本不可能完成。為了盡可能多的挖煤，礦上除了不分晝夜地挖掘外，還臨時雇了十五個工人幫忙，而幫工者之一王國定的妻子，恰恰是礦工直田的情人，結果這一對仇人意外會面後，便險些衝突，老工人承旺對他們責以大義：「你也不想想這是什麼時候，什麼地方？大家來在這裡拼命挖煤，也還不是為了抗戰，為了希望打敗鬼子……現在不是報私仇的時候，要打人就自動跑去前方殺日

〔註17〕謝冰瑩：《女客》，《文藝先鋒》第 1 卷第 2 期，1942 年 10 月 25 日。

本鬼子去！」〔註18〕後來他們終於不顧私怨，並肩勞動。不幸的是由於挖煤時用力過猛，造成煤山塌方，直田和另外兩位工人都被砸死。直田死後，王國定不但主動帶著自己的妻子來見他最後一面，還提議把自己的兒子過繼給他。小說中最耐人尋味的地方，是事故發生之後工人們的議論——承旺一邊流淚一邊說：「唉！雖然煤塊還沒有達到二十萬斤的數目，但我們已經犧牲了三條年富力壯的生命，總算對得起國家了！」重新開工後，有工人咒罵道：「他媽的，催煤催得這麼急，要不，直田他們怎麼會死！」又是承旺勸解道：「這還不是為了日本鬼子，要沒有他來進攻，需要這麼多煤幹嘛？夥計，不要難過了吧，反正再傷心，再痛罵，他們也不得轉來了，我們還是繼續著挖吧，二十萬斤煤，政府不能因為死了三個人就不要了呵！」雖然作者的態度分明是讚美工人們的深明大義，但那些話讀起來，卻怎麼都像在控訴政府的麻木不仁、不顧工人死活。如果小說不是發表在《文藝先鋒》上，如果作者不是國民黨軍隊裏的一名「女兵」，我們簡直會懷疑這部作品的本意就是對當局的尖銳反諷。

上述兩篇作品有個共同點，就是一方面描寫底層民眾的苦難，一方面又把這些苦難和抗戰聯繫起來，或隱或顯地暗示日本的侵略才是造成這些苦難的原因，所以那些人的受苦和犧牲是值得的。這樣，作品中雖然仍有較大的裂隙，但大體上還是達到了既反映「民生」又避免「普羅」嫌疑的目的。而王托薩的小說《一個清晨》，雖然取材和《女客》非常相似，但作者的處理方式卻有微妙的、然而至關重要的差異：這部小說寫的也是一個寡婦帶著三個孩子辛苦度日的故事，女主人公也打算把她的大兒子送去參軍，但不同的是，小說中的故事不是發生在兒子參軍之後，而是發生在參軍的前夜與當天清晨；母親送兒子參軍也根本不是出於什麼民族大義，而完全是被逼無奈：自從丈夫死後，他們孤兒寡母不斷受到身為鄉紳、且有望當上聯保主任的小叔的欺凌，他們的財產被侵吞殆盡，正在無路可走之際，母親聽說別人家的孩子當兵兩年後居然升為營長，因此才決定送兒子去當兵：「打死了完事；活著升了官，戰事平息了回來報仇。而且錫友將來也一定要被抽去；尤其是叔叔當了聯保主任，恐怕第一件事就是抽他，與其這樣，倒不如先送他去，自願當兵，還要受一般人的尊敬。」〔註19〕小說的主要情節，就是母親在兒子出發的前夜，回到娘家借錢給兒子做路費，但是由於夜裏下起了雨、加上她病久體虛，直到清晨還沒有走到家，而

〔註18〕 謝冰瑩：《炭礦夫》，《文藝先鋒》第 1 卷第 4 期，1942 年 11 月 25 日。
〔註19〕 王托薩：《一個清晨》，《文藝先鋒》第 2 卷第 1 期，1943 年 1 月 20 日。

不懂事的小兒子早上醒來後沒見到母親，竟以為她死了，於是大喊大叫起來，結果引發一場鬧劇，冷血的叔叔來到後不僅不幫忙，反欲趁亂搶奪房契地契，最後母親回到家裏，眾人始而以為「有鬼」，待明白真相後，一齣鬧劇方才收場。這部小說的意蘊與《女客》截然不同，如果說《女客》的主人公生活難以維持，是由於把兒子送去參軍，那麼《一個清晨》則恰恰相反，正是由於被親戚欺侮得無法生活，母親才讓兒子當兵。在這裏，「抗戰」自然無法充當苦難的擋箭牌了，只不過，小說中苦難的製造者兼有鄉紳與主人公親戚的雙重身份，而且作者明顯更強調後者，這樣一來，關於「倫理」的敘事就成功地沖淡了、甚至完全掩蓋了關於「階級」的敘事。

　　與前面幾篇表現「最受苦痛的平民」的作品相比，丁伯驤的《除夕》則似乎走得更遠，這篇小說講述的，簡直就是一個關於「階級壓迫」的故事：除夕夜裏，丫頭蓮喜因為說錯了一句話，就被趙老太太一頓痛罵；剛出門去，又被淘氣的孫少爺拿雪塊打中鼻樑，她禁不住地流眼淚，卻又怕老太太看到了發火；祭祖的時候，老太太發現忘了把兩盆萬年青搬到堂屋，又很不高興地差蓮喜和黃媽去搬，而蓮喜不小心腳下打滑摔碎了花盆，這讓老太太勃然大怒，硬說她是故意犯忌諱，竟不讓她吃年夜飯，並惡狠狠地威脅「過了年再同你算帳」，蓮喜忍著疼痛和飢餓，並帶著恐懼回到自己的房裏，同情她的少奶奶偷著拿了兩塊年糕想給她充饑，卻發現她發起了高燒，嘴裏還一直說著「胡話」：「老太太，罵了我，大孫少爺玩的冰滑倒我的……」[註20]寫這樣的故事，作者的本意自然不可能是「挑撥階級的仇恨」，但它確實給讀者留下了一定的「誤讀」空間。不過作品中還設置了黃媽和少奶奶兩個人物，前者與蓮喜同為僕人，卻對蓮喜的遭遇幸災樂禍；後者雖也是家庭中的「統治階級」，卻對下人飽含同情，這兩個形象可以在一定程度上對故事中可能暗含的「階級」話語構成消解。

　　如果套用張道藩的說法，我們或許可以把《除夕》的主旨歸結為暴露趙老太太這樣的地主婆的「暴虐」和「壓迫」，而促成這一類人的「覺醒」。可以與這篇小說對照來看的，是徐盈的《梁金山》。《梁金山》是一部頗為獨特的作品，它在當期目錄裏雖被放入小說欄目，但把它看做報告文學似乎更合適一些，因為其中的人與事基本都是有現實依據的。梁金山是著名的愛國華僑，1884 年出生在雲南，早年因家貧赴緬甸謀生，在一座銀礦工作，憑著自己的勤勞和智

〔註20〕丁伯驤：《除夕》，《文藝先鋒》第 3 卷第 6 期，1943 年 12 月 20 日。

慧漸漸從一個普通的礦工升到管理職位，並積累了大量財富。「九・一八」事變後，梁金山積極投身抗日救亡運動，從 30 年代直到抗戰結束，累計捐款捐物折合白銀上萬兩，並多次無償動用自己公司的卡車幫助政府搶運抗戰物資。但他更驚人的壯舉還是聯合其他華僑，出鉅資修建了橫跨怒江的惠通橋，它是滇緬公路上的最重要橋樑之一，從 1938 年 12 月至 1942 年 5 月，共有 45 萬多噸的國際援華物資通過惠通橋運往後方。他曾因二戰期間突出的功績而受到英國女王的親自接見，並被國民黨中央授予「模範黨員」的稱號。1949 年後他也受到了新政權的禮遇，歷任全國僑聯委員會委員、雲南省僑聯主席等職，並曾當選第一、二、三屆全國人大代表，1977 年在家鄉逝世。

梁金山一生中最重大的貢獻，自然是捐資修建惠通橋，而且這也是與抗戰有著極為密切關係的一件事。不過頗令人感到意外的是，《梁金山》一文雖也提到了這件事，但並沒有特別把它突出出來，這當然有特殊的現實原因：就在該文發表之前半年多（1942 年 5 月），為了阻止日軍的進犯，這座耗費了梁金山小半身家的大橋不得不被炸毀，在這種情況下，如果過分渲染梁金山修橋之事，或許難免有些尷尬；而更重要的原因則是，《梁金山》一文關於主人公對抗戰的貢獻雖然也著墨頗多，但更加突出的卻是他不忘本的精神。比如文中寫道，梁金山在緬甸的礦場做了兩年工頭以後，歐洲老闆因為回國，一次性付給他兩萬多盾盧比的薪酬，其中包括由他招募來的工人的薪水的五分之一，但他堅決不收：「因為那不是我的……那是我的弟兄們的血汗錢，我不能一個人黑著心吞下」，他甚至對老闆說：「謝謝你。——到今天才知道我對不起他們。」但老闆堅持按規矩辦事，所以梁金山只好託他暫時保管這筆錢，意想不到的是，老闆回歐洲後用這筆錢替梁金山做起了股票生意，由於歐戰的影響，股價節節攀升，等他再次回到緬甸時，竟然交給了梁金山十五萬多盾的盧比。他日後發家的基礎正是由此奠定的，而且他在發達後也時刻不忘他的弟兄們，並堅持認為「他的財富中全是別人的血汗的累積，不敢獨吞獨佔，他自己僅僅把自己當作一個保管人，在尋找一個適當的時期，把眾人身上壓榨來的錢再用到眾人身上去」。就連他修建惠通橋，除了為滇緬公路出力外，也還有一個更加直接的原因：他派回國內打探消息的一個老工人，經過怒江的時候恰逢漲水而被吞沒，梁金山聯想到每年這時候，怒江原有的拉猛橋下都會有許多人變成新鬼，所以才決定「要為死去的多少弟兄和祖國完成這一件大事」〔註 21〕。把

〔註 21〕 徐盈：《梁金山》，《文藝先鋒》第 2 卷第 2 期，1943 年 2 月 20 日。

「死去的弟兄」與「祖國」並置，這大概並非偶然，因為這篇文章不僅讚頌了梁金山對祖國的態度，也讚頌了他對底層勞動者的態度，而且後者的重要性至少不遜於前者。實際上，梁金山發跡後雖然也有了自己的產業，但他更主要的身份仍是銀礦的管理人員，並多次回國替礦場招募工人，所以他不僅是緬甸的「華僑領袖」，也被看成「華工領袖」，在大力支持抗戰之前，他已經獲得了崇高的威望，這正是由於他對待窮苦工人的仁厚和義氣。

如果說《除夕》裏的趙老太太是一個富貴者「不該如此」的典型，那麼梁金山則是一個「應該如此」的榜樣。從底層摸爬滾打起家的梁金山，從不忘記底層民眾的苦難，而且總以為自己的財富是「壓榨」眾人得來的，正是這樣的認識讓他做出了種種義薄雲天的善舉。梁金山的思想與言行，可以說恰恰契合了國民黨試圖靠「大資本家大地主」的「覺悟」來解決民生問題的思路，因此他得到了國民政府高規格的褒獎與宣揚。只不過，要讓億萬底層民眾擺脫剝削和壓迫，單靠一個梁金山是遠遠不夠的，而必須讓中國所有的富人都成為梁金山才行——這自然近乎天方夜譚。所以，如果只是把梁金山看做一個有著崇高人格的個人英雄，那他的事蹟確實令人感動，但是若想通過梁金山的榜樣來促成「大資本家大地主」的「覺悟」，進而改善民生，那只不過是一廂情願的幻想。

除了上述作品外，《文化先鋒》《文藝先鋒》上關於《文化運動綱領》的討論也頗值得留意。1943 年 9 月，國民黨第五屆中央執行委員會第十一次會議通過了《文化運動綱領》，該《綱領》聲稱：「生命為宇宙的主宰，民生為歷史的中心。其出發點則為仁愛。是以民生為宇宙大德的表現，仁愛即民生哲學的基礎，民生哲學就是中華民族文化的哲學基礎，文化與民生實為一體。『民生之外無文化，文化之外無民生。』（引總裁語）」〔註 22〕話雖然說得空洞而莫名其妙，但卻明白無誤地把「文化」與「民生」綁在了一起。作為官辦文化刊物的《文化先鋒》《文藝先鋒》，自然不能不對此有所配合，先是《文藝先鋒》「專載」了《文化運動綱領》的全文，此後不久，《文化先鋒》上便出現了一篇題為《文化、創造、民生——文化運動綱領讀後感》的捧場文章，不過該文中提到民生與文化之關係的只有結尾處的一句話：「『文化與民生實為一體』，亦惟有實現三民主義，保障和豐富民族的生活力，才能充實民族的文化創造力，發

〔註 22〕《文化運動綱領（十一中全會通過）》，《文藝先鋒》第 3 卷第 5 期，1943 年 11 月 20 日。

揚我們新的中華民族的文化！」〔註23〕用「民族的生活力」這樣似通非通的說法來解釋民生，只能令人失笑，而該文前半部分關於「文化」的論述，也多半是些陳腐的套話，全無可取之處。

繼《文化運動綱領》之後出現的關於「民生」的文章裏，真正值得注意的是出自國民黨中宣部官員羅克典之手的《民生主義之哲學的邏輯》。從題目上看，這似乎應該是　篇以正面立論為主的文章，但實際上，作者幾乎從頭至尾都在試圖反駁馬克思的觀點。文章分為兩部分，第一部分論述的是「民生史觀」，而重點則在於把民生史觀與唯物史觀區別開來，作者先是援引了孫中山關於人類行為可分為三個階段即「求生存」、「求舒適」、「求奢侈」的說法，並認為只有第一階段才是具有決定意義的：「不管二三兩階段的生活之力和量如何地大，它的一部分只是直接間接作為解決或提高第一階段的生活，其餘部分則在生存已得到安定之後才會發生的結果。」但是當生產技術提高後，「人類便容易把第一階段求生存的經濟生活之印象弄朦糊，而把費人類許多精力與欲念之第二三兩階段生活作為主要的內容……遂容易被物質的客觀存在所朦混而忽略了物質只是求生存的手段。」在作者看來，馬克思的「錯誤」正在於此，因為他把生產關係、生產方式視為社會發展的決定性因素，而沒有認識到「客觀之物質條件的所以會影響到人類的行動，卻完全是被生理的自然要求所驅動，這是說，人類因為必須生存，生理上便主使人類去獲取他們可能獲取的物質，所以生存之欲念是主動，物質的存在是生存之手段」〔註24〕。

從上面一段話中，我們可以看出國民黨在為其意識形態構建哲學基礎時無法克服的致命傷：當他們勉為其難地把「民生」這一本屬於現實政治領域的概念哲學化、普遍化的時候，總會導致概念的模糊與邏輯的矛盾，我們在戴季陶、陳立夫直至羅克典等人的文章裏，都會看到「民生」、「生」、「生存」、「生活」等有明顯差別的概念被混同起來使用，而且這些概念幾乎都被看做不言自明的，而很少得到最起碼的解釋。大致說來，這些作者在使用上述概念時至少賦予了它們三種意義：第一種是「生存之欲念」，但按照這種解釋，所謂民生哲學和其他主觀唯心主義哲學派別就沒有本質上的差別了，國民黨所宣揚的「超越唯物與唯心」自然就是一句空話；第二種是「生理的需求」，這種解釋

〔註23〕吳顯齊：《文化、創造、民生——文化運動綱領讀後感》，《文化先鋒》第 3 卷第 4 期，1944 年 1 月 1 日。

〔註24〕羅克典：《民生主義之哲學的邏輯》，《文化先鋒》第 3 卷第 21 期，1944 年 6 月 21 日。

與上一種的差別在於它更重視「生」（生存、生活）的物質條件，但如此一來，它與馬克思學說之間的界限便會模糊起來；第三種則是把「生」的概念神秘化、玄學化，不是援引中國古典哲學中「天地之大德曰生」之類的論述，就是從現代生物科學中附會出「宇宙一切現象都是生命的表徵」之類似是而非的結論。幾乎所有國民黨內的理論家都一致認為，「民生」應該是他們的哲學體系的核心，然而這個核心本身就是四分五裂、面目模糊的，所以圍繞著它所建立的整個哲學體系，也必然會不堪一擊。

回到羅克典的文章，該文基本沒有在玄學的意義上使用「民生」的概念，但卻一直在前兩種意義之間游移不定，尤其是作者在試圖批駁馬克思的觀點時，其自身的立腳點就很不穩固。而且他常常把馬克思的觀點做出令人啼笑皆非的曲解，比如他說馬克思認為「人類之所以要求取食料自然是因為有食料的存在，人類之所以要紡織布匹，亦是因為有紡織機和棉花的存在」，接著就像煞有介事地批駁起這種被偷樑換柱的「唯物史觀」：「但我們不要忘記，人類因為生活上必須食料，才去作獲取食料的行動，因為生活上要衣穿，才去作紡織之行動……我們充其量只能說人類因為有了客觀的物質條件，才使行動限於某一形態，但斷不能說因為有了客觀的物質條件，就使人類必然發動某種行動，因為物質只是人類達到行動之目的的手段，生活才是人類行動之動力」。實際上，在馬克思的哲學體系中，主客觀的統一總是被反覆強調的，按照這種觀點，人類對生活資料的需求與生活資料能夠滿足人類需要的屬性，本就是同一個硬幣的兩面，馬克思絕不會像羅克典臆想的那樣將二者完全割裂，何況人類對物質資料的需求，本身也可以被看做一種「客觀存在」。所以，羅克典這番自以為是的批駁，其實是完全不得要領的。

羅文的第二部分討論的是社會進化的「原動力」問題，其主要觀點是推動社會進步的不是階級鬥爭而是「調和」，具體而言有四方面：第一，人們在社會中遵循分工合作的原則，只有互相調和才能增進社會生產力；第二，階級鬥爭是社會發展中的病態而非常態；第三，人類歷史上的鬥爭，並不全是階級鬥爭；第四，經濟的改良可以替代階級鬥爭。這些觀點都是孫中山本人提出的，羅克典只是對它們略加闡釋和發揮而已，基本沒有什麼創見。

我們雖然很容易指出該文中的種種缺陷與漏洞，但問題的關鍵在於：作者要論述的本來是「民生主義之哲學的邏輯」，那麼他的論述為何要從頭到尾在與馬克思主義的對話中進行？實際上，無論他對馬克思的批駁有無道理，這種

行文方式本身已經暗示了民生主義的歷史觀與馬克思主義之間的曖昧關係。借用《共產黨宣言》中的比喻，我們或許可以說，馬克思主義真的就像一個揮之不去的「幽靈」，不斷徘徊在「民生主義」提倡者的腦際。

第三節　救贖之道：重拾民族主義

如果說張道藩等人試圖建構的「三民主義文學」總是不得不在新與舊、左與右的漩渦中掙扎，並因而產生合法性危機的話，那麼民族主義則為其提供了唯一的救贖之道。《文化先鋒》《文藝先鋒》一直自覺地把「民族主義」納入「三民主義文學」的理論框架中，並且總是強調和突出民族主義。比如，張道藩《文藝政策》一文提出的「五要」中，第一條就是「要創造我們的民族文藝」——當然正如前文所述，這裡所謂「民族文藝」和民族主義文藝不能劃等號，但是除此之外，後面還有一條「要以民族的立場來寫作」，這可就是不折不扣地鼓吹民族主義了。而其餘三條則為「要為最受苦痛的平民而寫作」、「要從理智裏產作品」和「要用現實的形式」，其中除了「要為最受苦痛的平民而寫作」可以聯繫到民生主義以外，另外兩條均屬創作方法範疇，而與三民主義並無直接關係。由此，民族主義在「三民主義文學」中所受重視的程度即可見一斑。在民族危亡的時刻，「民族主義」具有不言自明的意義，這時用「民族主義」來喚起社會各界的認同是極其容易的。可以說，以《文化先鋒》《文藝先鋒》為主要陣地的三民主義文學，正是由於成功地「收編」並盡可能地利用了民族主義話語，才掩蓋了其自身內部的種種矛盾與裂隙，並在抗戰期間獲得了很大程度的合法性。

抗戰期間，文學作品中最能夠直接地表現出民族主義話語的，無疑是那些抗戰題材的作品。在《文藝先鋒》、《文化先鋒》上，內容直接或間接與抗戰相關的作品所佔比例相當大，雖然其藝術水準良莠不齊，但是單就創作數量來看，尚可以稱得上繁榮。具體而言，這些抗戰題材作品又大致可以劃分為以下三類：

第一類是表現日軍及日偽當局的殘暴的。其中比較有代表性的有唐紹華的《盧難》〔註25〕、趙家璧的《聖誕節的悲哀》〔註26〕等。《盧難》中的故事

〔註25〕發表於《文藝先鋒》第 1 卷第 6 期，1942 年 12 月 25 日。
〔註26〕發表於《文藝先鋒》第 2 卷第 4 期，1943 年 4 月 20 日。

發生在淪陷後的南京，一個小學教師黃隱三和妻子如蘭、六歲的女兒盧難，一起過著窮苦的生活，一天他在街上碰到昔日在學校當廚子、後來給日本人做事的趙老三，趙老三慫恿他給一個司令官當文書，並借給了他五十塊錢。迫於生活的極度貧困，黃隱三面對誘惑有些動搖，但後來妻子對他進行了勸說，他自己也想到了女兒名字的來歷——孩子出生在盧溝橋事變那一年，他為了讓孩子終生記住國難，才給她取名「盧難」——於是下定決心絕不當漢奸。但就在次日黃隱三去回絕趙老三、妻子另到別處去借錢的時候，孩子卻被流氓拐走，並送到日本人手裏，日本人向黃隱三夫婦勒索一千元，夫婦二人與綁架者發生爭執，結果妻子也被掠去，丈夫則因為給女兒取名有「抗日嫌疑」，以及「毆打大日本國民」的雙重罪名被捕。這篇小說以陰沉的筆調，把淪陷區人民的苦難生活表現得觸目驚心。

《聖誕節的悲哀》所講述的故事則非常簡單：聖誕節清晨，小女孩小玲把×叔（即敘事者「我」）叫醒，要×叔和她一起去教堂做禮拜，並聽她登臺唱歌，×叔知道教堂會給表演節目的孩子發放糖果，就打趣要她分糖果給自己吃。到教堂後，小玲的表演非常成功，但她剛下臺不久，就響起了空襲警報，×叔趕緊隨人群疏散到安全地點。等到警報過後，他才得知小玲和她的媽媽因為躲避不及，已在轟炸中喪生。最終×叔見到小玲的遺體時，發現她口袋裏的一包糖果還未開封，似乎還在等著與他分享。雖然小說沒有多麼複雜的情節，但是作者對小女孩小玲的種種可愛之狀做了非常細膩的描寫，這樣其最終的悲劇命運就比較能夠打動讀者，從而成功地達到了控訴侵略者罪惡的目的。

同樣是以日軍空襲為題材，《文化先鋒》上連載的易君左的組詩《一九四一年轟炸集》[註27]則顯得比較特殊。形式上，似乎是為了貫徹其「革命的新民族詩」的主張，易君左創造了一種半新不舊的詩體，他的作品中有的看著像舊詩，但多不合格律，所用詞句也多是白話的；有的看著像新詩，但又沒有所謂「新文藝腔」，且很講究押韻，結構也相對整齊，似乎更像民間的歌謠。另外，《一九四一年轟炸集》的內容並不完全是對於日軍的控訴，也反映了大後方生活的一些其他側面。且以下面兩首詩為例：

挾被攜箱入洞天，西飛荒鶩忽驚傳。全家都避蓉郊外，塵潤枯墳密竹邊。絕無怕死貪生意，但湧同仇敵愾情。悶坐渾然飛入夢，

〔註27〕連載於《文化先鋒》第 1 卷第 13、14、17 期，1942 年 11 月 24 日、12 月 1 日、12 月 22 日。

神鷹萬隊炸東京？〔註28〕

　　前天我經過，破瓦成堆，殘磚成垛，電線如亂髮婆娑，大坑小坑幾個！

　　昨天我經過，努力支架！努力釘板！努力接線！努力裝鍋！

　　今天我經過，依舊招牌，依舊酒肉，依舊燈光照耀，依舊醉顏酡。〔註29〕

　　前一首詩寫的是作者全家一起出城躲避空襲的情景，七字八句的形式看似律詩，但在格律方面卻處理得很隨意，而且五、六句頗似標語口號，毫無舊詩的韻味。末句「神鷹萬隊炸東京」在今天的讀者看來未免有些過火，不過在戰爭的特殊情境下，這樣的復仇心理或許也是必然而真實的。後者則是一首歌謠式的「新詩」，寫的是某地從被炸到恢復原貌的過程，詩歌的意蘊似可以有兩種解釋：既可以理解為讚揚後方人民的堅忍不拔、在家園遭到破壞後迅速恢復生活常態，也可以理解為諷刺某些人在戰爭時期仍然生活奢靡、醉生夢死。儘管就藝術水準而言，易君左的《一九四一年轟炸集》並沒有取得什麼令人稱道的成就，但是這組詩逐日記錄了 1941 年重慶人轟炸的整個過程，這是非常難能可貴的，甚至有研究者把它和關於重慶大轟炸的歷史文獻做了「詩史互證」式的研究〔註30〕，其史料價值由此可見一斑。

　　第二類是表現中國軍民的反抗的作品，這類作品的數量要多於前一類，但是總體質量卻要稍遜一籌，甚至可以說其中大多數都比較幼稚。這可能與一些作家未能親身參與戰爭、僅憑耳食或想像來創作，故而缺乏生活實感有關。比如，《文藝先鋒》的創刊號上面，第一篇小說是張十方的《偶發事件》，它所講述的故事就很不高明：火車司機程金泉在駕駛途中遇到緊急警報，於是停車和乘客一起在鐵路旁躲避，碰巧看到不遠處一架敵機失事、飛行員用降落傘逃生，他和幾名乘客一起走上前，隨身攜帶武器的敵機飛行員竟然毫無戒備地要求他們帶路，於是程金泉在帶路途中故意走在後面，並趁其不備在背後將其緊緊抱住，然後在乘客的幫助下成功將其俘虜。小說最後還有一段尾聲：敵機失

〔註28〕 易君左：《一九四一年轟炸集・三月十四日紀事》，《文化先鋒》第 1 卷第 13 期，1942 年 11 月 24 日。

〔註29〕 易君左：《一九四一年轟炸集・大轟炸後，過某地》，《文化先鋒》第 1 卷第 13 期，1942 年 11 月 24 日。

〔註30〕 熊飛宇：《〈一九四一年轟炸集〉與〈抗戰時期重慶大轟炸日誌〉的詩史互證》，《抗戰文化研究》第六輯。

事後，敵方又派出飛機搜尋，但毫無收穫，只好投下一個小口袋，裏面裝著命令要求飛行員去某處找一位「支那人」，而這個小口袋造成的結果則是「當天晚上，那一帶的五名大小漢奸，在睡夢中落網了」。作者把敵人描寫得如此愚蠢而麻痹，似乎有些令人難以置信，而且小說的結構也很鬆散，前半段拉拉雜雜寫了許多湖南一帶的戰況、火車司機程金泉的外貌、性格和經歷，甚至鐵路周邊的景物等等，直到後半段才開始進入真正要說的故事。作為《文藝先鋒》上的第一篇創作，這篇小說的水準實在讓人失望。

發表於《文藝先鋒》第 2 卷第 4 期（1943 年 4 月 20 日）上的蘇明的小說《盜馬記》，情節同樣非常誇張：某小村旁邊有一條河，河的對岸駐紮著日軍，村民都不敢到河邊去，只有幾個膽大的小夥子時不時來此，並和駐守在岸邊的中國軍人閒聊。一天晚上，一個綽號「麻繩」的小夥子僅僅因為和同村的一個姑娘打賭，就隻身下河，游向河對岸，姑娘因為害怕闖禍，在岸邊喊叫要他回來，可是她的喊聲反倒驚動了對岸的日軍，他們開始朝這邊放槍，但並沒有發現水中的麻繩。接下來的情節則可謂離奇，麻繩不但安全地游到了對岸，還從日軍那裏偷來了兩匹軍馬，直到他牽著馬下水、要游回村子時，日軍才發現，並朝河裏射擊，這時麻繩的兩個夥伴也游過來接應他，在河邊站崗的中國軍人洪班長，也開始向對岸放槍，結果追趕麻繩的兩個日本兵一個被擊斃、一個轉身逃跑。最終雖然麻繩身上負傷，一匹軍馬也被打死，但他還是在同伴的幫助和洪班長的掩護下，成功把另一匹軍馬偷了回來。這樣的故事，即使不說是天方夜譚，至少也是會讓人懷疑其真實性的。

在《文化先鋒》《文藝先鋒》上所有表現中國軍民反抗的作品中，相對而言，由《文藝先鋒》主編王進珊親自操觚、發表在該刊創刊號上的獨幕劇《鹽的故事》，還算得上是較為成功的一部。該劇講述的故事發生在某鎮上的一座小廟裏：一個盲眼老人和一個道人住在此處，這天先後來了一個乞丐和一個瘋婦，從瘋婦顛三倒四的敘述中人們得知：兩三年前她才和丈夫成婚，並育有一子，後來開鹽號的父親在她丈夫的勸說下，經常偷偷把鹽賣給城外山上的游擊隊，結果日本人發現了，竟然將她父親破開肚子，用一包鹽活活醃了，丈夫僥倖脫逃後便杳無音信，她自己後來又被日本人強姦、孩子也被刺死，自此便精神失常，四處流落。而盲眼老人聽了她的敘述後，也講起了自己的經歷：三年以前，他和兒子劃著船幫游擊隊偷運鹽時被發現，兒子跳進水裏得以逃脫，老人則被抓住，並被日軍拿燒紅的鐵釺子戳瞎了眼睛。這時乞丐才說明了來意：

游擊隊剛剛打退了附近的日軍，並打探到日軍囤積了大量的鹽，但不知道藏在何處，就讓乞丐帶路，可乞丐只知大致方向而不知具體位置，所以才來向盲眼老人打聽。於是，乞丐問明老人後帶著游擊隊找到了藏鹽的處所，但此時日軍已經搶先到了，打算逃跑之前把鹽運走，游擊隊經過一番激戰才終於搶到了鹽，但是戰鬥中一名隊長受傷了，他被抬到眾人所在的廟裏醫治。老人通過別人對傷者外貌的描述，得知這就是自己的兒了，而瘋婦也認出這是自己的丈夫，至此眾人才知道他倆原來是翁姑。最終，瘋婦在與丈夫重逢、與公公相認的刺激下恢復了神智。

這部《鹽的故事》結構緊湊、故事集中，情節發展張弛有度，總的來說算得上是一部具有一定水準的劇作。但可惜的是，作者似乎仍然唯恐主題的表達不夠清晰，於是在劇本中塞入了許多類乎口號的套話，而且這些話大多是由瘋婦的口中說出，這就讓人覺得頗有些怪異。比如劇本中寫瘋婦由日本兵的刺刀聯想到被殺的父親和孩子：「刺刀上在滴著鮮紅的血，我爸爸的血！我兒子的血！……血，血，中國四萬萬同胞的血！」最後一句的拔高明顯是畫蛇添足。瘋婦還有一些更令人瞠目結舌的臺詞，如「咱們都是中國人，你說，咱們是不是有權利生活，有權利做人，有權利……」，「我要看看城頭上是不是換了我們的旗！那代表自由的中國的國旗……」等等，這簡直會令讀者疑惑「發瘋」的究竟是劇中人還是劇作者。過多地插入劇本中的「抗戰八股」，嚴重影響了它的藝術水準。

第三類作品則是並不直接描寫抗戰，而是透過生活中的一些瑣事，來表現普通人的抗戰意識。不過此類作品中也鮮有佳作。比如發表在《文藝先鋒》創刊號上的謝文炳的小說『「小漢奸」』，寫的是一個叫蕭漢江的小學生，因為名字諧音「小漢奸」而常被同學取笑，後來一個經常欺負別人的孩子又以此向他挑釁，結果他被惹惱後竟然掏出尖刀將對方刺傷，並因此被學校開除。作者明顯是想通過一件小事來闡發民族大義，但手法過於簡單，主題的表達便顯得很牽強。比如蕭漢江傷人後被父親責問，他的回答是：「我說，爸爸，上次媽媽不是給日本人燒死的嗎？我們學校吳先生說，日本人是非常可恨的，但漢奸比日本人更可恨。要不是他們幫助日本人，日本人是殺不到我們這兒來的。所以吳先生對我們說過，漢奸是最壞的人，我們不可隨便叫得玩。」而孩子口中的吳先生，也在學校開會討論此事時，反對將孩子開除，其理由是：「以一個十歲的孩子，居然把漢奸這一個名稱深惡痛恨到不怕拿刀子來對付他的同學，這

不能不說是我們小學教育的成功。」持刀傷人無論怎麼說都是性質惡劣的事件，上述辯護總顯得似是而非，而況從一件小學生之間的日常瑣事，就升發出如此一番大道理來，未免有過分拔高之嫌。即使單就小說情節本身而論，一個十歲的小學生竟然隨身攜帶著尖刀，也簡直是匪夷所思。

蒂克的小說《南國的姑娘》〔註 31〕，寫的則是一個「抗戰加戀愛」的故事：出生在泰國的混血姑娘雯蓮，因為父親怕她「渲染上異國的色彩」，而希望她「變成一個道地的中國人」，所以在她很小的時候就把她帶回中國。回國後，雯蓮在祖母身邊度過了一個快樂的童年，長大後又和青年沈庸墜入愛河，抗戰爆發後，她隨著沈庸來到漢口，在那裏，她參加了戰地服務團，並很快成為隊長，但是後來沈庸又輾轉去了昆明，並來信催她同去。雯蓮對情人的依戀壓倒了她對工作的熱情，所以她不顧服務團裏同志的熱切挽留，隻身去昆明和沈庸會合，然而到了昆明不久，她卻發現沈庸已經變心，甚至在報上登出聲明要和她解除婚約。此後，她決定告別自己以往「自私的靈魂」，不再把自己的一切都寄託在一個人的身上，而要「把愛情交給所有的善良的人們。」在小說的結尾，雯蓮參加了赴緬甸的遠征軍，在軍隊裏擔任傷兵救護工作。這篇小說在情節上並沒有太多新意，一望而知是二三十年代左翼小說中常見的「革命加戀愛」的套路，只是把階級敘事換成了抗戰而已。不過把作品放在抗戰的語境下，我們也能發現其獨特的意義：戰時的文學作品要發揮宣傳功能，其中很重要的一個方面就是動員人們參軍，抗戰期間國民革命軍人員損失慘重，盡快補充兵力的重要性不言而喻。為了挖掘具有較高素質的兵源，早在 1938 年 2 月 1 日，教育部就曾頒布條例，鼓勵青年學生參加戰時服務；1942 年，蔣介石又通電全國，號召青年學生服役；到了戰爭後期，國民政府更是發動了轟轟烈烈的「知識青年從軍運動」〔註 32〕。因此這篇《南國的姑娘》讓女主人公拋棄個人情感而去參軍，雖然有些落入俗套，卻也有一定的現實意義。

趙清閣的《紅腰巾》〔註 33〕所寫的故事則頗耐人尋味：小說的主人公是一個老太太，她主動把兩個兒子送去參加抗戰，後來兩個兒子都在一場戰役中犧牲，因此她變得瘋瘋癲癲，整天繫著一條紅腰巾（這是她的兒子立功後政府獎勵給她的），上面掛著小銅鑼、木棒、竹板等物，到茶館、街頭等處「宣傳抗

〔註 31〕發表於《文藝先鋒》第 1 卷第 4 期，1942 年 11 月 25 日。
〔註 32〕參見江沛、張丹：《戰時知識青年從軍運動述評》，《抗日戰爭研究》2004 年第 1 期。
〔註 33〕發表於《文藝先鋒》第 2 卷第 3 期，1943 年 3 月 20 日。

戰」，人們都不知道她的名字，就給她起了個外號「紅腰巾」。她經常在茶館喝茶不付帳、拿街頭小販的花生吃不給錢，別人誰也不敢管她，否則她就會摔碎杯子，或者推翻攤子，然後指責對方不知道「尊敬抗戰家屬」。一天她不知何故在茶館裏和一對青年男女發生爭執，遂對他們破口大罵，她罵女的：「我看透了你的肚子裏滿是糟糠；你的心全是黑的；你的靈魂更是醜惡的；你同妓女一樣，只知道給男人玩兒，別的，你會幹什麼？你會宣傳抗戰嗎？你會生個兒子去當兵嗎？……你在我的眼裏連豬狗都不如，你不過是一個廢物！一個禍害！」又罵男的：「你這小流氓！你這沒血性的狗！你這衣冠禽獸！你枉生為一個男子漢大丈夫，國家養你，你不去替國家從軍打仗，你怕死，只知道躲在後方耍女人，多麼可惡啊！……如果你是我的兒子的話，我就非槍斃你不可。」被罵的女郎要叫警察，「紅腰巾」又搬出了自己的烈屬身份，揚言誰也管不了她，最後那一對男女只好落荒而逃。他們走後，「紅腰巾」就開始揮動木棒竹板，唱起了她自編的小調：「救中國，抗日本！復興民族，殺盡鬼子小龜孫！男人們，要當兵！女人們，要做好母親！兒子打勝仗，賺得紅腰巾，老娘繫著真開心！」她翻來覆去唱的只有這幾句詞，卻越來越激昂，直到大家給她喝了幾聲彩後，她才收拾起工具，心滿意足地離去，彷彿完成了什麼重大任務似的。

「紅腰巾」的遭遇（失去兒子而發瘋）和行為（反反覆覆向人訴說同樣的一番話），使她看起來頗像個抗戰版的祥林嫂，但是她絕不像祥林嫂那麼卑瑣，她所要求的並不僅僅是人們同情的眼淚，而是要所有人都尊重她這個英雄的母親。同時「紅腰巾」宣傳抗戰的熱情，又很容易讓人聯想到丁玲的小說《新的信念》裏的陳奶奶：她在一次日軍的掃蕩中未能及時逃脫，結果不僅親眼目睹了孫子孫女的慘死，而且自己雖然年邁，也未能逃脫被強姦的恥辱，此後她不斷地、毫不掩飾地向村子裏的人講述她目睹過的慘象和自身的屈辱經歷，家人最初以為她瘋了，後來明白她這是故意在激起人們的抗日熱情，不但理解了她，還幫著她來宣傳。最後由於她的「演講」宣傳鼓動效果極好，她還被邀請加入了婦女會，正式做起了抗戰宣傳工作。「紅腰巾」這一角色與陳奶奶有極大的相似性，但是趙清閣把握分寸的能力顯然不及丁玲，陳奶奶的行為初看似乎有些古怪，但讀者很快就能理解她的用意（就像作品中她的家人那樣）；而「紅腰巾」四處白吃白喝的行為，已經無異於真正的瘋子了，況且她罵別人時說女人不去宣傳抗戰就「同妓女一樣」，男的不當兵打仗就應該槍斃，這樣的邏輯未免太蠻橫了。所以儘管小說的敘事者「我」（一個茶館裏的旁觀者）對

她做出了極高的評價，認為她「比誰都聰明，比誰都有思想，比誰都偉大」，同時指責那些嘲笑、厭惡「紅腰巾」的人是「冷血」，但讀者卻很難完全信服：畢竟，就算是再「熱血」的人，在無數次聽到那幾句翻來覆去的唱詞以後，也不大可能再被激動，「紅腰巾」以這樣的方式來「宣傳抗戰」，被人看成瘋子恐怕也不算冤枉。如果說丁玲筆下的陳奶奶是一個既讓人同情，更讓人尊敬的形象的話，那麼「紅腰巾」雖然同樣令人同情，但是由於她的「瘋」狀被渲染得太過分，難免使讀者對她的敬意大打折扣。

不過這篇《紅腰巾》的有趣之處倒不在於它的情節本身，在筆者看來，這裡其實有一種連作者本人也未必會意識到的象徵意味：「紅腰巾」口中那翻來覆去的、略帶幾分滑稽的「抗戰小調」，恰恰可以作為某些抗戰題材文學作品的絕妙譬喻，這些作品自身的藝術水準相當有限，甚至是千篇一律、毫無新意，然而它們的作者用筆來宣傳抗戰的誠意，卻仍然是值得尊重的，而且在抗戰的時代氛圍中，那些作品中所傳達出的民族主義情緒也確實能夠感動一部分讀者，正如「紅腰巾」雖然受到許多人的嘲笑，卻還是能遇到「我」這樣的知音一樣。進一步說，許多作家暫時犧牲了自己的創作個性，而在國家危亡之際加入到全民族的同聲合唱之中，這也和「紅腰巾」獻出自己兒子的行為有某種相似性，如果說兒子是母親自然生命的結晶的話，那麼作品的藝術風格不也同樣是作家藝術生命的結晶嗎？所以，對於《文化先鋒》《文藝先鋒》上面那些絕大多數都很不成熟的抗戰題材作品，我們也可以在這一意義上，給予一定的理解。不過，宣傳抗戰不一定非要採取「紅腰巾」的方式，陳奶奶的「演講」就比「紅腰巾」高明許多，如果抗戰題材的文學作品能夠有陳奶奶的「演講」那樣激動人心的力量，當然是再好不過的。

蔣星德的《愛與仇》〔註34〕所寫的故事很特別，它無法被歸入上述三類作品中的任何一類，但卻是《文化先鋒》《文藝先鋒》上所有抗戰題材作品中，把民族主義表現得最為徹底的一篇。故事從 1905 年冬天日俄戰爭剛剛結束的時候開始，島田大佐已經得知自己馬上就可以離開滿洲回到日本了，某天他的部下帶來了一對何姓中國夫婦和他們的孩子，由於在他們的家裏搜到了槍支，島田下令將他們處決，但關鍵時刻島田忽然發了惻隱之心，下令將年幼的孩子留下，並將其收為養子。二十年後，已經喪偶的島田退休在家，和他的養子何太郎、女兒芳子一起生活，這一對並無血緣關係的兄妹，漸漸萌生了相互愛慕

〔註34〕發表於《文藝先鋒》第 1 卷第 5 期，1942 年 12 月 10 日。

之情。後來島田病危，遂將何太郎的真實身世告訴了兩個年輕人，並希望他們結婚，但是何太郎得知養父竟是殺害自己父母的仇人後，報仇心切，遂想趁深夜殺死養父，不過當他拿著手槍來到養父的病榻前面時，卻發現島田已氣絕身亡。此後他仍然不能接受仇人的女兒作自己的妻子，儘管芳子對他一往情深，堅持不嫁人而守在他的身邊。又過了十年，盧溝橋事變爆發，何太郎再也不能忍受，遂離開日本輾轉來到上海從軍，臨行前給芳子留下一封信，告訴她自己絕不會回來了，要她盡快嫁人。小說的結尾是這樣的：「在上海戰役，南京戰役，徐州戰役中，有一個不會說中國話的小兵，名叫何忠國。他作戰非常勇敢，深得弟兄們的信仰和長官的嘉許。自從漢口戰役以後，已不見這位勇敢的士兵了，想必他已忠烈殉國了罷……只有在敵國的深閨中，一位半老的小姐永遠在盼望著。」

《愛與仇》的特別之處在於，故事的主人公何太郎（何忠國）自有記憶起就一直生活在日本，他不可能有任何機會受到中國的民族主義教育，但是，僅僅因為得知了自己是中國人這一事實，就使他萌生了難以泯滅的民族情緒，正如他得知了島田是自己的殺父仇人後，就萌生了復仇的念頭一樣。在這裡，民族主義被做了一種極端本質化的處理，它被認為是一種與生俱來的、不需要任何灌輸與教育，就能在一個人身上體現出來的天性。在小說的敘述中，何太郎（何忠國）的「家仇」與「國恨」顯然具有某種同構性，如果說為父母報仇是由於血緣關係而決定的人的本性的話，那麼為國盡忠也同樣是每個人天經地義的義務，即便他實際上對自己的祖國一無所知也無妨。然而，我們在這篇小說中仍然能夠看到一些微妙的裂隙，比如，作者沒有讓何太郎親手殺死養育自己多年的養父，而是讓島田自己死去，也沒有讓辜負了芳子的主人公在中國重新得到愛情與家庭，而是讓他在戰場上犧牲，這些情節無不暗示著：儘管民族主義是這篇小說的主旋律，它似乎佔據著壓倒一切的地位，但是另一些更為個人化的情感，卻還是倔強地從某些縫隙中露出頭來。

整個抗戰期間，發表在《文化先鋒》、《文藝先鋒》上的文學作品至少有一半以上都是和抗戰有關的，雖然它們的內容千差萬別，但是在渲染民族主義情緒方面，卻可以說是異曲同工。毋庸諱言，就藝術水準來講，這些作品中能稱得上佳作的實在是寥寥無幾，但是戰爭的環境已經決定了這類作品所秉有的天然的合法性，無論它們有多粗糙，都能夠或多或少地得到一些讀者的共鳴，正如「紅腰巾」口中的抗戰小調儘管乏味至極，卻還是能夠得到「我」

的讚美一樣。

　　值得注意的是，《文化先鋒》《文藝先鋒》提倡的雖然是「三民主義文學」，但是三大主義在具體作品中的體現其實是非常不成比例的，表現民族主義的作品比比皆是，表現民生主義的則屈指可數，而且這些作品的內容也多半和抗戰夾纏在一起，至於表現民權的作品，就幾乎完全找不到了。不過，沒有人會因此而指責《文化先鋒》《文藝先鋒》把「三民主義文學」變成了「一民主義文學」，對於這種打著「三民主義」招牌而販賣「民族主義」貨色的做法，作者、編者和讀者實際上彼此都心照不宣，因為在抗戰期間如果對此加以指謫，無疑會冒天下之大不韙，當年梁實秋在「與抗戰無關」問題上栽的跟頭便是前車之鑒。而且，對於「民族主義」的單方面強調，其實也掩蓋了三民主義理論的內在矛盾，抗戰期間，在同左翼陣營的歷次論爭中，國民黨文人反覆祭出的武器就是「民族至上」論，這種論調雖不能完全服人，但在抗戰的語境中至少可以自圓其說；同樣的道理，在具體的創作中，「三民主義文學」通過突出民族主義，實際上也達到了規避民權、民生這些更為棘手的問題之目的。

結　語

　　1945 年 8 月 15 日，日本天皇頒布《停戰詔書》，歷時八年的抗戰終於以
勝利告終。不過對於國民政府而言，緊跟著軍事上的勝利而來的，卻是意識形
態方面空前嚴重的合法性危機，而這種危機也必然會投射到文藝宣傳領域。雖
然戰後的國民黨官方文學已經超出了本書的論述範圍，但是考察這種文學究
竟是怎樣走向末日的，或許對於我們重新反思它的發展歷程不無幫助，因而此
處不妨略作回顧。

　　抗戰期間國民黨的宣傳策略一直是圍繞著「民族主義」這一中心的，而抗
戰勝利後，最主要的民族矛盾已不復存在，「民族主義」不再具有不言自明的
合法性，所以官方的意識形態宣傳也必須調整策略。但國民政府在這方面卻沒
能拿出有效的手段，以《文化先鋒》《文藝先鋒》為代表的國民黨文藝宣傳喉
舌，在抗戰勝利之初緊緊抓住的救命稻草仍然是民族主義，只不過其側重點由
民族危機的拯救轉向了現代民族國家的建設而已——這種策略可以說其來有
自，因為抗戰初期國民政府頒布過《抗戰建國綱領》，現在既然「抗戰」已經
勝利，「建國」似乎就會理所當然地成為新的時代主題。但是自 1946 年 3、4
月起，國共之間的衝突愈演愈烈，雖然談判仍然在時斷時續的進行，但雙方其
實都已漸漸失去興趣，一直都處在不宣而戰的狀態之中，「建國」的理想蒙上
了濃重的陰影。令人吃驚的是，此時的國民黨官方文藝刊物上卻不同程度地出
現過主流意識形態暫時「失語」的現象，從 1946 年 4 月直至 1947 年初，《文
藝先鋒》簡直變成了一份「純文藝」刊物，上面既沒有正面宣揚「三民主義」、
「建國」的論著或作品，也沒有明顯針對中共的攻擊文字。作為國民黨中央文
化運動委員會的機關刊物之一，《文藝先鋒》在如此敏感的一段時期內，表現

得卻這麼超然，實在有些不同尋常。這種「失語」可能是一種以退為進的策略：自抗戰結束以後，國民政府便漸漸失去了民眾的支持，此起彼伏的反內戰運動紛紛把矛頭指向國民政府。在這樣的情況下，官方的宣傳自然要儘量避免「發動內戰」的嫌疑，而努力做出「容忍」「寬大」的姿態。

直到 1947 年 7 月，戰場上的形勢已經完全發生逆轉，中共已由戰略防禦轉為戰略進攻，國民政府這才徹底摘掉「和平民主」的面具，而頒布了「戡亂總動員令」。隨著「戡亂總動員令」頒布，國共內戰從形式到內容都徹底公開化，因此，國民黨控制下的報刊在反共宣傳中便不再有任何顧忌。《文藝先鋒》的主帥張道藩再次粉墨登場，他的《文藝作家對於當前大時代應有的認識和努力》〔註1〕，是刊物在「戡亂」之初推出的一篇重磅文章。在這裡「三民主義文藝」又一次被搬了出來，但是此時重申民族、民權和民生的「原則」，只不過是為反共的現實目的尋找幌子而已，該文的基本邏輯是：共產黨「勾結外國、發動叛亂」，所以為了實現民族主義，必須「戡亂」；共產黨「反對民主憲政」，所以為了實現民權主義，必須「戡亂」；共產黨「燒殺搶掠」致使「生靈塗炭」，所以為了實現民生主義，必須「戡亂」。但這種以自欺欺人的謊言為基礎而進行的宣傳，隨著國內戰局的發展，已經越來越沒有市場，恐怕包括張道藩之流自身，沒有人會相信國民黨發動的內戰真的是為了三民主義的實現。在這樣的情況下，《文化先鋒》《文藝先鋒》已不可能完成其建設三民主義文化和文學的使命，而只能慘淡收場。

不過，如果說在意識形態鬥爭中的無能為力是《文化先鋒》《文藝先鋒》終刊的根本原因的話，那麼除此之外還有一個直接原因，就是刊物自身面臨的生存困境。1948 年 3 月，《文化先鋒》《文藝先鋒》上先後刊出了《首都雜誌界聯合宣言》，不過這次宣言和以往完全不同，它不再是以「輿論界」的名義對國民政府表示擁護，而變成了對當局的無奈抗議：

> 什誌編輯人與新聞記者，同為文化工作而努力，國家民族既然需要文化，也就同樣需要什誌編輯人與新聞記者。然而，今天新聞記者所享受的權利，什誌編輯人並不能享有⋯⋯再說，報紙與雜誌，同為文化事業，所擔負的任務，雖然不盡相同，但對國家民族的貢獻，根本並沒有兩樣。什誌界在抗戰期間曾經以紙彈發揮攻心的威力，與新聞界並肩作戰；而在戡亂建國的今日，儘管物價高，紙張

〔註 1〕發表於《文藝先鋒》第 11 卷第 2 期，1947 年 8 月 31 日。

貴，印刷難，郵費漲，生活苦，仍然和新聞界一樣在那裏大聲疾呼，沒有放棄本身的責任。然而，今天報館有政府大量的配給紙張，什誌社則不能享受同等的待遇，當然，論功行賞，報館是功有應得，而在我們看來，政府對報館幫助也還不夠，但若將什誌社置諸度外，不聞不問，聽其自生自滅，自然更是一件不公平不合理的事。〔註2〕

　　像《文化先鋒》《文藝先鋒》這樣的官方刊物，竟然也參與到雜誌界對政府的抗議中，這實在有點出人意料。但是從宣言中我們也不難看出，包括《文化先鋒》《文藝先鋒》在內的雜誌真的是支撐不下去了，所以才有這樣的無奈之舉。這篇宣言的末尾提出了三點希望，其中前兩點「籌組什誌界同業工會」和「希望全國新聞界予我們以道義的聲援」並無多大實際意義，只有第三點才是重點：「希望政府給我們應得的權利！國家財政誠然困難，紙張入口誠然不易。但天下事『不患寡而患不均』『不得其平則鳴』，假如國家不要什誌界，乃至不要什誌編輯人，我們自然無話可說。假如个，我們要請政府平心靜氣地慎重考慮什誌界迫切的需要，分配我們報紙，並予我們以切實而有效的輔助。」實際上，在上述宣言發表之前，就已經有一批國民黨的官辦刊物紛紛終刊，此後幾個月內，包括《文化先鋒》《文藝先鋒》在內的更多刊物也走向了末路〔註3〕。顯然，它們並未得到宣言中所要求的幫助。其中《文化先鋒》和《文藝先鋒》堅持得還算較久的，直到1948年9、10月間，小即中共發動遼瀋戰役之際，這一對差不多同時創刊的姊妹刊物，才又差不多同時終刊。此時距離它們所為之服務的國民黨政權敗退臺灣，也僅有一年多時間。

　　《文化先鋒》《文藝先鋒》的終刊，也標誌著國民黨官方文學在中國大陸走到了終點。彼時國民政府已經處於奄奄一息的境地，面對著更為嚴峻的重重困難與威脅，它不可能把更多的精力投入到文化事業上，這也是理所當然。但刊物「臨終」前幾個月的宣言也透露出一個耐人尋味的細節，即政府對於報紙和刊物的區別對待。儘管誠如宣言中所說，報紙和刊物同樣可以發揮宣傳作用，但是報紙的時效性以及反映社會問題的直接性，卻是定期出版的期刊所無法比擬的，尤其是《文化先鋒》《文藝先鋒》這樣以文化／文學為定位的刊物，在進行意識形態鬥爭的時候，更是比不上直接報導並評論時事的報紙。《文化

〔註2〕《首都雜誌界聯合宣言》，《文化先鋒》第8卷第4期，1948年3月1日；《文藝先鋒》第12卷第2期，1948年3月31日。

〔註3〕除《文化先鋒》《文藝先鋒》外，在此前後終刊的國民黨官辦刊物還有《中國青年》《建國青年》《三民主義半月刊》等等。

先鋒》《文藝先鋒》這樣的刊物，真正的優勢其實在於能把意識形態宣傳滲透到學術、文藝等領域中，從而產生長期的、潛移默化的影響，但是到了那個時代，這種優點顯然已不是當局所需要的了，所以它們最終遭到被「拋棄」的命運，也是在所難免的。

由此返觀抗戰時期的國民黨官方文學，我們或許能更清楚地考察其成敗得失。整個抗戰期間，國民黨官方文學的發展態勢基本上是「民族主義文學」和「三民主義文學」你方唱罷我登場，但實際上無論掛出什麼樣的招牌，民族主義都是它的唯一內核。這是由三民主義作為一種意識形態的先天不足決定的，它內部的曖昧、含混之處，使得國民黨官方文學自誕生起就不得不掙扎在各種漩渦之中，而顯得矛盾重重、面目模糊。唯一有可能幫助其擺脫這種宿命的，只有民族主義，尤其是在抗戰的特殊語境中，三民主義文學借助於民族主義話語掩蓋了其內部的種種矛盾與裂隙，並獲得了空前的合法性。但是「民族主義」絕不是一粒何時何地都能奏效的救命丹藥，當抗戰結束、民族問題已經不再處於整個社會的核心地位時，「民族主義」便無法繼續賦予官方意識形態以合法性了。當然國民黨一直抓著「民族主義」這根救命稻草不放，其中也有不得已的苦衷，蔣介石的心腹、國民黨最重要的御用文人之一陶希聖，曾經在1947年說過這樣的話：「我們的民權主義和民生主義沒有做到好處，我們承認。我們的民族主義卻自信做得堅決，做得辛苦，做得可以見諒於世界。」〔註4〕國民黨在民族主義方面，是否真如陶希聖所說的那般無可挑剔，當然大可質疑，且不說在「九‧一八」事變之後國民黨當局一面奉行不抵抗政策、一面積極「剿共」，在道義上是多麼說不過去，就是在國共合作的全面抗戰期間，也發生過皖南事變這種令親者痛仇者快的嚴重事件，這顯然不是一個真正以民族利益為重的政黨的所作所為。不過陶希聖這段話還是道出了另一方面的實情，亦即國民黨在解決民權與民生問題方面，實在乏善可陳。有學者在分析1930年代初的民族主義文藝運動時指出：「當局標榜奉行三民主義，但30年代初，天災人禍，民不聊生，何談民生？一黨專制，軍事獨裁，如何侈談民權？唯有民族主義，才既易於爭取民心，又正切合南京政府欲以民族意識沖淡階級意識、以權威意識壓倒個體意識、以統一意識取代地方意識的功利目的。」〔註5〕可以

〔註4〕陶希聖：《愛國運動與亡國運動》，《文化先鋒》第6卷第18期，1947年2月22日。

〔註5〕秦弓：《魯迅對20世紀30年代民族主義文學的評價問題》，《南都學壇》2008年第3期。

說，這種狀況貫穿了國民黨統治中國大陸的始終，所以國民黨官方文學對於民族主義的倚賴，也就勢所必至了。

因此，國民黨官方文學的成敗，幾乎完全繫於它在利用民族主義時的成功與否，但這卻往往並不是文學或文人本身所能決定的。當國民政府真心抗日、真正踐行民族主義的時候，國民黨官方文學自然會迎來它的高光時刻，比如「文協」的創建、第三廳的成功，都發生在國民政府順應民意、與中共合作抗敵的全面抗戰初期；反之，當國民政府槍口對內、一意「剿共」或者「戡亂」的時候，無論官方文人們如何鼓譟，其民族話語都很難自圓其說。當然，這或許不僅僅是國民黨官方文學面臨的陷阱，也是一切與政治關係密切的文學共同的宿命：文學若不為意識形態服務則已，一旦為意識形態服務，那麼它本身的感召力，就要在很大程度上取決於其所服務的意識形態的感召力。所以無論是「九‧一八」事變後國民黨官方文學的尷尬處境，還是它在全面抗戰期間有限的成功，或是戰後的慘敗，其命運似乎都是早被注定的。

參考文獻

一、民國報刊

1. 《長風》
2. 《大公報》（上海、重慶）
3. 《汗血月刊》
4. 《汗血週刊》
5. 《黃鐘》
6. 《解放日報》
7. 《解放週刊》
8. 《開展》
9. 《抗到底》
10. 《抗戰文藝》
11. 《矛盾月刊》
12. 《民國日報》（上海）
13. 《民族文藝》
14. 《民族文藝月刊》
15. 《前鋒週報》
16. 《前鋒月刊》
17. 《前途月刊》
18. 《申報》
19. 《文化先鋒》

20.《文藝先鋒》

21.《文藝新聞》

22.《文藝月刊》

23.《現代文學評論》

24.《新華日報》

25.《中央日報》

二、文集、資料集

1. 蔡儀主編：《中國抗日戰爭時期大後方文學書系·第一編：文學運動》，重慶出版社 1989 年版。

2. 蔡儀主編：《中國抗日戰爭時期大後方文學書系·第二編：理論·論爭（一、二）》，重慶出版社 1989 年版。

3.《陳垣學術論文集》，中華書局 1980 年版。

4.《馮雪峰論文集》，人民文學出版社 1981 年版。

5.《梁宗岱譯詩集》，湖南人民出版社 1982 年版。

6.《茅盾全集》，人民文學出版社 1984 年版。

7.《毛澤東選集》，人民出版社 1991 年版。

8. 秦孝儀主編：《中華民國重要史料初編·對日抗戰時期·第三編：戰時外交》，中國國民黨中央委員會黨史委員會 1981 年版。

9. 蘇光文編：《國統區抗戰文學研究叢書·文學理論史料選》，四川教育出版社 1988 年版。

10.《孫中山全集》，中華書局 1981 年版。

11.《王平陵先生紀念集》，臺北正中書局 1975 年版。

12. 文天行、王大明、廖全京編：《中華全國文藝界抗敵協會史料選編》，四川省社會科學院出版社 1983 年版。

13.《先總統蔣公全集》，臺北中國文化大學出版部 1974 年版。

14. 中國第二歷史檔案館編：《中華民國史檔案資料彙編·第五輯第一編·文化（一、二）》，江蘇古籍出版社 1994 年版。

15. 中國第二歷史檔案館編：《中華民國史檔案資料彙編·第五輯第二編·文化（一、二）》，江蘇古籍出版社 1998 年版。

16. 中國人民大學法律系法制史教研室編：《中國近代法制史資料選編》，1980

年版。

17.《中國新文學大系 1937～1949．文學理論卷二》，上海文藝出版社 1990 年版。

三、著作

1. 陳立夫：《唯生論》，正中書局 1939 年版。

2. 陳謙平：《抗戰前後之中英西藏交涉（1935～1947）》，三聯書店 2003 年版。

3. 程榕寧：《文藝鬥士——張道藩傳》，臺北近代中國出版社 1985 年版。

4. 鄧野：《聯合政府與一黨訓政：1944～1946 年間國共政爭》，社會科學文獻出版社 2003 年版。

5. 甘少蘇：《宗岱和我》，重慶出版社 1991 年版。

6. 葛留青、張占國：《中國民國文學史》，人民出版社 1994 年版。

7. 藍海：《中國抗戰文藝史》，山東文藝出版社 1984 年版。

8. 李瑞騰編：《抗戰文學概說》，臺北文訊月刊雜誌社 1987 年版。

9. 劉增傑主編：《中國解放區文學史》，第 105 頁，河南大學出版社 1988 年版。

10. 倪偉：《「民族」想像與國家統制——1928～1948 年南京政府的文藝政策及文學運動》，上海教育出版社 2003 年版。

11. 秦弓：《荊棘上的生命——20 世紀三四十年代中國小說敘事》，春風文藝出版社 2002 年版。

12. 蘇光文：《抗戰文學概觀》，西南師範大學出版社 1985 年版。

13. 蘇光文：《大後方文學論稿》，西南師範大學出版社 1994 年版。

14. 王由青：《張道藩的文宦生涯》，團結出版社 2008 年版。

15. 文天行：《國統區抗戰文學運動史稿》，四川教育出版社 1988 年版。

16. 熊式輝：《海桑集》，星克爾出版（香港）有限公司 2010 年版。

17. 楊堃：《民族學概論》，中國社會科學出版社 1984 年版。

18. 尹雪曼總編纂：《中華民國文藝史》，臺北正中書局 1975 年版。

19. 印維廉：《與中國共產黨論三民主義》，勝利出版社 1942 年版。

20. 張大明：《主潮的那一面——三民主義文藝與民族主義文藝》，中國社會科學出版社 2010 年版。

21. 張道藩：《酸甜苦辣的回味》，臺北傳記文學出版社 1981 年版。

22. 張道藩編：《文藝論戰》，正中書局 1944 年版。

23. 張憲文等：《中華民國史》（1～4 卷），北京大學出版社 2005 年版。

24. 張中良：《中國現代文學的「民族國家」問題》，花木蘭文化出版社 2012 年版。

25. 趙友培：《文壇先進張道藩》，重光出版社 1975 年版。

26. 周錦：《中國新文學史》，長歌出版社 1976 年版。

27. 莊孔韶主編：《人類學通論》，山西教育出版社 2003 年版。

28. 〔美〕本尼迪克特·安德森：《想像的共同體——民族主義的起源與散佈》，吳叡人譯，上海人民出版社 2011 年版。

29. 〔美〕杜贊奇：《從民族國家拯救歷史——民族主義與中國現代史研究》，王憲明等譯，江蘇人民出版社 2008 年版。

30. 〔美〕費正清主編：《劍橋中華民國史》（1～2 卷），章建剛等譯，上海人民出版社 1992 年版。

31. 〔英〕馮客：《近代中國之種族觀念》，楊立華譯，江蘇人民出版社 1999 年版。

32. 〔意〕葛蘭西：《獄中札記》，葆煦譯，人民出版社 1983 年版。

33. 〔美〕赫伯特·馬爾庫塞：《審美之維》，李小兵譯，廣西師範大學出版社 2001 年版。

34. 〔德〕卡爾·曼海姆：《意識形態與烏托邦》，黎鳴譯，商務印書館 2000 年版。

35. 〔英〕特里·伊格爾頓：《歷史中的政治、哲學、愛欲》，馬海良譯，中國社會科學出版社 1999 年版。

36. 〔美〕夏志清：《中國現代小說史》，劉紹銘等譯，復旦大學出版社 2005 年版。

四、學位論文

1. 畢豔：《三十年代右翼文藝期刊研究》，湖南師範大學博士論文，2007 年。

2. 傅學敏：《1937～1945：「抗戰建國」與國統區戲劇運動》，四川大學博士論文，2008 年。

3. 冷川：《20 世紀 20 年代的外交事件與中國現代文學民族話語的發生》，中

國社會科學院研究生院博士論文，2008 年。

4. 牟澤雄：《（1927～1937）國民黨的文藝統制》，華東師範大學博士論文，2010 年。

5. 錢振綱：《民族主義文藝運動研究》，北京師範大學博士論文，2001 年。

6. 尚博：《〈文藝先鋒〉研究》，重慶師範大學碩士論文，2010 年。

7. 汪翠華：《戰時國民黨文藝政策的晴雨表·〈文藝先鋒〉研究》，西南大學碩士論文，2007 年。

8. 王晶：《〈文藝月刊〉（1930～1941 年）研究》，華東師範大學博士論文，2013 年。

9. 吳怡萍：《抗戰時期中國國民黨的文藝政策及其運作》，臺灣政治大學博士論文，2009 年。

10. 張弋雲：《〈文藝先鋒〉（1942～1948）與國統區文藝運動》，四川大學博士論文，2007 年。

11. 趙偉：《〈文藝月刊〉（1930～1941）中的民族話語》，中國社會科學院研究生院博士論文，2012 年。

12. 周雲鵬：《「民族主義文學」（1930～1937 年）論》，復旦大學博士論文，2005 年。

五、期刊論文

1. 段從學：《論文協在抗戰時期的歷史形象變遷——以歷屆常務理事為中心》，《重慶師範大學學報（哲學社會科學版）》2009 年第 4 期。

2. 郭建玲：《「戡亂文學」的鼓譟與作家的「離心傾向」——1945～1949 年國民黨的文藝政策及文學活動》，《勵耘學刊（文學卷）》2007 年第 2 卷。

3. 胡正強：《王進珊文藝報刊編輯故事摭拾》，《編輯學刊》1997 年第 5 期。

4. 計璧瑞：《張道藩與國民黨的文藝政策》，《中國現代文學研究叢刊》2012 年第 1 期。

5. 江沛、張丹：《戰時知識青年從軍運動述評》，《抗日戰爭研究》2004 年第 1 期。

6. 李怡：《含混的「政策」與矛盾的「需要」——從張道藩〈我們所需要的文藝政策〉看文學的民國機制》，《中山大學學報（社會科學版）》2010 年第 5 期。

7. 姜飛：《文藝與政治的合縱連橫──關於抗戰時期「文藝政策」的論戰及其他》，《現代中國文化與文學》第九輯，巴蜀書社，2011 年。

8. 呂厚軒：《陳立夫「唯生論」創制的背景及其內容、特點》，《齊魯學刊》2010 年第 2 期。

9. 錢振綱：《論三民主義文藝政策與民族主義文藝運動的矛盾及其政治原因》，《江西社會科學》2003 年第 4 期。

10. 秦弓：《魯迅對 20 世紀 30 年代民族主義文學的評價問題》，《南都學壇》2008 年第 3 期。

11. 秦弓：《關於張道藩劇本〈自救〉的評價問題》，《南都學壇（人文社會科學學報）》2011 年第 4 期。

12. 王家康：《四十年代的詩人節及其爭論》，《中國現代文學研究叢刊》2003 年第 1 期。

13. 熊飛宇：《〈一九四一年轟炸集〉與〈抗戰時期重慶大轟炸日誌〉的詩史互證》，《抗戰文化研究》第六輯，廣西師範大學出版社，2012 年。

14. 袁盛勇：《〈講話〉的邊界和核心》，《文藝爭鳴》2012 年第 5 期。

15. 趙偉：《記憶深處的中國文藝社》，《新文學史料》2019 年第 3 期。

後　記

　　2015 年夏季，我申報的課題「1940 年代國民黨『三民主義文學』研究」獲准立項為山東省社會科學規劃項目，這是我入職以來獲批的第一個項目。同年的國慶節期間，我和妻子搬進了位於濟南市經九路的「新居」——一個由鐵路職工宿舍改造而成的老舊小區，搬家以後，住處周圍幾條道路的名字立即引起了我的注意：小區的東邊，是「民族大街」，而西邊則依次是「民權大街」和「民生大街」。作為一個從讀博士期間就開始關注國民黨官方文學、尤其是「三民主義文學」的研究者，我對這幾個名字頗為敏感：在國民黨垮臺了大半個世紀以後的中國大陸，以孫中山的「三民主義」命名的街道仍然存在，這似乎是一件不同尋常的事情。更有意思的是，2016 年，我申報的課題「抗戰時期國民黨官方文學研究」又一次幸運地獲准立項為國家社科基金青年項目，此項目於 2021 年結項，而我也恰好於該年年底再次搬家，離開了這個周邊街道皆以「三民主義」命名的小區。（如今的民族大街其實是一個人流密集的菜市場，甚至成了濟南的網紅打卡地之一，雖然熱鬧非凡，但叫「大街」卻頗有些名不副實；民權大街則只是一條小巷子，平時少有行人車輛經過，實在冷清得很；只有「民生」還算是一條名副其實的大街——這似乎也是當下現實的一個奇特隱喻。）

　　我的學術道路和生活經歷之間這個神奇的巧合，也讓我產生了一點宿命感。其實在讀博之前，我從來沒有想到過，有朝一日國民黨官方文學會成為我的研究對象，在博士論文選題階段，我曾經很惶惑，這時我的導師張中良教授給我的建議是，讀一讀原始的文學期刊，從一手資料中尋找選題。在這個過程

中，我發現了《文藝先鋒》這樣一份持續時間很長、容量很大且作者陣容也非常龐大的刊物，後又順藤摸瓜找到了它的姊妹刊物《文化先鋒》。在此之前，我對於國民黨官方文學的瞭解，僅限於文學史中那些一筆帶過的對於 1930 年代「民族主義文學」的介紹，以及魯迅等左翼作家批判「民族主義文學」的文字，而對於同樣興起於二三十年代之交、又在四十年代再度勃興的「三民主義文學」，則完全是聞所未聞。所以在初讀這兩份刊物的時候，我首先便有了一種新鮮感，同時也感到一點點興奮，因為這兩份刊物所展現出的複雜面貌，確實非常值得探究。當然說句老實話，選擇它們來研究還有一個更現實的原因：這是一個鮮有人涉足的領域，說穿了，就是為了避免和別人「撞車」。

在得到了張老師的肯定後，我即開始準備論文寫作。在寫作之初，我有很多野心勃勃的設想，比如，我不想把論文做成傳統意義上的期刊研究，而是想以兩個刊物為中心，輻射到整個四十年代的國民黨官方文學，從而更加完整地探討「三民主義文學」「三民主義文化」在建構主流意識形態時候的得與失；此外，我還有一點方法論上的野心，因為當時我頗為張福貴老師、李怡老師、張中良老師等參與討論的「民國文學」問題所激動，我也曾經希望，自己的研究能夠對可能出現的現代文學學科研究範式的轉換做出一點貢獻。所以我為論文擬定的題目是《「三民主義文化／文學」的宿命與救贖：以〈文化先鋒〉、〈文藝先鋒〉（1942～1948）為中心》。但是在論文定稿之際，我遺憾地發現，由於自身能力和精力的限制，上述設想基本都落了空。

好在 2014 年來到山東師範大學工作以後，我還算幸運，以博士論文為前期成果連續申請到了兩個課題，這給了我繼續深化已有研究的絕佳機會。但由於兩個課題結項時間重疊且研究對象高度相似，我不得不做出取捨，把主要精力都放在了國家課題上，而省課題就只能在博士論文的基礎上略作修改而勉強交差。不過這個國家課題從最初申請到最終結項，可謂命運多舛：實際上，當初我申報的題目本來是「1940 年代國民黨官方文學研究」，這除了是想接續上自己此前的研究以外，更重要的還是基於這樣的認識：儘管國民黨的官方意識形態是三民主義，但以「三民主義」為旗幟的文學如何處理「民權」和「民生」，無論在理論提倡還是創作實踐上，都是一個棘手的、甚至是無解的難題，所以三民主義文學的鼓吹者總是會有意無意地把它變成「一民主義」即民族主義文學。而「1940 年代」的特殊性恰恰在於：它包含兩個階段即抗戰後期和內戰時期，在前一個階段，「民族主義」具有不言自明的合法性，甚至可以用

它來掩蓋「民權」和「民生」，從某種意義上可以說，三民主義恰恰是通過民族主義才得到「救贖」；但到了後一階段，隨著民族主義已經不再具有壓倒一切的地位，三民主義文學的內在裂隙便凸顯出來，官方意識形態面臨著前所未有的合法性危機。因此考察 1940 年代的國民黨官方文學，便可以看出這種文學存在及其背後的意識形態，是如何把民族話語當成了唯一的救命稻草，而這又如何決定了其最終的尷尬命運。

　　然而我最終拿到的立項書上，課題名稱卻變成了「抗戰時期國民黨官方文學研究」。據我後來聽到的小道消息，這是因為我的本子在通過重重關卡、終於出現在最後的評審會上的時候，卻忽然有評委提出，這個題目在意識形態上過於敏感，最好不要做。但另一個評委則認為選題本身是有價值的，至於意識形態問題，則可以有變通的辦法，即把「1940 年代」改成「抗戰時期」，因為抗戰時期是國共合作的，這樣就比原來的題目「政治正確」得多了。對於這位好心的評委，我當然要無條件地感謝，因為如果沒有他，我是不可能拿到這個課題的。但是這樣一改，我接下來的研究就不得不跟著改，原來想要重點討論的問題，也只能放棄，並且另覓新路了。

　　更加令人啼笑皆非的是，就在課題立項之後不久，教育部便於 2017 年初下發函件，要求「對中小學地方課程教材進行全面排查，凡有『八年抗戰』字樣，改為『十四年抗戰』，並視情況修改與此相關的內容，確保樹立並突出十四年抗戰概念」，從此之後，「十四年抗戰史觀」便在官方的推動下，成為學界乃至社會大眾的「新共識」。而本項目題為「抗戰時期國民黨官方文學研究」，如果仍按原計劃開展研究，那麼到了結題時肯定會遇到麻煩，所以思慮再三，我只好再一次「與時俱進」。就這樣，我所研究的時間範圍從最初設想的 1940 至 1949 年，一變而為 1937 至 1945 年，再變而為 1931 至 1945 年，毫不誇張地說，最終呈現在讀者面前的這部書稿，與我當初想要研究的東西，已經截然不同了。我實際上是陰差陽錯地被迫做了一項自己此前想都沒有想過的研究，在這個過程中，無論是在史料的準備還是問題意識的重新確定方面，我都遇到了極大的挑戰。

　　當然，以上這些都不足以成為替自己開脫的藉口。初稿完成後自己通讀一遍，發現書中觀點的淺陋、論證的粗疏，乃至史料和文字上的疏漏與錯訛，都是令人汗顏的。此次出版之前雖然盡最大努力做了很多修正，但由於種種先天不足而導致的根本性缺陷，仍然很難彌補。之所以仍要拿出來出版，除了是國

家社科結題的規定動作外，也覺得自己數年來的工作，即便成果並不令人滿意，好歹總該有個交代。

雖然明知自己的學術水平實在有辱師教，但我還是要深深地感謝我的博士導師張中良教授一直以來對我的幫助、提攜和鞭策，無論是求學期間還是工作以後，張老師在我身上都傾注了太多的心血。同樣要衷心感謝的，是我一直敬佩的李怡老師，儘管不是李老師的及門弟子，但是從博士畢業至今，我得到了李老師多次無私的幫助，這一直讓我無比感念。

最後，特別感謝花木蘭文化事業有限公司給了我出版此書的機會。我的第一部學術著作就是 2016 年在花木蘭出版的，時隔近十年，當此結項成果先後被內地多家出版社拒絕之後，又是花木蘭接納了它，能夠在當下的學術出版環境中，結緣這樣一股清流，實在是我學術生涯中旳一大幸運。